宝贝来了

BAOBEI
LAILE

禹 媚/著

重庆出版集团 重庆出版社

图书在版编目（CIP）数据

宝贝来了 / 禹媚著. —重庆：重庆出版社，2013.8
ISBN 978-7-229-06535-5

Ⅰ.①宝… Ⅱ.①禹… Ⅲ.①长篇小说—中国—当代
Ⅳ.① I247.5

中国版本图书馆 CIP 数据核字（2013）第 103930 号

宝贝来了
BAOBEI LAILE
禹　媚　著

出 版 人：罗小卫
策划编辑：欧阳秀娟
责任编辑：陶志宏　汪晨霜
责任校对：郑小石
装帧设计：艺海晴空

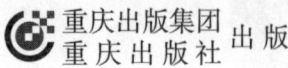重庆出版集团
　　　　　　重庆出版社 出版

重庆长江二路 205 号　邮政编码：400016　http://www.cqph.com
北京新世界文慧图书发行有限责任公司制版
北京兴湘印务有限公司印刷
重庆出版集团图书发行有限公司发行
E-MAIL:fxchu@cqph.com　邮购电话：023-68809452
重庆出版社天猫旗舰店
　　　cqcbs.tmall.com
全国新华书店经销

开本：880mm×1230mm　1/32　印张：9　字数：200 千字
2013 年 8 月第 1 版　2013 年 8 月第 1 版第 1 次印刷
ISBN 978-7-229-06535-5
定价：29.80 元

如有印装质量问题，请向本集团图书发行有限公司调换：023-68706683

版权所有，侵权必究

目 录

1. 生孩子的资格 / 001
2. 要还是不要 / 009
3. 爱他就为他生个孩子吧 / 017
4. 再见了高跟鞋 / 025
5. 先兆流产 / 031
6. 怀孕的代价有多大 / 040
7. 母女冤家 / 049
8. 表妹的婚礼 / 060
9. 准妈妈的焦虑谁也不懂 / 069
10. 婆婆来了 / 078
11. 小恬的秘密 / 087
12. 彩超风波 / 095
13. 早产惊魂 / 104
14. 当婆婆遇上妈 / 112
15. 悲催的月子 / 120
16. 母乳喂养保卫战 / 129
17. 抑郁症妈妈 / 140
18. 户口啊户口 / 148
19. 贝贝产下双胞胎 / 158

20. 一斤樱桃引发的出走 / 167

21. 妈妈的眼泪 / 176

22. 母亲是怎样炼成的 / 184

23. 久别未必胜新婚 / 192

24. 豌豆公主落难了 / 200

25. 失去平衡的跷跷板 / 210

26. 林森的秘密 / 218

27. 屈辱的一巴掌 / 227

28. 是世界亏欠了你,还是你辜负了全世界 / 235

29. 重返职场 / 244

30. 爱是恒久忍耐 / 252

31. 贝琪降临 / 260

32. 家里的天塌了 / 268

33. 同肝共苦 / 276

1．生孩子的资格

每个月的一号，是江胜男最头疼的日子。

按照惯例社里会在这天开选题会。作为出版社的一名普通编辑，胜男在一个月里忙于联络作者、筛选题材、写策划方案，就是为了在这一天能够舌战群雄，力压部门其他几位编辑，让自己的选题脱颖而出。

天知道，自打初中在同学面前作自我介绍不幸结巴之后，胜男最怵的就是在人前发言，每次对众而谈时，心里都有面小鼓在咚咚敲着。没办法啊，在出版社混，人人都是靠选题吃饭，谁抢到的选题多，谁拿的钱就多，计件工资把一个个貌似清高的文人活生生逼成了饿虎，可选题数量是固定的，是吃肉还是喝汤，就得看自己的本事了。

冬季里的某一天，选题会在小会议室如期召开。十二位编辑外加主持会议的老总，团团地围坐一桌，规模堪比十三骑士圆桌会议。

这是过年前的最后一次冲刺了，与年终奖休戚相关，所以编辑们都摩拳擦掌，发言时大有不是你死就是我亡的架势。

旅游部的简洁率先发言："明年就是2012了，不管大家

信不信玛雅人的预言,都难免会有恐慌情绪。如果2012真的是世界末日,那么末日来临之前大家最想做的是什么呢?根据某网站的测试,百分之八十以上的人都选择和心爱的人去旅行,所以我这次报的选题是《末日来临前不得不去的二十个地方》。作者是知名驴友,这些地方都是他曾亲临其境的,写出来比泛泛而谈的旅游指南更有感染力。"

"嗯,估计市场前景不错。"老总频频点头。

"谢谢David,我会写一份详细的选题报告,回头找您亲自过目。"留着长卷发的简洁说一口娇糯的南方普通话,盯着老总的眼神比声音还要温柔。

坐在角落里的胜男有点出神,离预期的生理期已经过了十天,大姨妈还是没有来到,这已经是今年来的第三次了。看来忙完这阵,真的要去看个中医好好调养一下了。

接下来是财经部的陈健,他报的选题是《小夫妻的年终理财计划》。现在中国正在进入两口之家的小夫妻时代,这个选题切入口虽然小,受众面却较宽。

看着他的嘴一张一合,胜男的思绪飘到了不久前的那个夜晚。没事的,上次不也推迟了十几天吗。她暗暗安慰自己。

同事们一个个舌灿莲花,胜男则继续神游天外。这时候她听见自己的名字响起。

"江胜男,据我所知,连续两个月你的选题都只过了一个,这个月有没有什么新的idea?"老总姓刘,是个海归,鼻子上架一副黑框眼镜,他行事洋派,喜欢下属称呼他"David",说话间爱夹杂英文,最爱读的书却是二月河的历史小说,历史中帝王的驭下术都被他用在了职场中。

在老总夹枪带棒的大棒之下,胜男连忙定了定神:"我手头有本童话集,作者是个单亲妈妈,文字感觉很好。"

"不要跟我说什么文字感觉。"David皱起了眉头,"你就直接告诉我,同类的书这么多,你这个选题的卖点在哪?"

一听"卖点"两个字,胜男就头大如斗,在她看来,做编辑又不是菜市场卖苹果的,张口就能吆喝出"个大色靓味道甜"的几大优点出来。从小积累的文学修养告诉她,这是本不错的书,但要总结出一二三四五来,还真是个问题。

当着老总的面当然不能这么说,她只好硬着头皮瞎编:"这本童话集最大的特色是将科普和童话融为一体,就目前来说,国内这块还是空白。我读过样章,感觉和几米的绘本有点相似,不仅适合小朋友读,对成年人也很适合。近年来亲子阅读在国内很流行,可以从这个角度切入来策划。"

"听起来还行,我记得你去年也策划了一本畅销的儿童诗集,但是比较起来这个选题含金量不高,我建议你找准卖点好好策划一下。"David冷淡地看了她一眼,"这点简洁就做得很好,她报的选题都切准了市场脉搏,私底下你们多交流。"说着他和爱将简洁交流了一个温暖的眼神。

这个眼神刺激到了胜男,同样是手下干将,David凭什么就厚此薄彼呢?就因为简洁是个娇滴滴的美女,而她江胜男着装行事和男人一样利落?

胜男忽然感到一阵恶心,站起来突兀地说了句:"我有点不舒服。"就疾步走出了会议室。

洗手间里,胜男对着马桶干呕了好一阵,可除了酸水,什么也没有呕出来。

"江胜男你怎么了,是不是吃坏了肚子?"格子门外有

1. 生孩子的资格

003

人关切地问,是跟出来的简洁。私底下她和胜男交情不错,如果不是David的明显偏爱,没准两人会成为闺密。

胜男偷偷翻看早就粘在内裤上的卫生巾,一上午了,这货还是像广告里所说的那样,雪白干爽,没有一丝污痕。

不会这么巧吧。

推门出来,站在洗手池前的简洁看着她,一脸狐疑:"你脸色不太好,不会是有了吧?"

"不可能。"胜男心里叫了声苦,嘴上却断然否定。

"要不用这个测一下。"简洁递给她一张早孕试纸。

"谢谢,真的用不着。"胜男心情复杂地谢绝了,潜意识中,她隐隐不愿意让同事知道她怀孕的消息,哪怕这消息后面还要打个疑问号。

简洁伸出去的手停在半空,脸色就有点尴尬了。

"你还随身带着这个啊。"胜男顾左右而言他。

"嘿嘿,都是已婚妇女了,带着以防万一啊。"简洁掏出口红补了补妆,眼角的余光有意无意瞟向胜男的小腹,"我说那个,你和我同年的,今年二十九了吧,如果真的有了,准备生下来不?"

"不生。"胜男又一次断然否定,发现自己口气太生硬了又加了句感叹,"就算想生,也没那个条件啊。"

"就是啊,我们根本就没有生孩子的资格。"简洁深有共鸣。

"生孩子还需要有什么资格?"

"这你就不懂了,这不是我们老妈那个年代了,不管条件如何家里都生一窝。现在工作压力这么大,竞争这么激烈,拿什么精力去生孩子?"简洁继续发牢骚,"你看刘姐,以前算是业务好手吧,生了个孩子回来后,完全没了她的位置,一年下来就做了几本社里布置下来的书。刚刚开会我看她还在刷微博,现在也就剩下晒娃这么点爱好了。"

"也是。"

"再说啊,生个孩子多贵啊。要产检要住院要请月嫂要买进口奶粉进口尿不湿,光是这笔账没有几万根本拿不下来。"

"嗯嗯。"胜男胡乱附和着,心里却开始打鼓,那个混乱的夜晚,她和他之间难得的和谐,还有那个避孕套,该死的制造粗劣的避孕套,不仅弄得她生疼,还在关键时刻捅了娄子。早就该想到了,这段时间前所未有地嗜睡,早上起来常常感到恶心,脾气也越来越暴躁了,这一切,不都早早地给她敲了警钟吗?怎么就想不到呢!

简洁出去了,留下她一个人在洗手间发愣,就在这时电话响了,正是肇事者顾家辉,他在电话那端急急地问她:"老婆,会开完了吗,今晚会在家吃饭吧?我准备了一个惊喜……"

"还惊喜呢,你不来惊吓我就算好了。"胜男急急地打断他,沮丧了一天,总算找到了一个发泄的对象。

"老婆又遇上什么不开心的事了,今天可是个好日子,你别不开心啦。"

"好日子看来到头了。"胜男语气沉重,"家辉,我好像怀孕了。"

"真的?!哈,我说得没错,今天真是个好日子啊。"

电话里也能听出家辉的兴高采烈,胜男没心情敷衍他,蔫蔫地挂了电话。

　　下班已经是六点半了，其间家辉打来了几个电话，胜男都直接摁了拒接。

　　从出版社到城郊的家，需要坐一个小时的公交车。正赶上下班高峰期，到处都在堵车，等了十几分钟，才坐到要坐的车，胜男冲上车时，下意识用手中的包挡住了小腹。

　　谢天谢地，车里还有几个座位，胜男快步占了前排的一个位子。车窗外霓虹灯开始闪亮，灯光映在晚归人的脸上，每个人都面无表情，每个人都灰头土脸，一车子的疲惫，一车子的倦意。

　　上车的人越来越多，离胜男不远处站着一对小情侣，两个人紧紧依偎着，男孩一只手抓在吊环上，另外一只手弯成半圆状，将怀中的女孩圈在臂中，试图在拥挤的车厢中为小情人营造一方小小的安全天地。

　　眼前的这一幕忽然和记忆中的图景重叠在一起，恍惚间，那个男孩变成了家辉的模样，而圈在他臂中的女孩，赫然正是胜男自己。家辉个子不高，这样一个简单的动作执行起来其实难度不小，想当初，正是看见他抓在吊环上，仍然腾出一只手搂在她腰间，这略显吃力的样子打动了她吧。

　　家辉在一所大专学校教公共课，收入算不得丰厚，相貌称不上英俊，但胜在脾气温和、为人善良。他和胜男都是湖南人，也都是研究生毕业后南下打拼。两个人是在同乡聚会上认识的，那时候胜男刚刚结束了一场伤筋动骨的恋爱，相恋多年的男友去了美国留学，临走前还摆出我为你好的架势劝她另觅良伴。

　　心灰意冷之下，胜男难免有自暴自弃的倾向，典型表现就是放弃妆饰完全走素面朝天的路线。聚会那天穿了套运动服，躲在角落里默默吃菜，用好友小恬的话来说，简直是邋遢得一塌糊涂。也是各花入各眼，看在家辉眼里，却觉得她气质清新、言语爽利。

他恰好坐在胜男身边，不停地为她斟酒布菜，水煮鱼上来时，他甚至剔了鱼刺再将鱼肉夹到她碗中。换了别人做这样的事难免显得太过殷勤，家辉做起来却再自然不过。

在水煮鱼蒸腾的水汽中，胜男蓦地想起这是前男友最爱吃的菜，从不做菜的她为了讨好他，甚至殷勤地向同事刘姐学了来，他吃得理所当然，完全没注意到她剖鱼时不小心割伤的手。就像他后来离开时，也是那样地理所当然，全然没有半点负疚之心。

想起往事，胜男眼里不禁落下泪来。

家辉适时地递过一张纸巾："这家的水煮鱼做得太辣了，你擦擦汗。"

胜男接过纸巾捂住眼睛，泪水涔涔而下。

家辉始终没有问为什么。

一顿饭吃完，两个人就顺理成章地走在了一起。老实说，和对待他人像秋风扫落叶一样无情的前男友相比，家辉给人的感觉完全可以用四个字来形容——如沐春风。他就像他递过来的那张纸巾一样，适时地止住了胜男伤心的眼泪。

相似的教育背景和相似的家庭出身，让家辉和胜男的这场恋爱谈得四平八稳。两年前，他们拿了结婚证，请亲戚朋友吃了顿饭；一年前，他们在这座寸土寸金的城市买了套小小的房子，首付三十万，现在每个月还款五千。

如果没有什么意外的话，日子将这样一直过下去，说不

1. 生孩子的资格

007

上有多好，也说不上有多坏。可是现在，意外来了。

对于他们的生活来说，这个意外是惊喜还是惊吓呢？

胜男忐忑地摸了摸小腹。

"哎，这位靓女，麻烦你让个座好吗？"耳畔响起售票员的声音。

"说我吗？"

"是啊。"

胜男这才发现，面前站着一个大腹便便的孕妇，肚子高高隆起，看那阵势就像快要生了。孕妇看向她的目光充满了急迫，在这人挤人的车厢里，她渴求一个座位就像鱼渴求水那样迫不及待。

孕妇的目光让胜男充满羞愧，她满脸通红地从座位上跳了下来，手忙脚乱地抓住了吊环。所以，在接下来的半小时车程中，胜男就被挤在了一个有狐臭的大妈和一个满身肥膘的大叔之间，身子随着汽车的颠簸忽而向左，忽而向右。

最悲催的是，快到站时，司机一个急刹车，胜男趔趄着撞到了前面的大叔身上，正在大叔"我顶你个肺"的骂骂咧咧声中，她听见了一声脆响——鞋跟断了。

司机催命似的催到站的人下车，胜男只好提着鞋，一瘸一拐地跳下了车。毫无同情心的路人见了她的惨状哈哈大笑，这笑声让胜男明白了一个道理：如果她每天上下班要坐一个小时的公车，如果挺着大肚子还要和身手矫健的正常人去抢一个座位，那么，她根本就没有生孩子的资格。

2．要还是不要

当胜男满腔郁闷地走在回家的路上时，她的老公顾家辉正在厨房准备着家宴。

这是一套使用面积不足七十平米的房子，面积虽小，可五脏俱全，两室一厅一厨一卫，阳台上种满了花花草草。进门是个小小的入户花园，将墙打通后改成了餐厅，餐厅天花板中间挂着盏半月形的灯，在这样的灯光下吃饭特别有气氛。地板是实木的，菲林格尔，国内一线品牌，几乎花费了房子装修的一半费用，只因为胜男说她喜欢木地板，可以随时随地坐在地上看书。

等生了孩子后，宝宝就可以在木地板上四处打滚了，这个钱还是花得值。家辉一边在开放式的厨房里忙活，一边开始憧憬美好未来。

多好啊。这是他的家，灯火通明，整洁温馨，有二十四小时热水的家。背井离乡是为了什么？不就是为了在别人的城市里能够有一个小小温馨的家吗？对于事业，家辉没有太大的野心，他属于那种居家型五好男人，每天最快乐的事就是围着家庭转。一想到这个家中即将添加一个新的成员，晃动着胖胖的小手小脚在地板上走来走去，他做菜的时候都忍

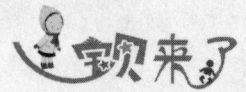

不住哼起了歌：

"亲亲我的宝贝，

我要越过高山，

寻找那已失踪的太阳，

找寻那已失踪的月亮

……"

歌声中，四菜一汤已经端上了桌。剁椒鱼头、红烧肉、家常豆腐、干煸四季豆，再加一个酸萝卜老鸭汤，在橘黄的灯光下热气腾腾，散发着诱人的香味。餐桌上的水晶花瓶中还插着一把康乃馨，这是属于母亲的花，在这个特别的日子里献给准妈妈，那是再恰当不过的了。

丰盛的饭菜，待归的爱人，还有等待了多时的好消息，这一切都是那么完美。

十分钟后，门铃响了，家辉满心欢喜地打开门。

他的爱人站在门边，神色疲倦，手里还提着只鞋。

"老婆你怎么啦？脚扭伤了没？"问是问脚，家辉的眼睛却盯着胜男的肚子。

"鞋跟掉了。"胜男扔掉手中的鞋，光脚踩在地板上。

"你可要当心啊，以后千万不能再穿高跟鞋了。都冬天了还穿丝袜啊，地上凉。"家辉将她的靴子收进鞋柜，连忙找出一双拖鞋送上。

"不用了。"胜男搁下包往洗手间走。

"老婆，我给你买了试纸。"家辉喜滋滋地跟了上来。

"你这么心急？"胜男回头逼视他，目光灼灼。

"我只是想确定一下。"家辉的声音渐渐弱下去。

"那给我吧。"胜男接过试纸，转身进了洗手间。

010

试纸浸进尿液，上面迅速出现了两道杠，一道深红，一道浅红，红得那样触目惊心。胃里面有东西往上翻腾，胜男抱着马桶，发出了像受伤小狗一样的呕吐声。

"老婆，你没事吧？"家辉冲进洗手间，一眼瞥见了扔在地上的试纸，脸上的神色立马多云转晴。

"哈哈，我就要做爸爸了！"他一把抱起胜男，奔出了洗手间，在客厅的木地板上转起了圈。

"放我下来。"胜男要求。

"先开心一会儿嘛。"

"跟你说放我下来。"胜男再次强调。

"好好好！老婆你说什么就是什么。"

"你这么高兴干什么？"

"当然高兴啦，你要做妈妈了，我要做爸爸了，还有比这更令人开心的事吗？"家辉的眼里满是兴奋的光芒。

"赶紧打住。"胜男说，"我还没想好要不要呢？"

"为什么不要呢，我们要生个大胖儿子！"家辉说完后觉得不妥，立马亡羊补牢，"或者小胖妞也挺好的，像你一样聪明美丽。"

"为什么不要？"胜男苦笑，"你知道现在生个孩子得花多少钱吗？要产检要住院要请月嫂要买进口奶粉进口尿不湿，我们还欠着银行几十万呢，拿什么去生！"

"放心吧老婆，面包会有的，一切都会有的。"家辉柔声安慰她。

"说得那么容易，像我那个破单位，一休产假就只发基本工资，到时候房贷怎么办？宝宝出生后的开销怎么办？"

"我还在上班啊，再说我们还有一点存款呢。"家辉仍然

笑眯眯的,"船到桥头自然直,你这是过度焦虑。"

"我过度焦虑?你以为生个娃像下个蛋那么容易啊,你以为奶粉钱会从天而降啊!"胜男压抑了一天的小宇宙终于爆发了,"告诉你顾家辉,我不希望怀着宝宝还每天去挤一个小时的公交车,我不希望过了今天不知道明天的房贷在哪里,我不希望休完产假后去上班只能被发配去做校对,我更不希望我的宝宝只能喝劣质的国产奶粉……"

公交车上那个大肚婆急切的眼神再次浮现在眼前,胜男的语声渐渐哽咽了。

"老婆你别哭,有什么事我们好商量嘛!"家辉手忙脚乱,又是递纸巾,又是给她拍背。

"你也不想想,就我们现在这个条件,可以给宝宝创造一个无忧无虑的成长环境吗?"

家辉试图做最后的抵抗:"富有富养,穷有穷养。"

胜男连连冷笑:"你别跟我说为了省钱,宝宝一出生就送到乡下给你妈带。"

一提到他妈,家辉就蔫了:"可是我都告诉我妈了。"

"什么?当时不是还没确定吗?"

"我想着八九不离十。"

"我就知道,你和你妈早就串通好了!我就知道,她这么急着抱孙子,明知道我们在避孕还积极配合,敢情是居心叵测啊。"胜男气急败坏,事情的源头就是那只破了的避孕套。国庆时和家辉回老家,他那在村里当妇联主任的老妈知道儿子媳妇一直在用套套后,非塞给儿子一盒村里免费发放的避孕套。现在想来,老太太果然有一手,那种不要钱的避孕套毫无弹性,质量低劣,即使不往上面扎个洞,那还不是

012

摩擦几下就破了？

"你看你，注意用词呵，连居心叵测都用上了，不至于吧？我妈那也是为了给我们省几个钱，杜蕾丝多贵啊！"家辉替老妈喊冤。

"你就知道偏袒你妈！"

"好啦好啦，都是我的错，我不会说话，我贪小便宜。不过老婆，换过来想这也是件好事啊。"家辉小心翼翼地注意着措辞，"你看吧，我今年三十了，你也二十九了，老实说都老大不小了，房子啊什么的该有的也有了，也该要个孩子了，你说是不是？"

说实话，胜男被他说得心里有点松动了，正在这时，她的电话响了，一接通，电话里就传来婆婆洪亮得有点过分的大嗓门："胜男啊，你可终于怀孕了，我盼这个孙子可盼了好多年了。"

一听这话胜男就反感，于是漫不经心地回了句："八字还没一撇呢。"

"怎么没有，我找人算过了，说今年怀的肯定是个男娃。等到明年生了，正好是个龙宝宝。"

"那要是个女孩呢？"

"绝对不会！"婆婆信心十足，"我们顾家的香火，都指望在这个娃娃身上了。胜男啊，你可千万要注意身体，坐那么远的车上班对孕妇不好，要不先把工作辞了吧……"

"你还有什么话要说？"胜男打断了她。

"……"

"没有我先挂了。"收线后，胜男对家辉说，"周末陪我去趟医院。"

"好的,是应该确诊下。"

"我是说去做个手术。"

"你说什么?"家辉急得额头上冒出了一层冷汗。

"我可不想成为你家传宗接代的工具。"胜男转身走向卧室,"你知道我最恨别人重男轻女。"

"唉,胜男,老婆,我的姑奶奶!别这样好吗,我们再商量下。"家辉连忙跟了上去。

可不管他怎么软磨硬泡,胜男就是不肯松口,没办法,家辉只好溜到洗手间给丈母娘打电话求救。

令他意外的是,丈母娘并不像妈那样一味地感到高兴,而是指责他说:"家辉啊,不是我说你,既然你们还没有考虑好要不要小孩,身为男同志,你就应该做好避孕工作。你要知道,妇女流产是很痛的,就算是无痛人流,对女同志身体的伤害也是很大的。"

"知道了妈妈。"家辉被训得相当郁闷,身为小学教师的丈母娘真是好为人师啊,听胜男说过她和妈妈的关系一直很僵,他怎么就忘了这一茬呢?

尽管胜男妈训起他来毫不留情,稍后其实还是给胜男打了个电话,奉劝女儿无论要与不要,事先都要考虑清楚。

胜男非常讨厌妈妈这种公事公办。毫无感情色彩的态度,什么要与不要,那好歹有可能是她老人家的未来外孙啊,虽然现在还只是个小小受精卵。但说这话的毕竟是自己亲妈,再不爽也不能摔电话,只能在收线后将怒火转移到老公身上:"顾家辉,八字都没有一撇的事呢,你是不是要搞到全世界都知道!"

"老婆,只要你想,那就是板上钉钉的事了,我事先给她们透透风。"家辉讨好地笑,"无论如何,身体要紧,人是铁饭是钢,咱们先吃了饭再说,看看我给你做了什么好菜。"

"我没胃口,你自己吃吧。"胜男苦着一张脸。

"不管怎样多少吃点啊,你来看看,都是你爱吃的菜,我做了一下午呢。再说,今天这么特别的好日子……"

"拜托你别再跟我提什么好日子,你先出去吃饭吧,让我一个人静静。"胜男烦了。

"好吧,那你先休息一下,想吃饭了我再给你热。"家辉无奈地退出了卧室。

餐桌上,原本热气腾腾的饭菜已经变凉了,酸菜鱼上漂起了一层腻人的油汤,那束无人问津的康乃馨倒是开得生机勃勃,越发衬得这个两口之家特别冷清。这屋子就是缺少那么一点人味啊,要是有个胖乎乎、笑哈哈的小孩儿在屋子中间跑来跑去,肯定就不是这么一番景象了吧!

古人说三十而立,在他三十岁这年,上天给了他一件最珍贵的礼物,难道让他去跟上帝说,这礼物我不要,请你收回去吗?

家辉在沮丧中睡着了。

凌晨两点半,胜男起身上洗手间,顺便查了下挂历,好确定下怀孕的日期。挂历上的一行红字让她愣住了,在12月1日的旁边,清楚地写着"结婚纪念日"。

她顿时愣了。

难怪家辉一再强调今天是个好日子,这么重要的日子怎么就忘了呢?在很久以前,她还和前任男友在一起的时候,逢纪念日必过,什么相识纪念日、相恋纪念日就不用提了,连第一次牵手、第一次接吻也得列入纪念日。前任曾深情款

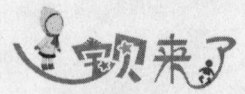

款地说:"和你在一起,每天都是纪念日。"话犹在耳,斯人已远去。

轮到和家辉过日子时,竟然连结婚纪念日也不记得了。到底是不记得了,还是懒得去记?是不是就像好友小恬说的那样,一个人的感情存量是有限的,当你为一段感情透支太多时,就无法全身心地投入下一段感情。就像东西燃烧过后,温度会慢慢冷却下来,变成灰烬。

胜男摁了下客厅的壁灯,看见家辉躺在沙发上,身上只搭了一张薄毯,眉心拧成了一个川字。餐桌上丰盛的饭菜还没有动,水晶瓶里还插着一束康乃馨。

她走过去,为他轻轻盖上一床鸭绒被。

我已经准备好为这个男人生孩子了吗?胜男无法给出答案。

3．爱他就为他生个孩子吧

听到胜男怀孕的消息，好友小恬的反应是："太好了，我可以当干妈了！"

"还没想好要不要呢，我们家的情况你是知道的，日子过得紧巴巴的，根本没有生小孩的条件。"

"别这么说，富有富养，穷有穷养。而且明年是龙年，生个龙宝宝多好啊。"不知为何，同样的话同样的道理，婆婆说起来特别刺耳，到了好友嘴里就动听多了。

"可是……"

"别这么快下决定。"小恬温柔地说，"这周五我要去医院查下身体，要不你请个假跟我一起去做个检查什么的，不管怎么样先检查下再说吧。"

挂了电话，小恬不禁悲从中来，真是饱汉不知饿汉饥啊，她和胜男差不多时候结的婚，两年来，一直走在锲锲求子路上。谁知命运就是这么捉弄人，想要孩子的一直盼不到，不想要的反而唾手可得。

杜小恬，胜男的同学兼闺密，研究生毕业后在图书馆上班，每天做的工作就是为读者办理借阅证，对于她来说最大的工作量，无非是出于爱岗敬业的精神，有空时动动鸡毛掸

子,将积在书上的灰尘掸掉。

因为关系特别铁,胜男曾经直言不讳地指出,小恬的工作没有一点技术含量,堂堂211大学中文系的研究生,毕业了就是办办借阅证,读那么多书哪有用武之地?

对于好友的质疑,小恬只是不置可否地笑笑。她性格温和,不喜欢和人争辩,但这并不代表她没有主见。在她看来,为了学以致用而读书那就太功利了,而且目光短浅。亦舒不是说过吗,女孩子最好的嫁妆就是一张名校的毕业文凭,千万别靠它吃饭,否则也还是苦死。

在图书馆工作多好啊,稳定、体面、清闲,有大把的时间顾家,女孩子要那么拼命干什么,她江胜男做的倒是一份有技术含量的工作,但是睡得比鸡少干得比牛累,忙的时候连和老公吃顿饭的时间都没有,哪有什么生活质量可言?

别看接受过高等教育,小恬骨子里是很传统的,她一直认为女孩子不需要事业多么辉煌,打拼那么辛苦的事,还是交给男人好了。而她小恬呢,最大的任务就是搞定一个事业有成的男人,然后回归家庭做一只依人小鸟。

正是基于这种价值观,小恬在毕业的时候,就拿出壮士断腕的精神和相爱三年的恋人分了手。没办法,谁叫他是中文系的男生呢?谁叫当今社会贬值贬得最快的就是中文系的文凭呢?谁叫他毕业后只能到一家快要倒闭的杂志社去屈就呢?

才子爱佳人那是古代社会的事了,这年头,佳人们爱的都是有一技之长的工科理科男,写一手好诗远不如会开发几个软件来得实惠。良禽尚且知道择木而栖,何况人乎?

分手时不是不痛的,毕竟,才子待小恬如珠似宝,在食堂吃饭从来是小恬吃荤他吃素，小恬吃菜他喝汤。还好，告别才子这个旧巢不久后，小恬就通过相亲找到了新巢，这可是个固若金汤的好巢——对方是广州本地人，省移动公司的中层，有房有车，长得还不寒碜。

相亲过后两月，小恬以飞鸟投林的速度迅速嫁给了现任老公林森，住的是一百五十平米的大房子，出门用来代步的是帕萨特。老公工作很忙，晚上老是在外应酬，所以小恬和公婆在家的日子很多，一开始她觉得没什么，在窗明几净的大房子里开着进口音响听听音乐，做做瑜伽，煲煲汤，生活还是很惬意的啊。

可是日子久了，感觉就不那么惬意了，而是渐渐感到各种空虚寂寞冷。万事俱备，只欠东风，对于这个镀着金边的巢来说，所谓的东风就是一个会哭会闹的娃啊。

就是从那个时候开始，小恬开始走上了漫漫求子路，她没有想到这条路竟然是如此漫长而曲折。用胜男的话来说，不就是要个娃吗？一男一女，天造地设，要个娃还不简单！

努力了好久，还是没有动静，小恬着急，婆婆更着急，旁敲侧击要她去做个检查。小恬有苦说不出，她怎么能够跟婆婆说，自己的老公整天忙于应酬，几乎每天都是半夜归家，两个人连碰个面都难。没办法，有得就有失，为了事业忙一点无可厚非，作为成功男人背后的女人，她是不好意思为这个说老公的。

这次婆婆催得很急，小恬实在是沉不住气了，破例没有早睡，而是在客厅边看电视边等老公，正在放一个叫《夫妻那些事儿》的电视剧，剧中的男女主人公刚刚做试管婴儿失败了，濒临离婚的边缘。

3. 爱他就为他生个孩子吧

没有孩子的婚姻就是不牢固啊。小恬暗自感叹。

看了两集电视剧，又看了个综艺节目，都快十二点了，小恬坐在沙发上都快睡着了。

这时听见了钥匙开门的声音，林森带着一身的酒气回来了，身上那套价值不菲的阿玛尼前襟上有个明显的酒渍，不知道干洗能够洗掉不。

"怎么还没睡？"林森显然没想到妻子还在客厅等他，脸上露出惊愕的表情。

"在等你呢。"小恬连忙起身，"我给你冲杯蜂蜜水吧，可以解酒，也能润润肠胃。"

蜂蜜水清甜可口，水温也正合适，林森接过来一饮而尽，感觉舒畅了不少，说话的语气也不禁温和了些："以后我回来得晚了你就先睡，有什么事白天再说嘛。"

小恬心说，白天要能见到你的人才能说啊，当然话到嘴边就变成了："那个，你妈妈今天找我谈话了，老人家看见邻居抱孙子了，心里痒痒的。"

"你告诉她我们一直在努力不就行了。"林森好像不太愿意提这事。

小恬斟酌着用词："所以我想，是不是我们去医院做个检查。"

"我不去，要查你去查吧。"林森想也不想就回绝了，"我身体好得很，而且工作这么忙哪有时间。"

"但是你妈妈说……"

"你随便找个理由解释下不就行了。"林森开始脱西装准备冲凉。

小恬急了："等等……"

"又怎么了？"

"没……没什么，我帮你去放下水。"

在浴室哗哗的水声中，小恬悄悄流下了眼泪。同时决定抽空去做个检查，老公不配合就算了，总不能自己也放弃努力吧？

星期五，两个好朋友在妇幼保健院会合，经过几天的煎熬，胜男眼睛下有了明显的黑眼圈，小恬也好不到哪去，眼皮儿微微有点浮肿。

胜男的号先到，按照惯例又做了个多余的尿检，试纸上毫无悬念地出现了两道杠，区别只是颜色更深了。

穿着白大褂的中年女大夫头也不抬地问："末次月经哪天来的？"

"大概是上个月二十号。"

"是就是，不是就不是，别说什么大概。"女大夫瞪了她一眼，然后面无表情地问，"你要还是不要？"

"要！怎么会不要！"胜男脱口而出。这个医生简单粗暴的态度刺痛了她，那是她第一个孩子，正在她的子宫中悄然安睡着，虽然她对这个小生命的到来有过抗拒，但无论如何也不能忍受无关的人用冷冰冰的口吻来决定他（她）的去留。

"要的话三个月时来建个档，做次详细的检查。"医生剜她一眼，草草地在病历本上写下：早孕六周，注意观察。

出了诊室，小恬抿着嘴笑她："还说不要呢，我看你刚才母性大发呢。"

胜男耷拉着一张脸："其实我还没想好。"

"那你要问问自己，你爱顾家辉吗？"

"问这个干吗？"

"瞧你心虚的。"

"谁心虚了？"胜男不自然地回答，"应该是爱的吧，不爱怎么会嫁给他，不是有人说，爱一个人的真正表现就是嫁给他，分分秒秒守在一起过日子。"

"我不这样认为。"小恬摇头，"爱一个人的真正表现是想跟他生个孩子，哪怕付出再大的代价。只有有了孩子，你的生命才真正和他联结在一起，你们的家才真正成为一个家，而不再是一套空荡荡的房子。胜男，你如果真的爱家辉的话，就别再任性了，为他生个娃吧，属于你们的，白白胖胖的小娃娃。胜男，你不知道我现在多想要一个孩子，一个属于自己的孩子。"一番话越说越流畅，与其说是劝女友，倒不如说是给自己打气。

"现在条件还不成熟，想要的话以后还可以要。"胜男还在犹豫。

"胜男，你是知道我的事的。"小恬忧郁地看着她，"我不希望你重蹈我的覆辙。"

没想到好友为了说服自己，居然不忌讳揭当年的旧伤疤。胜男心里涌起一股难以言说的滋味。就在几年前，当她们还是学生的时候，小恬和她一样，最担心的事不是无法怀孕，而是怀孕。那时候她们都有男友，也都有了半同居的关系，两个人的生理期很接近，于是每个月的那几天，她们见面都会向对方致以最亲切的问候："你家的亲戚来了吗？"她们为那一天的如期而至而一起雀跃，也会为那一天的迟迟不来而分担苦恼。

022

不幸的是，有一次小恬家的那位姨妈推迟了半个月仍然千呼万唤不来到，她的那位男友又正好去了外地。无奈之下，小恬只好在胜男的陪伴下去做手术。因为面皮薄，不敢去大医院，只能选择了一家小诊所偷偷进行。没想到从此种下了后患，手术后小恬流了两个多星期的血，后来每次来月经时都痛得死去活来，吃了多少药都不见好。

一个女人最大的悲剧莫过于终于找到了愿意为之生孩子的男人了，却发现，她已经不能生了。

还好，小恬没有变成悲情故事的女主角，在做了一系列的检查后，医生告诉她，她痛经的原因是子宫内膜异位加上盆腔炎症，有可能是人流术引起的，这种病虽然有可能降低怀孕的几率，但就小恬的情况来说，还不至于不孕。

小恬欣喜之余，主动提出要检查一下输卵管。

"你的情况不算严重，就算月经紊乱也是有可能怀孕的，未必一定是输卵管堵塞造成的不孕。"医生善意地提醒她，"这种情况我建议让你老公先来做个检查，毕竟检查输卵管是否堵塞有点疼。"

"我不怕。"小恬目光坚定。

等到检查的时候，小恬才知道，医生的话是多么轻描淡写。给输卵管通水不是有点疼，而是很疼，非常疼，相当地疼！由于没有心理准备，她躺在手术台上就快要疼晕过去了。上一次，就在那个黑心门诊的简陋手术台上，也是这样地疼，疼得无处可逃，疼得羞耻难当。虽然疼痛的程度差不多，可是心情却不一样了，上次的目的，是为了干净利落地解决那个"麻烦"，而这次呢，却是满怀着期待和希冀，即使再疼痛也有了力量可以挨过去。

正因如此,当医生告诉她"稍微有点积水,但问题不大时",她顿时觉得与这个好消息相比,刚才那短暂的疼痛完全只是浮云。

仿佛过了一个世纪那么久,胜男终于看到小恬走了出来。刚刚做完检查的她脚步虚浮,脸色苍白,额头上的碎刘海都被冷汗打湿了,可是她的目光仍然是那么坚定,那么明亮。

"医生说没什么事吧?"胜男赶紧迎上去扶住她。

小恬努力挤出一个虚弱的笑容:"没事,不影响生育。"

"我早就说过不会有什么事,你非得做这个劳什子检查。"胜男心疼地数落好友,"这生孩子是你一个人的事吗?人家怀不上都是夫妻双双来检查,你家林森倒好,不闻不问,我看啦,他整天在外面喝酒,说不定就是他的事……"

"胜男!"小恬打断她,声音小小的,却透着一股冷意,"林森不是不愿意来陪我,他工作太忙,实在没有时间。"

"好吧好吧。"听出了好友的不悦,胜男满肚子的诤言只好打落牙齿往下吞,"但愿经过这次折腾,你能早点怀上孕。"

小恬羡慕地看向她:"现在你知道自己有多幸运了吧,孩子是上帝的神迹,你居然还想放弃,未免太残忍了吧。"

面对刚刚经历过苦楚的好友,胜男只有唯唯诺诺。这个时候如果她还在小恬面前抱怨说孩子来得多么不是时候,就相当于一个四肢健全的人对着一个没有脚的人抱怨说找不到合脚的鞋一样性质恶劣。这么不人道的事,她江胜男可干不出来。

4．再见了高跟鞋

胜男真正下定决心要这个孩子，是因为看了一部叫《子宫日记》的纪录片。

上午从医院检查完回出版社，她准备利用午休的时间整理一下书稿，出版社就是这样，一到年底就比打仗还忙。

刚打开电脑，同事刘姐就吃完饭回来了，献宝似的让办公室的女同事们去观摩她宝贝儿子的周岁照。

照片拍得挺漂亮，小男孩也胖乎乎的挺可爱，可是天知道，因为刘姐一天到晚在微博上晒娃，见人就夸她家宝宝，久而久之，大家都审美疲劳了。

"怎么样？我请摄影师到家里来拍摄的，比在影楼拍得要自然吧？"刘姐特陶醉。

同事们只得随声附和："嗯，不错不错。"

胜男心说，娃是好娃，可再好的娃也经不起您这么个晒法啊。

"有儿万事足啊。"刘姐继续陶醉，同时热心地向同事们介绍经验，"前几天我看了个纪录片，叫什么来着，对了，《子宫日记》，美国国家地理频道拍摄制作的。特别棒！看了后保准你们都想带个娃。简洁，还有胜男，你们都看看吧，待

会儿我给你们群发一个视频链接。"

简洁吐吐舌头:"我可还没作好准备。"

胜男嘴里答应着,心中想的是,有儿万事足?这是什么狗屁理论!有了娃就不用上班了吗?有了娃就不用为选题焦虑了吗?有了娃就不用为还房贷头疼了吗?她可不想变成刘姐这样,一开口就是"我家宝宝",烦不烦人啊。

但不知为何,鬼使神差地,她暂时放下了手中的工作,点开了刘姐发过来的视频。

近两个小时的观片过程中,如果要用两个字来形容胜男的感受,那就是——震撼!这部片子堪称一部"生命之旅",从新生命创造的第一天直到破茧而出的第三十八周,完整纪录了生命神奇的发展历程。

"在怀孕的前30天,只有1.5%的基因决定我们成为人类。人类有98.5%的DNA与黑猩猩完全相同,75%与狗相同,50%与果蝇相同,33%与水仙相同。"

"6到11周是胎儿变化最剧烈的时期,五周内胎儿迅速长大5倍。肝脏、双肾、米粒大的胃……这时他具备了所有人类要素,长度却只有7厘米。"

"眼睛是5个月时就能成形的器官,但要有视觉要等到他出生后。因为子宫中太黑暗了。"

与这些略显枯燥的数字解说相比,子宫内的鲜活画面更为打动人。胜男头一次知道,原来宝宝在子宫中就会笑,会打滚,会津津有味地吃手,甚至还会做梦!关于双胞胎的片断中,一个宝宝甚至在另一个宝宝的脸上亲了一口。

胜男的眼睛悄悄湿润了。几个小时前,当小恬说她残忍时,她还不以为然。而现在,她竟然为自己曾有过的想法汗颜了。她曾经以为,肚子里只是多了颗受精卵而已,可现在,她知道了,那是一个活生生的生命啊,再过两个月,他(她)就会长出可爱的小手小脚来,还过两个月,他(她)会把手指头塞进嘴里,边吮吸边笑。这样一个可爱的小生命,她居然想过要"清理"掉,不是太残忍了吗!

整个下午,胜男都沉浸在激动的情绪中无法自拔,忽而欣喜,忽而内疚。下班时,她走出出版社的大楼,家辉正等在外面,一见她就迎了上来,满脸都是温存的笑。

"老婆你坐下,我给你买了双鞋,百丽今天打折,鞋子全场五折。麂皮的打完折都只要三百二。你现在就换了试试,又暖和又轻便。"家辉蹲下身来,轻轻脱下她脚上的鞋子,给她换上了新买的平底鞋。

"好不好看?"他期待地问。

"土死了。"胜男嘴里不领情,眼角却不争气地湿了,该死的,是不是女人怀了孕后就会特别地多愁善感?她以前不是这样的,小恬就曾含蓄地批评过她"像男人一样坚强",言外之意是太过硬朗,没有一点女人特有的温柔。

"嘿嘿,我眼光不好,你先将就下哈,这鞋至少鞋跟不会断,怎么穿都没事。"他细心地给她系上鞋带。

"家辉,我上午去了医院。"

他系鞋带的手僵住了。

"家辉,我想告诉你,医生说我们的孩子很健康,已经六周了,再过三十四周,你就可以做爸爸了。"

4. 再见了高跟鞋

027

"什么？"家辉简直不敢相信自己的耳朵。

"我是说，我决定生下来。"

"太好了！老婆，这真是你作出的最英明的决定！"家辉一跃而起，给了胜男一个大大的熊抱。

"别这样，有人看着呢。"

"让他们嫉妒去吧，哈哈，我就要当爸爸啦！"几天以来的担心和紧张一扫而空，家辉开心极了，恨不得和全世界分享他的喜悦。

三十岁才迎来人生中第一个孩子，家辉很快就进入了"准爸爸"的角色。

表现一：虚心向邻居大妈学习了N种广东煲汤的秘方，然后以无比的耐心花上两三个小时煲出一锅老火汤。周一莲藕炖排骨，周二花椒鸡汤，周三老鸭虫草，周四药膳乳鸽，周五淮山猪肉，周六豆腐鱼头，周日黄豆猪脚，保证绝不重样。胜男曾经取笑他要是把这劲头用在工作上，早就评为副教授了，他还振振有辞："副教授有什么了不起？虚名于我如浮云，富贵于我何有哉，什么都没有我未来儿子重要。"

表现二：除了专业书从不看书的他，从书店抱回了一大堆育儿书籍，从《怀孕指南》《孕期营养百科》《百分百完美胎教》到《如何做个优秀父亲》《0至3岁幼儿食谱》应有尽有，买了也就罢了，恐怖的是他还拿出当初学英语的精神来细细研读，读了也就罢了，更恐怖的是他居然还做读书笔记！苍天啊，如果这些书的作者知道有这么一个忠实读者存在，可能在编书的时候会更尽心些吧。

表现三：每晚睡前半小时，都成了家辉专用的"亲子时间"。他会利用这个时间段，积极和他未来的孩子交流沟通，并美其名曰"建立父子感情"。沟通方式有时是读一段童话，有时是念一首诗，更多的时候，是他对着胜男的肚子，嘴里念念有词，说着一些幼稚可笑的儿语。比如说，"宝宝，我们吃饭饭啦"，"宝宝，妈妈今天不乖，不喝汤汤"。

胜男哭笑不得："两个月的孩子还只有一颗桑葚那么大呢，听觉器官都还没发育，你觉得他听得懂吗？"

可家辉依旧乐此不疲。

对于老公的种种表现，胜男觉得简直不可思议。虽然已经确定要这个孩子了，可她压根儿就没有将为人母的激动。从生理到心理，她觉得自己和以前都没什么两样。她的小腹依旧平坦，精力依旧旺盛，该焦虑的时候仍然焦虑，该忙碌的时候仍然忙碌。每天晚上不到十点家辉就催着她上床睡觉了，她又好气又好笑，借口便秘在洗手间一蹲就是半小时，实际上是坐在马桶上刷微博。

有次和小恬去逛街，她看中了一双特别漂亮的鞋子，圆头，坡跟，鞋帮上的金属装饰很别致，和她的着装风格很搭配。她爱不释手地试了又试，甚至想好了，等到一开春，就用来配那条黑色七分紧身裤，上面搭一件only的小皮衣，别提多帅了。

"鞋子是挺漂亮的，但是——"小恬提醒她说，"到了明年春天，你还能穿这样的鞋吗？"

一语惊醒梦中人，胜男这才想起，肚子里已经有了个娃，开春后肯定早显怀了，什么紧身裤小皮衣，做梦去吧，到了明年，她的着装风格将统一为四个字——肥大松垮。

"可这鞋是坡跟的，跟只有五厘米。"越不可能得到的东西就越有诱惑力，胜男舍不得将鞋子脱下来。

"就是三厘米也不能穿,你只能穿平跟的。你都快当妈妈了,凡事要先为肚子里的宝宝着想。"小恬毫不松口。

"好吧。"胜男总算放弃了顽抗,恋恋不舍地脱下了那双鞋子。离开柜台时,她不敢再回头看一眼,生怕一回头就会不顾一切代价地买下来。

胜男终于明白了,当一个女人肚子里有了娃之后,她就不再作为独立个体存在了,而是从肉体到意志都被腹中的胎儿所主宰。那么,再见了高跟鞋,再见了紧身裤,再见了我的青春岁月。

5．先兆流产

圣诞前夕，胜男所在的出版社为了犒劳员工，特意安排大家去日本出差，为期十天。今年社里有几本书反响不错，日本方面有意引进版权，其中就有胜男编辑的一本儿童小说。

这个好消息给年末的办公室带来了欢腾的气息，谁都知道，日本游素来以优质享受出名，可比去新马泰转一圈有档次多了。胜男却是喜忧参半，她的孕期已经进入第三个月，除了刚发现那会儿恶心过两次外，她的身体状况和以前没有什么区别。至今为止，社里还没有人知道她怀孕这回事。

她没敢和家辉说，而是先和小恬商量。

"日本哎，这个季节正是天寒地冻的时候，比我们这冷多了。你一个孕妇，如果实在想去旅游就去三亚吧，那里的气候对你对宝宝都好。"小恬旗帜鲜明地反对。

"瞧你说的，日本又不是什么蛮荒之地，再说我看了行程表，基本上没什么室外活动。"

"但是长途飞行啊，你身体受得了吗？"

"又没有明文规定孕妇不能坐飞机，而且我月份还小呢，

应该问题不大吧。"

"看来你早就下定决心要去了。"小恬叹了口气,"头三个月特别要当心,我一个同事,怀孕两个月去了趟九寨沟,孩子就没了。不如这样,你先和家辉商量下?"

胜男心说,你以为是演电视剧啊,坐个飞机滚个楼梯就会立马小产。当然,这话说不出口,小恬毕竟是为了她好。

意想不到的是,家辉那里完全没有任何阻力,他几乎没怎么犹豫就说:"老婆,如果你想去就去吧,毕竟机会难得。我看很多明星快要临盆了还到处跑呢,照理说是没什么影响的。"

"是啊,航空公司也只规定八个月以上的孕妇不能乘飞机。"心中一块大石落了地,胜男画蛇添足地加了句,"主要是我手头有本书要去谈版权,不去挺可惜的。你知道这本书我花了很大精力的。"

"嗯,我理解。放心吧,我们的宝宝没有那么娇弱,在肚子里出门历练下也好,培养一下免疫力。"家辉故意逗胜男说笑,其实心里不是不担心的,但是他看得出胜男很想去,他不想让她失望。

胜男果然笑了。

收拾行李的时候,家辉将一件防辐射服放进了拉杆箱,这是他花八百大洋特意在专卖店买的:"带上这个,3月份日本才发生过核泄漏的事情,我怕万一有核辐射。这衣服质量不错,我试了下,手机放进衣服口袋里一点信号都没有。"

"不用了吧,福岛事件早就处理完了,如果真有核辐射,一件衣服也隔绝不了啊。"胜男哭笑不得。

"还是带上放心些。"家辉坚持。

胜男心里暖暖的，难得温柔地对老公说："放心吧，我会好好照顾我们的BB，保证不会让他有半点闪失。"

十天的日本之旅很顺利。出版社由David挑头，共有二三十名员工参加，一行人浩浩荡荡先坐船到香港，再由香港飞往日本。去香港的船是特大邮轮，胜男完全没有感到任何不适。

由于开端太顺利，以至于她到了日本之后，全情投入到各项行程之中，到后来几乎玩疯了，完全忘记了对家辉的承诺。

胜男是一个特别热爱美食的人，而且不挑食，永远有个好胃口，永远敢于尝试各种新鲜到怪异的吃食。而日本对于她这样的吃货来说，简直就是个美食天堂。以前她并不是特别钟爱日餐，总觉得形式大于内容，对日餐的主食寿司尤其不感冒，在她看来，那不就是个米饭团子嘛，难不成米饭团子穿上马甲就成了无上美味？

可这次的日本之旅让她彻底爱上了寿司，不知道是不是气候的原因，日本的大米特别晶莹饱满，在东京的一家日本料理店尝了地道寿司后，胜男只觉得饭粒好吃得直接就在舌尖上融化了，不禁让人怀疑，前半生吃的米饭能叫米饭吗？

一开始，胜男还守着生冷勿食的禁忌，没两天就把持不住了。这是日本啊，生鱼片的故乡，有最鲜美的三文鱼和各类刺身，那可是胜男的最爱啊。她悄悄对自己说，就吃一两片吧，等到一两片下了肚，什么禁忌都顾不上了，恨只恨小日本忒小气，端上餐桌的东西少得可怜。

在北海道的一家海滨日料店里，日本的接待方精心准备了一席河豚宴。雪白的河豚刺身在瓷盘中绽放，缀以大葱梗、小葱花、青柠檬、芥末膏和河豚肝，四周辅以香醋汁、甜酱油、生姜丝、萝卜泥等味碟。薄如蝉翼地垒在青花瓷盘里，精美得像一首宋人的小令。

河豚肝号称"毒中之王"，最毒的部分同时也是味道最鲜美的。David笑着让胜男先尝，这位下属素来以"异食癖"闻名于出版界。这一次，胜男没敢以身试险，而是以超人的意志力控制住食指大动的冲动，一顿饭只吃了几个饭团果腹。

除了美食之外，日本旅游的一大卖点就是温泉。文人们大多对川端康成的《伊豆的舞女》不陌生，那个美丽的温泉之乡的一段弥漫着淡淡忧伤的爱情故事给许多许多的人留下了一些惆怅，一些向往。巧的是，伊豆也是此行的目的地之一。

伊豆半岛上到处是温泉，大街上悠闲地走着的都是穿着和式浴衣的泡汤客，即使是冬天，泡过汤后的客人也是满脸通红地穿着薄薄的浴衣和拖鞋，在街上慢悠悠地逛着。

胜男他们入住的温泉旅馆近海，有个超级大的露天风吕。才放下行李，简洁就来邀请她一块儿去泡温泉。胜男心想，天气这么冷，泡泡温泉倒是挺舒服的，怕着凉的话，顶多少走动吧。

露天风吕紧紧挨着大海，在热气腾腾的温泉中喝着饮料，看夕阳慢慢地从海面上消失，红色的晚霞覆盖了蓝色的天空和蓝色的大海，夕阳醉了，落霞醉了，温泉中的人也醉了。

同事们兴奋地在温泉边上走来走去，一会儿拿杯咖啡，一会儿换条浴巾。胜男挺享受地泡在池子里,不敢随意出去走动。

天黑前忽然下雪了,大片大片的雪花飘落下来,那场景,美得就像巨幅的黑白水墨山水画。

从温泉中出来后,胜男立马用浴巾将身体裹得严严实实的,饶是这样,也能感到一阵阵寒气扑面而来。轻盈的雪花落在裸露的肩膊上,才接触到皮肤就化了。走进旅馆后,她连打了几个喷嚏,晚上不敢再出门,只能留在旅馆中蒙头睡觉。

一觉起来,头痛欲裂,还咳嗽上了。

同住一屋的简洁走过来摸摸她的额头,一阵惊呼:"哟,烫死人了,我带了退烧药,你赶紧吃两颗吧。"

胜男谢绝了她的好意。

还好,伊豆是此次旅程的最后一站。胜男强撑着病体上了飞机,飞机抵达香港时,她一进机场就往洗手间冲,吐得稀里哗啦。

"你有了?"跟进来照顾她的简洁递上一张纸巾。

"嗯。"胜男气若游丝地点点头,不打算瞒她了。

"几个月了?"

"快三个月了。"

"准备要吗?"

"当然。"胜男戒备地看她一眼,"我暂时还不想让社里知道。"

"放心吧。"简洁似乎想说什么,犹豫了一下后还是没说了。

坐船回去时,胜男基本待在船上的洗手间里没出来过,

5. 先兆流产

她从来没有感觉到这样颠簸，整个人吐得快脱水了。

好不容易到了岸，简洁搀扶着她往外走，胜男蓦地感到一股热流从身体内喷涌而出。坏了，原来电视剧里的内容都是源于生活啊。

"快送我去医院。"胜男请求。

"还是先给你老公打个电话吧。"

"别，求你了，先送我去医院。"她抓住了简洁的手。

从码头到最近的正规医院有近半小时的车程，胜男坐在出租车后座上，不时感觉有热流流出，小腹开始隐隐作痛。一颗心慢慢往下沉，仿佛沉进了黑不见底的深渊。

车上简洁几次想给家辉打电话，都被胜男阻止了。她根本不敢去想，如果孩子真的没了，家辉会伤心成什么样子。往事一幕幕浮现在眼前，他抱着她在客厅打转，高兴得大喊"我要当爸爸啦"，他蹲下去给她系鞋带，他端来排骨汤一口一口哄她喝下，他贴在她的肚皮上温柔地和宝宝说话，"妈妈不乖，妈妈喝汤汤"……

宝贝，都是妈妈不好，妈妈不乖，妈妈太任性，妈妈不懂事，妈妈有了你之后还坚持穿高跟鞋，还跑去日本玩……

在二十九年的人生里，胜男从来没有这样后悔过。

正好是下班高峰，路上车特堵，原本半小时的路，走了一个多小时。到了医院的时候，她已经快要晕倒了。还好有简洁在，跑前跑后地忙了一通，挂了个急诊，又帮着交了费。

医生帮胜男检查时，她看见内裤上染上了鲜红的血迹，那一瞬间死的心都有了。

"见红了，有先兆流产的倾向，胎儿能不能保住还要做进一步检查才知道。"

"医生，请你帮帮我！"胜男都急哭了。

"你最近有没有提重物？"

"没有。"

"夫妻有没有同房？"

"也没有。"

"有没有坐过长途车？"

"我……"看着医生严峻的脸，胜男有点发怵，但还是实话实说，"我去了一趟日本，待了十天。"

"你也太不小心了！"医生轻声责备，"怀孕期间前三个月最重要，最好要避免长途旅行，都是要当妈妈的人了，你这样做对胎儿太不负责任了。"

"对不起，我不是故意的。"胜男语无伦次地解释，"我也不知道后果会这么严重。"

"在日本干了些什么？"医生继续问。

"去迪斯尼玩了趟，吃了些刺身……"胜男的声音慢慢弱下去，"回来前还泡了次温泉。"

"你呀，这个时候还吃刺身，实际上未经烹饪的海鲜里面含有大量寄生虫，生吃有可能会影响胎儿的脑部发育。"医生语重心长地教诲她，"还有，孕妇是不能泡温泉的，长时间泡温泉会导致缺氧，有可能造成胎儿畸形。怎么连基本的常识都没有，你这个样子，就算孩子保住了，怎么能做一个合格的妈妈。"

"我错了，帮帮我吧医生，我以后一定注意。"胜男为自己的无知而深深懊悔。

医生叹了口气，给她开了张B超单。

照B超要先憋尿，胜男喝了半瓶矿泉水，坐在B超室外

5. 先兆流产

的椅子上等。中间简洁接了个电话,说出去有点事。

五分钟后,她再进来的时候,身后跟着一个人,是顾家辉。

"胜男,不好意思没征得你的同意就擅做主张了,有什么意外我实在担当不起。"简洁说完,就借口上洗手间走开了,留下她和家辉相对。两人对望了一眼,一别十天,胜男憔悴多了,面色枯黄,眼窝都陷了进去。家辉也好不到哪去,脸上像蒙了一层土,灰扑扑的毫无生气。

"老公,对不起,我太无知太任性了。"沉默过后,胜男艰难地开了口。

"别这么说,是我同意你去的。"家辉淡淡地说,其实他很想问"怎么这样不小心",但是事情已经发生了,即使再责备她又有何用。

"是我不好,你要觉得心里不舒服,就骂我一顿吧。"胜男自责不已。

"你别这样,也许还有希望。"家辉空洞地安慰着妻子。

几句话后,两人又陷入了沉默,一片死寂的沉默。还好,报号声打破了这片沉默。

胜男怀着忐忑不安的心情走进了B超室,室外是同样忐忑不安的家辉。

几分钟后,她走出了B超室,脸上的阴霾一扫而光:"医生说,孕囊还是安全的,打几针黄体酮就没事了。"

"真的吗?"家辉很想冲上去抱住她,但是又不敢伸手,生怕碰着了妻子腹中的胎儿。

"当然是真的。"

"还要注意些什么?"

"卧床休息，注意观察。"胜男语气渐渐变得沮丧，"我可能要休个长假了，这个季度的全勤奖泡汤了。"人就是这样贪心，刚刚进B超室前她还暗自向上帝祈祷，只要孩子能保住，愿意付出一切代价。现在孩子保住了，她又希望上帝能保佑她财源广进了。

6．怀孕的代价有多大

听了医生的叮嘱后，胜男请了半个月的假，打响了孕期保卫战。

她不是一个人在战斗！

自从发生先兆流产的风波后，家辉就把她当成了瓷娃娃供着，捧在手心怕摔了，含在嘴里怕化了，一丁点的家务事都不让她沾手，整天好汤好水供应着，连喝杯水都要端到床边，将温度晾得刚刚好再递到胜男手里。

简洁来看她了，提着水果一箱补品一盒，还捎来了办公室全体同仁的问候。

"David让我替他向你问好。"简洁笑眯眯地转达，"他还说了，你安心保胎，先休半个月的假，如果假期不够，还可以顺延。"

"谢谢。"胜男心底涌过一阵暖意，"真是不好意思，年底这么忙我还请假，你帮我跟David说，休完这半个月假我马上回去上班，手底还有好几本书等着忙呢，其中有几本还是社里的重点书。"

"胜男，你就安心休息吧。"简洁眼神复杂地看着她，像是安慰又像是同情，"至于你手中的工作不用着急，David已经另外安排人做了。"

"给谁做了?"胜男按捺住从床上一跃而起的冲动。

"反正有安排就是了。"简洁吞吞吐吐地说。

胜男冷笑:"不会就是安排给你吧?"

"我也没办法。"简洁小声说,"你一休假,该出的书还是要按流程运转,这是耽搁不起的。"

"那看来还要多谢你了。"胜男语带讥讽。

"你别这样,胜男,我也只是服从安排。"简洁涨红了脸。

"我怎么啦?我这不是感谢你吗?"胜男咄咄逼人。

"你……"简洁为之语结。

"我怎么了?"

"你总是只会站在自己的角度思考问题,好像全世界都欠了你的一样。"

谈话无法再进行下去,简洁只好不告而别,胜男则躺在床上,将床栏拍遍银牙咬碎,恨不能身插双翼飞到办公室去和David理论一番。

小恬来的时候,正好看见胜男这副气鼓鼓的样子,不禁吓了一跳:"怎么这副模样,身体好点了不?"

"别提了,给人气的。"

小恬坐在床边,伸手轻轻抚摸着胜男的肚子,故意用夸张的口吻说:"哎呀,是谁这么不知好歹,居然敢给我干儿子的妈气受。"

"什么你干儿子的妈,快被你绕晕了。"胜男被她逗得笑了。

"到底是怎么了,按说家辉不会给你气受啊。"小恬细心地往好友腰后塞了个枕头,让她能够半躺卧在床上,"对了,

刚刚在楼下还碰到了你们出版社的简洁，我跟她打招呼，她好像挺尴尬的样子。"

"那是，做贼心虚呗。"胜男将事情的原委复述了一番。

"有句话不知道该不该说。"

"你在我面前还有什么不能说的。"

小恬沉吟了一会儿才开口说："胜男，我看这事吧，也怪不到简洁头上去，工作总得有人做吧，你现在这种情况又暂时做不了，不如大方一点，让他们去吧。"

"唉，你是不了解我们的工作性质。"胜男痛心疾首，"蛋糕总共就那么大，她多分了一块，那我吃什么啊。而且这事再急，也不急在这十天半月，眼看着有几本书都运作得差不多了，一番心血就这么付诸东流了啊。"

"瞧你，消消气，放轻松点，别影响了我的宝贝干儿子。"小恬笑着开导她。

"唉唉唉，我这还没生呢，社里就迫不及待了。"胜男愁眉不展，"等到生了后，哪还有我的位置呢。这生孩子的代价也未免太大了吧！早知道要付出这么大的代价，我就不生了。"

"又说气话，把这话说给你们家顾家辉听去，看人家乐意听不？我们副馆长说过，婚姻中一个女人最大的价值就是生孩子。"

"屁话。这又不是封建社会了，搞什么不孝有三无后为大那一套。"对于胜男来说，房贷是件天大的事，选题是件天大的事，甚至连读书充电都是件天大的事，和这些事相比，生孩子这件事简直渺小得不值一提。

"老祖宗的话总是有道理的。"

"顾家辉爱跟谁生跟谁生去,反正我不想生。"

"嘘,这话可别让肚子里的小宝宝听见了,不然会对你有意见的。"

"哪有这么夸张。"胜男为好友进行科普,"现在还只有一丁丁点大呢,根本就没有意识。"

"有多大?"小恬很好奇,"一颗黄豆那么大吗?"

"我想应该有一颗蚕豆那么大了吧。"胜男拿出《孕期百科》,翻到了三个月那一页,"第10周,胎儿长到4.58厘米,外生殖器初步发育,如有畸形可以表现,头颅钙化更趋完善。颅骨光环清楚,可测双顶径,明显的畸形可以诊断,此后各脏器趋向完善。"

"好神奇的小人儿啊,也不止一颗蚕豆那么大了,你这个准妈妈还是要多学习才行。"小恬盯着书上的彩图发愣,那里有一幅胎儿的彩图,已经可以看到小小的手和脚了,精巧得就像俄罗斯套娃里层那个最小的娃娃。

"还有七个月才生,想想真是任重而道远。"

"多好啊,托你家宝贝的福,人家上班的时候,你却可以舒舒服服地躺在家里休息。"

"整天躺着的滋味不好受啊,我现在最羡慕的就是没有怀孕的人了,想吃什么就能吃什么,穿着高跟鞋也能健步如飞。"这话倒是实话,以前工作的时候,胜男特别希望能休休假,哪怕生个什么小病都好啊,就可以把她从繁琐无趣的工作中解脱出来,至少不用天天对着选题表绞尽脑汁了。可现在呢,整天躺在家里,动又不敢动,吃又不敢吃,那感觉真是度日如年啊。也许生活的本质就是繁琐无趣,那还不如去工作呢,干着无趣的事至少还能够挣银子,何乐而不为?

胜男感叹自己为怀孕付出的代价太大,如果她知道好友为了求子付出了怎样的代价,她就不会一味地发牢骚了。

小恬最近的生活主旋律可以用四个字来概括,那就是——求子若渴!

不久前,在图书馆主管她的副馆长离婚了。在此之前,副馆长的婚姻一直是图书系统的范本,副馆长要才有才要貌有貌,家里家外一把手,和老公好得蜜里调油,据说在家里连内裤都是老公帮她洗的。

饶是这样恩爱的两个人,说离就离了,关于离婚的原因单位传言很多,最后还是有次聚会副馆长一不小心喝多了,酒后吐了真言。原来她早些年忙于事业,一直拖到三十二岁才结婚,又过了两年想着车子房子票子面子都有了,就缺个孩子就能五子登科了。可这会儿无论如何都怀不上了,医生说她原本就雌激素低下,加之错过了最佳的生育年龄,受孕的机会基本为零。屋漏偏逢连夜雨,副馆长的老公听说老婆不能生了,背着她和家里的保姆搞在了一起,等到副馆长惊觉的时候,小保姆肚子里的娃都快显形了。

副馆长觉得这简直是奇耻大辱,那小保姆除了年纪比她小,长得不如她漂亮,家境没有她优越,读完初中就辍了学,这样的资质,拿什么来和她比?原本期待着能以宽容换回老公的浪子回头,没想到一向唯她马首是瞻的老公这次铁了心,宁愿净身出户也要离婚。双手空空地走出那个家时,老公说了句让她终生难忘的话:"她什么都比不上你,但是,她能为我生个儿子。"

离婚后副馆长一下子垮了,面相看上去差不多老了十岁,原本很精致很讲究的一个人,现在妆也不化了,头发也不做了，遇到育龄妇女就苦口婆心地劝导："能生就赶紧生吧，一个女人对于婚姻最大的价值就是生孩子。"

不知道其他人怎么看，反正副馆长的话对于小恬来说无异于平地起惊雷，她可不想像副馆长那样，一世英明，最后变得像祥林嫂一样。

有了前车之鉴，小恬决定改变作风了。过去她也为怀孕作过不少准备，但总的来说太被动了，现在她决心化被动为主动，不然猴年马月才能怀上啊。

为此，她特意去看了医生，医生是熟人介绍的，在业界有送子观音的美名，只不过这个观音是个男医生。男观音问了她的情况后，给她开了两种中药，一种煎水口服，一种用来坐浴，据说能够改变人体的酸碱环境，增加受孕几率。除此之外，男观音还叮嘱她买一支体温计，每天早晨起来测测体温。

"医生，我身体很好的，基本上不发烧。"

"体温计是用来测排卵的，妇女每到排卵期体温就会增高。不是排卵期的话，即使有夫妻生活也是无法怀孕的。"男观音循循善诱。

"哦。"小恬羞红了脸，以前多无知啊，还以为怀孕是一件水到渠成的事，没想到这里面学问可大呢。

医生嘱咐她："回去按时喝中药，一天两次，还有就是每晚测体温。这样的话，只要夫妻双方身体都没问题，应该很快就会受孕的。"

小恬很想问"很快到底是多快"，但她性格含蓄，没好意思问出口。

求医过后，小恬每天喝两大碗中药，药汁浓稠，而且苦得要死，为了保证效果，她硬是逼着自己喝得一滴不剩。每天早晨更是一丝不苟地量体温，生怕错过了宝贵的排卵期。

这样辛苦，住在一起的婆婆却并不体恤，嫌儿媳妇在家里煎中药将厨房弄得乌烟瘴气，动不动就给她脸色看。婆婆是那种典型的广东婆婆，丈夫和儿子看得比天还重，而且传统观念很重。婚前婆婆和小恬相处得还不错，结婚那一晚，她执意要塞给儿子一条白毛巾，结果第二天早上，儿子还给她的白毛巾还是雪白如初，从那以后，她待小恬就越来越轻慢了。小恬将这一切归咎于自己的肚子不争气，越发求子心切。

婆婆不理解就算了，毕竟不是同辈人，想法和理念都不同。可叹的是，这边厢小恬上穷碧落下黄泉地瞎忙，那边厢她的老公林森却毫不配合，依旧是早出晚归，连个人影都难见到。

这天，小恬照例量完体温，发现体温计上显示37度，比平常的体温整整上升了一度。她开心极了，下午破例跷了班，跑到商场买了套情趣内衣。买内衣的时候又看中了一件睡衣，黑纱镂空，大V领开得又深又宽，面料是真丝的，摸上去又软又滑。小恬摩挲着睡衣的花边，想象着林森的手指在V领中探进去的香艳场景，不禁脸红心跳。

她早早回到家中，沐浴熏香，换上了那件黑纱镂空的睡衣。万事俱备，只欠东风，她现在就要学诸葛亮借东风了。小恬拨通了林森的电话。

电话响了很久林森才接，劈头就问："有什么事快说，我现在在陪领导应酬。"听得出那头很吵，一片觥筹交错的声音。

要是平常,小恬肯定什么也不说就挂了电话,可这次却鼓足勇气说:"那个,老公,你今天能不能早点回来?"

"你有事?"声音很冷淡。

"我今天早上测了下,体温有37度了。"小恬娇羞地说。

"发烧了直接去医院啊。"即使在电话里也能听出他的不耐烦来。

小恬顾不上娇羞了:"不是,我的意思是今天是我的排……"话还没说完,手机里传来嘟嘟的声音,电话挂了。她对着手机直发愣,前几天明明跟他说过测排卵期的事啊,他是太忙忘了呢,还是根本就没放在心上?

那晚小恬从晚上七点开始等,一个小时过去了,他没有回来,应该还在喝酒;又一个小时过去了,他还是没有回来,不会是酒喝多了不能开车了吧;再一个小时过去了,他仍然没有回来,她已经懒得为他找理由了。卧室里的电视开着,在放大禹治水的纪录片。大禹一定不爱他的妻子吧,所以才三过家门而不入,而她的老公呢,连家都不想回,那么她和大禹的妻子究竟是谁更悲哀呢。

深夜,醉醺醺的林森走进卧室,按亮了灯。灯光下,只见他的妻子坐在床上,眼睛睁得大大的瞪着天花板,禁不住吓了一跳:"大半夜的你坐在这干吗,又不开灯,故意想吓我么?"

"不是,我就想等你回来一起睡。"小恬怯生生地说,见了他,她就失去了质问的勇气。

"我先去冲凉,以后不用等我了。"林森听到自己的心温柔地牵动了一下,但很快又硬起了心肠。

他隐隐觉得妻子今晚有点不对劲,而这种不对劲在他上

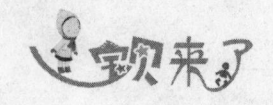

床睡觉后越发明显。在床上一贯被动的小恬这次居然主动贴了过来，还伸出手在他身上轻轻爱抚。

"老公，我们好久没有在一起了。"小恬的手慢慢往他腹下探索。

"很晚了，睡吧。"林森轻轻将她的手移开。

"老公，我想你了。"小恬不甘心地继续探索。

"我累了。"

"医生说今天是受孕的最佳时期。"小恬不屈不挠。

"你还有完没完啊！我忙了一天连睡个安生觉都不行吗？"林森粗鲁地推开了她的手，转过身用背对着她。

"我只是想要个孩子，孩子！你告诉我，难道我的想法很奢侈吗？"小恬的眼泪无声地流了出来。

没有回答，没有解释，甚至连争吵都没有。为了怀孕，她付出了汗水，付出了金钱，甚至连尊严都付出了，可得到的就是这样的沉默以对。黑暗吞没了她的质问，无声又无息。

7．母女冤家

孕期步入三个月的时候,"反应"来了,而且来得那样气势汹汹。

这个时候,胜男已经卧床休息了半个月,在家里闷得发慌,于是借着去医院建档的理由出了趟门。

一走到大街上,不对劲啊,怎么满鼻子的怪味?汽油味、汽车尾尘味、菜市场的鱼腥味、洒水车经过时激起的灰尘味道,以及满大街人山人海挤出的一股子人味,混合在一起扑面而来,熏得她差点没晕过去。真是奇怪,以前怎么就闻不到呢。现在嗅觉发达得让胜男觉得,拴条链子自己就能变身为警犬了。

从医院回来路过一家陕西小吃店,闻到了肉夹馍的香气,见胜男馋得慌,家辉只好陪她进去吃。吃的时候感觉还不错,刚回到家里,胜男就直奔洗手间大吐特吐,一直吐到满嘴胆汁味儿才作罢。

《孕产百科》上说,孕吐反应其实是一种保护机制,当你吃了什么狂吐不已时,就代表着这些食物是胎儿所排斥的。所以自从怀孕后,胜男就具有了一项特异功能,只要在外面吃了什么地沟油啊、怪味调料、垃圾食品之类,就会条

件反射，立马吐得一干二净。地沟油之所以屡禁不止，据说是因为质检机制不完善，其实哪需要什么质检机构啊，广大孕妇们就是活生生的食品质量人肉检测器，哪家饭店出产的菜肴如果能让孕妇吃了都不吐，自然可以贴上放心食肆的标签。

经过无数次狂吐不已的惨痛经历后，胜男只好挥泪告别各类小吃店和饭馆。之所以说挥泪，是因为她是个资深的路边摊爱好者，自以为修炼出了一颗无坚不摧的胃，没想到有了宝宝后，胃变得比心还要脆弱。

自从有了孕吐反应后，胜男就作别了吃嘛嘛香的快乐时光，而且口味大变，从前不喜欢吃的东西，现在却爱吃了，对各种奇奇怪怪的东西尤其钟爱。

有天晚上，她忽然想吃家辉妈做的霉豆腐，也就是通常所说的腐乳，婆婆做这个特别拿手，第一次进门的时候就吃过，当时倒不觉得怎么样，现在却思念起来了，而且想得馋涎欲滴，想得急火攻心，心里像有一百只猫在抓挠。

已经是夜晚十一点了，按照农村的习惯，家辉估计妈早睡着了，但这会儿什么也顾不上了，只好拿起手机就往家里拨。

电话响了好久才被拿起，传来了家辉妈睡意蒙眬的声音："谁啊？"

"妈，是我。"

"这么晚了有什么事，不会是我孙子出啥事了吧？"一听是儿子的声音，家辉妈马上精神起来了，儿媳妇肚子里的孩子现在是她最紧张的事。

"不是。"家辉挺抱歉的，为深夜打扰母亲，更为让母亲担忧，他犹豫了一下还是开口说，"妈，家里还有霉豆腐么？"

"今年还没开始做呢。问这个干啥？"

"胜男想吃。"

"哎哟，这会儿她怎么想吃辣的啊，酸儿辣女，这可不是个什么好兆头。"老太太一阵惊呼。

"妈！"家辉下意识地看了一眼身旁的妻子，生怕这话让她听了去。其实老太太嗓门本来就大，加上夜深人静，胜男早听见了，不过是在装聋作哑罢了。

"儿啊，不是妈不想做，主要是今年才收了几十斤黄豆，我寻思着你们不爱吃，都卖了换钱了。"家辉妈听出了儿子那声"妈"里透着的不高兴，赶紧找补，"而且那东西吧，上面长那么厚的霉，吃了对娃娃没什么好处的，现在电视里不都在说，孕妇要多吃新鲜蔬菜水果嘛。"

"那好吧，我先挂了。"家辉不想让母亲为难，父亲在他十岁的时候就去世了，是母亲将他和姐姐一手拉扯大的，因此他特别孝顺。既然母亲不愿意做，那就自己想办法吧。

"没别的事了？"

"没有了，你继续睡吧。"

挂了电话，胜男劈头就问："她不给做是吧？"

"我妈说，霉豆腐上面的霉太厚了，怕吃了对孩子不好。"家辉也觉得妈妈考虑得有道理。

"你妈什么时候这么讲究饮食健康了？怎么去年过年的时候还让我们带些来吃呢？别人怀孕婆婆一日三餐顿顿燕窝鱼翅地补着，你妈倒好，连块霉豆腐都不给我吃。"胜男越说越来气，"孩子还没生呢，你妈就这么重男轻女了，她怎么就算准了我生的必定是个女孩？"

"好啦好啦，你别生气，要不想想看另外想吃什么，糖醋排骨，辣子鸡，还是水煮鱼？"老实说，老婆一口一个"你妈"让家辉挺不舒服的，但是他素来不是计较的人，更何况胜男还怀着孕呢，孕妇大过天，他能和她计较吗？

"什么都不要。"胜男委屈得眼泪都来了，"我就想吃块霉豆腐，普普通通的、平平常常的霉豆腐，不是燕窝，也不是鱼翅，这要求过分吗？"

"当然不过分，一点都不过分。"相对于老婆的发飙，家辉更怕老婆的眼泪，"想吃霉豆腐是吧，老公明天就给你做。"

"你会做吗？"

家辉想想，这个还真不会："没事，不会做还不会买吗，我明天就去买。"

第二天，腐乳买回来了，一买就是两瓶，家辉买回家就赶紧献宝："老婆你尝尝看，著名的王致和腐乳，色泽鲜红，包装精美，畅销多年经久不衰。"

胜男拿筷子挑了一点放进嘴里，马上又吐了出来："一股子怪味，肯定放多了防腐剂。"

于是，两瓶腐乳就被原封不动地扔进了垃圾桶，家辉有点小郁闷，这可是他跑了两家超市才买来的啊，说不吃就不吃了，孕妇可不是一般的难伺候啊。

幸好，很快就放寒假了，英明神武的丈母娘赵秀芝从湖南老家赶过来探望女儿了，将拯救他于水火之中。

赵秀芝是坐长途汽车来的，虽然现在已经有了高铁，但她还是愿意坐汽车，理由是不用转车，能带的东西多。胜男两口子对此不以为然，心想坐高铁多便捷啊，再说能有多少东西带呢？

到汽车站接丈母娘的时候，家辉才开了眼界，赵秀芝肩上背着一个硕大无比的双肩包，手里拖着个拉杆箱，另外还有行李两袋，纸箱若干。原本就身材矮小的她，在双肩包的压迫下更是显得单薄。

家辉一个箭步上去，抢着去拿行李。接过箱子一提，好家伙，沉甸甸的几乎提不起来，真不知道丈母娘是怎么拿上车的。

风尘仆仆地进了家门，胜男正坐在电脑面前，见了妈妈只是淡淡地说声："妈，你来了。"就又回卧室去上网了。

这也太生分了吧。家辉心里暗自咯噔了一声。

赵秀芝倒是不以为然，连脸都顾不上洗，就开始归置从家里带来的东西。这可是一个浩大的工程！共计有鸡四只，杀好的两只，要放进冰箱，未杀的两只，仍然装进纸盒养在阳台上；鸡蛋两百个，事先放在装了糠的纸盒里密密包扎好，要一个个地拿出来检查是否在路上磕碎了；茶籽油两桶，纯天然无污染绿色食品，专门用来给孕妇做菜；鲜鱼四条，土鸭一只，都是乡下的土产，在家中剖好带过来；另外还有腊肉香肠猪血丸子等干货若干。

忙活了好久才把东西归置整齐，怕丈母娘舟车劳顿太辛苦，家辉一直在旁边帮忙，给丈母娘倒杯水，把鸡蛋放进冰箱的安置层，在装鸡的纸盒上钻两个孔。当然，他只是打打下手，主力还是赵秀芝，他一直以为自己的母亲够能干了，没承想这个丈母娘还要能干得多。

在他们忙活的时候，胜男出来喝了杯水，其他所有的时间都是待在电脑面前。

忙完后,家辉提议出去吃饭。赵秀芝急忙反对:"不用了,我来做就行,你去歇会儿,半小时后就有饭吃。"随即就钻进了厨房。

"胜男!"家辉忍不住了。

"干吗?"

"别老上网,有辐射。"

"穿着防辐射服的呢。"

"坐了一上午,你也出来活动活动。"

胜男端着水杯出来了,径直走到沙发边坐下,打开电视开始看。

家辉无语了。他的本意是让老婆去厨房陪她妈说说话,母女俩一年没见了,应该有很多家常要拉的吧,可现在这种场面,他总不能硬把她拉进厨房吧。

三个人都没有说话,只有电视机以及厨房里煎炸烹煮的响声,家辉感觉挺别扭的。

半小时后,饭菜上了桌,三菜一汤,热腾腾的老鸭煲冬瓜,色泽诱人的糖醋排骨,清爽可口的淮山木耳,还有碧油油的莴苣炒肉。

胜男拿起筷子,专挑盘子里的莴苣吃,还将肉拨到了一边。以前她无肉不欢,最近不知怎么了,闻见肉味就恶心,私底下曾经和家辉打趣说,肚里这娃准像他爸,是个食草动物,温和,不爱吃肉。

这时候赵秀芝发话了:"胜男,不要光吃素菜,也要吃点肉。"

家辉闻言将一块排骨夹到老婆碗里:"来,吃块排骨,妈做的排骨可好吃呢,酸甜可口。"

"你吃吧。"胜男马上夹回给了他。

"都要做妈妈的人了还这个样子!"赵秀芝皱起了眉头,"我从小就教你,不要挑食,不要挑食。特别是你现在怀着孕,要注意营养均衡,不然的话,以后小孩生出来也不好养。"说着给女儿夹了一筷子肉。

"我不想吃肉。"胜男头也不抬,将肉拨拉到一边。

餐桌上的气氛顿时凝重起来了。

"那喝碗汤吧,今天的菜可真好吃啊,好久没吃这么合胃口的菜了。"家辉连忙打圆场。

三人沉默地吃了一阵饭。赵秀芝又有话要说了:"今天星期几啊?"

家辉忙回答:"星期一。"

"既然是星期一,胜男怎么不去上班啊?"

又是家辉抢着答:"她还在休假。"

"不是早就休养好了吗?怎么还要卧床休息吗?"

见妈妈这么穷追不舍的,胜男只好说:"我不想上班,请了病假在家里休息。"

"不想上班?"赵秀芝生气了,在她心目中,上班是件很神圣的事,任何事情都要让位于这件事,"你不想上班就不上啊,等你休息够了,想上班都没地方去。"

家辉帮着解释:"不是,妈,胜男她现在身体还有点不舒服。"

"哪有这么娇气,生个孩子多大的事啊。胜男啊,我怀你的时候,都快临盆了还在上课,回来了还要做家务,还要照顾你奶奶,生你的那天连着上了四节课,一下讲台就生了。你们现在多好的条件啊,办公室坐着,不用站也不用累,这

么好的工作机会，怎么就不知道珍惜呢？"赵秀芝盯着女儿，眼神焦虑而失望，分明写着"恨铁不成钢"五个大字。

胜男最恨的就是妈妈"恨铁不成钢"的眼神，从小到大，只要她一做让妈妈不满意的事，比如说期末考试没有拿到前三名啦，一个人在家偷偷看动画片啦，赵秀芝就会用这种眼神来逼她就范。

这次胜男不想屈服，她开始反击了："别再跟我说什么你那个时候，你们那个时候，生孩子还不用去医院，直接在家里就生了。现在能吗？时代早就变了，别再用你那个时代的标准来要求我了，我做不到。"

"是不想做吧？"

"是的，也不想做。"

"你就是这样对你妈的啊，当心生个女儿和你一样，就知道气人！"赵秀芝气得浑身发抖。

胜男反唇相讥："你以为我对女儿会像你对我一样吗？"

"我对你怎么了？我对你难道不好吗？"赵秀芝声声控诉，"从小到大，我让你干过一点家务吗？连袜子都是我帮你洗的！为了你，我放弃了多少进修的机会，为了你能够上个好学校，我操了多少心！我只要你好好学习，长大后好好工作就行，可你看看你现在，整天待在家里，连班也不上，你这么不争气，对得起我为你作的牺牲吗？"

"是我让你牺牲的吗？"胜男豁出去了，"别把你的失败归咎到我的头上，是你自己活成这样的，和我无关。"

家辉感觉太难堪了，这样吵下去，还不知会说出什么难听的话来，在桌子底下踢了踢老婆的腿："胜男，妈也是为了你好，你就少说两句吧。"

"我饱了，你们吃吧。"胜男撂了碗就往卧室里走。

赵秀芝指着女儿的背影继续控诉："你看看，什么态度，都这么大了还一点都不懂事。我明天就回去，省得看你的脸色。"

家辉只得一番劝解。

好不容易安抚好了丈母娘，还得去劝劝老婆，作为这场战争的旁观者，平心而论，他认为双方说话的方式都有问题，丈母娘有些话在他听来也很不舒服，但是老婆也不应该那样和自己的母亲说话。他决定提醒她注意下沟通方式。

走到卧室里，他呆住了。刚才还像刺猬一样的胜男正在哭泣，脸上的泪一串串往下掉，面前的纸巾也堆成了一个小山包。

"老婆……"

"家辉，我受不了了，刚才你也听见了，她居然咒我，希望我生个孩子来折磨我。你说她还是我亲妈吗？"胜男声泪俱下。

"我想她是无心的，再怎么说，也是她把你生下来的啊。"

"我宁愿她没生我。"

家辉暗自叫了声苦，心想，这母女俩可真是一对冤家啊。

他的感觉没有错。不是所有的母女关系都亲密融洽，传说中的母女深情，似乎从来不存在于胜男和她妈妈之间。

赵秀芝年轻时聪明美丽，追求者众多，她偏偏相中了胜男的父亲江五一。江五一身材高大，性格温和，最大的优点是在百货公司任职，那年头可是个难得的肥缺，最大的缺点是爱喝点小酒，也因此结识了一帮酒肉朋友。刚结婚时两人也算是一对佳偶，没几年百货公司倒闭，江五一沦为下岗工

人，靠摆点小摊生活，于是佳偶就变成了怨偶。

赵秀芝自叹红颜薄命，好强的她就将希望全部寄托在一双儿女，尤其是胜男身上。胜男的名字是有来历的，只因她奶奶一心盼个孙子，见儿媳生了个孙女后连月子也不伺候，赵秀芝偏要争口气，遂将女儿命名为胜男，发誓一定要把女儿培养得赛过男儿。

要求得高，未免严苛过度。胜男从小就是在母亲的呵斥和巴掌中长大的。赵秀芝在学校里是个模范教师，在家庭教育中却奉行"不打不成才"的理念。在胜男的记忆中，母亲从来都缺乏温情。殴打来得如此突然，仿佛总是不能预料，一场成绩稍不如意的考试，一次时间稍为拖沓的玩耍，似乎都能成为引爆母亲巴掌揍的导火线。

小时候总是想，到底是做错了什么，才惹得妈妈这样生气。后来胜男才明白，小孩子是没有错的，错的是自以为是的大人。

印象最深刻的一次，是胜男大概十二三岁那年，已经懂得爱美了，不知是犯了什么错，可能是看小说看到太晚吧。母亲二话不说，拿起一把荆棘，劈头盖脑地抽下来，抽啊抽，偏偏胜男又是与生俱来的倔犟，挨打的时候从不躲避，只是冷冷地站在那里，热泪直流，拳头攥得紧紧地想，我要报仇，总有一天，我要报仇。结果呢，结果那些荆棘尖锐地刺在她脸上留下了一道道怵目的疤痕，在接下来的十几天里，已经有了羞耻之心的她每天都顶着一脸血红色的疤，在众人诧异的目光和恶意的嘲笑中去上课。

与殴打相比，母亲的嘲笑、讥讽还有漠视更让胜男难过。整个青春期，她都得应付母亲挑剔的目光，她不漂亮，不乖巧,爱顶嘴,爱和老师作对,用赵秀芝的话来说,除了给她丢脸没有干过任何正事。读书后她才知道,那叫冷暴力。

胜男脸上的疤早已脱落平复,只是有些伤疤,直至事隔多年以后,想起来仍隐隐作痛。她一直想不通,世上的母亲不应该都是爱孩子的吗?为什么母亲口口声声说爱她,却舍得用荆棘来抽她的脸呢?

在这种对立中她慢慢长大,在外人眼中,成年后的她看起来聪明、漂亮、独立,读的是重点大学,进的是知名出版社。她以为这下母亲该不再挑剔了吧,但是她和母亲的相处模式已经固定下来了,总是相看两厌,总是说不了三句话就会争吵。

有时候她也想对母亲好一点,就像这一次,母亲千里迢迢地从老家来照顾她,她应该感激涕零才是。可是她做不到,冷暴力依然存在于母女之间,只是这一次,施暴者和被虐者掉了个个儿。

8. 表妹的婚礼

闹腾了一场之后，家辉很是头疼，心想都闹成这样了以后还怎么相处啊。哭完了的胜男冷静地说："你要是见过我和我妈以前是怎么吵的，就不会有这种担心了。"

果不其然，风雨过后，母女俩跟没事人似的。赵秀芝依旧英明神武，操持家务；胜男依旧冷冷淡淡，我行我素。类似的争吵时不时爆发，她们就像针尖对麦芒，一点点小事就能掀起轩然大波。

赵秀芝看女儿横竖不入眼，女儿冲完凉后总是不记得换鞋，穿着湿嗒嗒的拖鞋就走了出来，把她刚刚拖过的地弄得一塌糊涂；女儿吃起饭来总是挑三拣四，不是这个菜咸了，就是那个菜淡了；女儿作息时间总是不规律，晚上大半夜的还不睡，白天太阳晒屁股了还不知道起床……这样的摩擦多了，做母亲的口头禅渐渐成了"你有点当妈的样子吗"？

为了避免和母亲直接冲突，胜男尽量不接她的茬，母亲唠叨的时候她就刷微博，母亲发怒的时候她就躲进卧室玩电脑。她越这样，母亲就越不满意。有次在饭后，赵秀芝切了盘水果让女儿吃，叫了两三次，胜男嘴里应着，手里却一直在刷着微博。

"你就不能停一下吗？"赵秀芝发飙了。

"怎么啦？"胜男迷茫地抬起头，她压根没听清母亲刚才在说什么。

"一天到晚玩手机，玩手机，你当你妈是空气啊！就是家里请个老妈子，也要跟人家说声谢谢吧。"赵秀芝的声音陡地高了不止一个八度。

"哦，谢谢。"胜男起身就往卧室走，心想惹不起我还躲不起吗。

没想到母亲还是不放过她，跟在她身后大声问："你这是要干吗？"

"睡觉。"

"还不到十点你就睡觉！是去玩电脑吧。跟你说过了，不要玩电脑，不要玩手机，电子产品辐射太大。前几天我看报纸上说，一个女人生下了一个无脑儿，你知道是什么原因吗？那女人一天二十四小时除了睡觉其余时间全在玩电脑。"赵秀芝意犹未尽地补上一句，"就跟你一样！"

"妈妈！"胜男生气了，"你可以骂我，请你不要骂我的孩子！"

"我就是为了你肚子里的孩子着想，也就是亲娘才会提醒你，说你你还不爱听呢。你看其他人会说你吗？不会！因为你脾气太臭，人缘太坏，根本就交不到可以跟你说句真心话的朋友。"

胜男败下阵来。多少年了，在和母亲的交锋中，她以为自己已经成长了，可谁知她还远远不是对手，母亲永远有本事三言两语就打中她的软肋。而糟糕的人际关系，一直以来都是她最大的软肋。

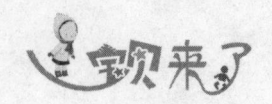

母亲啊，你为什么总是如此残忍！

胜男决定一过完年就去上班。

可还没等到过年，一件事又加重了母女间的裂痕。那就是表妹金贝贝的婚礼。

因为中国父母大多喜欢攀比，所以很多人的童年都是在"别人家的好孩子"的阴影中长大的。金贝贝，就是这样一个"别人家的好孩子"。从小到大，胜男天不怕地不怕，可就怕妈妈拿她和小她一岁的金贝贝做比较，金贝贝三岁拍的照片挂在影楼做宣传照啦，金贝贝五岁就能背几十首唐诗啦，金贝贝在幼儿园又拿一次"每周之星"啦，金贝贝的国标舞到北京去参赛啦……金贝贝金贝贝金贝贝，这三个字几乎成了紧箍咒，胜男一犯错就会被妈妈说"你看看人家金贝贝"。

一直等到高考那年，胜男发挥出色，考进了上海的一所知名大学，金贝贝却名落孙山，最后花钱上了个不入流的艺校。赵秀芝顿感扬眉吐气，不惜斥资在当地最好的酒楼大宴亲朋，好一洗多年来女儿不如人的耻辱。胜男也松了一口气，为不用再拿金贝贝当参照物而感到庆幸。

毕业后，胜男进了家知名出版社，号称全国百强，收入地位都还行。金贝贝也到了广东，到一家合资企业做办公室文员，干的是接接电话收收资料的活儿。那会儿，赵秀芝可真觉得长了脸了。

可是人生是场长跑，生命不息，攀比不止。在干得好的方面，金贝贝略输风骚。但在嫁得好的方面，按照世俗的观念来看，胜男可不仅仅是稍逊一筹了。凭着貌美肤白人嗲，金贝贝居然搞定了丧偶多年的大老板，一步登天嫁入豪门了。

婚礼在本市最豪华的临江酒楼举行，五星级，大厨烹饪的鲍鱼曾经让蔡澜都赞不绝口。

赵秀芝对外甥女的婚礼很重视，为拿多少礼金以及穿什么衣服等问题踌躇了很久。胜男倒是满不在乎，她感兴趣的只是去尝尝传说中的极品鲍鱼。

出发前，母女俩又争执了起来。起因是胜男穿了身松松垮垮的休闲装就打算赴宴了，赵秀芝则认为，在这样重要的场合，一定要打扮得光鲜亮丽点，做人就是这样，再输也不能输了气势。

"又不是我结婚，穿那么漂亮给谁看？"胜男觉得母亲简直莫名其妙。

"亲戚朋友都看着呢，你就不能换身正式点的衣服吗？"

"我倒是想穿啊，那要穿得进才行，妈，我都是孕妇了，谁会要求一个孕妇衣着时尚啊？"

赵秀芝可没那么好糊弄："就没见过你这么不注意仪表的女人，你看人家小S，挺着个大肚子主持节目，不照样穿得漂漂亮亮的。"

没想到妈妈这么与时俱进，连小S都知道，胜男无心应战，只好遵从母命换了套相对正式的衣服出门。

到了酒店，可算是开了眼界了。酒店门口一水儿的宝马奥迪，用来迎亲的车是传说中的劳斯莱斯。财大气粗的新郎把整个大厅都包下来了，"杨金联姻"的烫金大字闪闪发光，铺在红地毯上的玫瑰花瓣足足有一寸厚。配乐不是放的CD，而是请来了一个交响乐团，货真价实的交响乐团，搞笑的是，演奏的不是婚礼进行曲，而是广东民乐《步步高》！

偌大的大厅只开了十桌，据小姨解释，这次宴请的大多是女方的亲朋，等到金贝贝生了以后，再回潮汕摆满月酒。

"我们贝贝已经三个月啦，预产期是明年八月，和胜男的差不多。告诉你们一个好消息，贝贝怀的是双胞胎。"穿着大红唐装的小姨眉开眼笑。

原来金贝贝是奉子成婚的，不过也没啥，这年头，豪门哪是那么容易嫁的，君不见，许多女明星都只有珠胎暗结后方能修成正果。

寒暄了一阵后各自入席，司仪宣布婚礼开始。在交响乐团的宏壮配乐中，新郎新娘从红地毯那端华丽登场了，金贝贝偎在夫婿的身旁，面若桃花，明艳动人。以旁观者的角度来看，这对新人从外表来看并不登对，和美艳的新娘相比，新郎显得丑了点，也老了点。

赵秀芝凑在女儿耳朵边嘀咕："你小姨说贝贝老公比她大十岁，我看不止，至少大了十五岁。"

胜男敷衍地嗯了两声，心想别说大十五岁了，就算大二十五岁，有了钱也能够将两人间的巨大代沟填平。

婚礼程序异常拖沓，等到菜上桌的时候，胜男已经饿得前肚皮贴后肚皮了。幸亏等待是有价值的，澳洲龙虾、冰糖燕窝、新鲜三黎、红烧大连鲍一样样端上来，胜男觉得自己忍痛包出的八百八十元大红包真是值啊。

新郎新娘过来敬酒的时候，金贝贝换了一身大红的旗袍，看得出小腹已微微隆起。她双手戴着一排金镯子，一边大约有8只，另外，新娘的脖子还挂着一只金猪和一堆金链子，粗细不一。胜男感觉这个娇滴滴的表妹就快要被沉甸甸的金饰压垮了。

"胜男姐，听说你有了啊，恭喜恭喜！"金贝贝嗲声嗲气地向她问好。

"同喜同喜。"

"你在哪做产检啊？"

"省妇幼。"

"哎呀，你怎么去公立医院啊，那得排多久的队啊。"金贝贝说，"要不转去我看的一家私立医院吧，VIP一条龙服务，也不贵，从产检到生产全程不到十万。老公，你不是在那有熟人吗，叫他给我表姐打个折。"她说着捅了捅新郎水桶状的腰，语气娇嗲得好像要滴出水来。

听了外甥女这貌似关切实则炫耀的一番话，赵秀芝脸上的笑容都僵了。

胜男倒是不卑不亢，落落大方地回答："谢谢好意，就是打了折我也检查不起，省妇幼的水平还可以，我就在那查就行了。"

当着众多亲戚的面赵秀芝没说什么，一回到家就冲女儿发火："什么打了折也检查不起，亏你说得出口，我都替你不好意思。"

"我说的是实话啊，有什么不好意思的。"

赵秀芝长吁短叹："你当初为什么就不知道找个好一点的，给你妈长长脸？"

胜男连连冷笑："那没办法，都怪遗传，天生没人家漂亮。"

"还好家辉没去，省得一起丢脸。"

"别扯上家辉，他怎么丢脸了？堂堂大学教师，一表人材，人家配得上你女儿。"

赵秀芝撇撇嘴："还大学教师呢，说起来好听，挣得还没有你多吧！年纪轻轻的，一有空就是打游戏，没有一点事业心，我看他根本就没有尽到一个父亲的责任。"

"你就是瞧谁都不顺眼，家辉已经够好的了，每天上班那么辛苦，还要抽时间陪我产检，在家里也抢着做家务，有这么个女婿你就知足吧。"

"别提产检了，他要是有钱的话，要去医院排队吗？直接上私立医院开个啥一条龙的还不轻松。"

"妈，钱钱钱，亏你还是人民教师呢，这就是你衡量一个人的标准吗？"

"人民教师怎么啦，人民教师就不要吃饭了吗？"

"我没办法跟你说，庸俗！"

"有你这么和妈妈说话的，你看看人家金贝贝，够有钱了吧，在你小姨面前不还是那么听话，同样是做女儿的，这区别怎么这样大呢？"

"同样是做妈的，区别还不是更大！"

……

两个人正吵得不亦乐乎，家辉从卧室里走了出来："胜男，你少说两句。妈，看在她是孕妇的分上，您也别和她计较。"

正在争吵的母女俩顿时停了下来，赵秀芝讷讷地问："家辉，你不是去学校有事吗？"

"哦，早处理完了，刚刚睡了一觉。"家辉淡淡地说，"不早了，妈您早点睡吧。"

女婿看上去面色如常，赵秀芝总算是放下了一颗心，庆幸刚刚的话没被他听了去。

卧室里，胜男向老公细细描绘表妹的超级豪华婚礼："老公啊,今天的婚礼真是物超所值啊,我们送的红包原封不动地退了回来,每人还另发了五百元红包。你说是不是很值?"

"是的。"

"好久没吃过这么美味的海鲜了,那龙虾啊,个头特大,味道鲜美极了。但要说是从澳洲进口的,我还真不信。"

"嗯。"

"对了,你猜猜金贝贝今天戴了多少个龙凤镯子?"

"多少?"

"光是手上就有十六个!脖子上的项链可以用来拴狗了,你说她把自己整成这样傻不傻啊,完全可以用四个字来形容了。"

"什么?"

"人傻,钱多!"胜男说完自个儿咯咯地乐了一阵,发现老公毫无反应,"你怎么心不在蔫的啊?"

"哦,没什么。"家辉忽然问,"老婆,你跟我在一起开心吗?"

"还行吧。"

"那有没有后悔过呢?"

"后悔也来不及了啊。"胜男没有察觉出老公的不对劲来,"不过有点遗憾的是,我们没有举办婚礼。"

"是不是每个女人都想要一个金贝贝那样的婚礼?"家辉很惭愧,他和胜男结婚堪称"三无",无彩礼,无酒席,无婚纱照。当时胜男提出一切从简,他也觉得挺好的,可现在想起来倒是觉得欠了她一个婚礼。

"十有八九吧。不过我例外。"胜男陷入憧憬之中,"如果真要举行婚礼的话,我只想要一个小小的温馨的婚礼,不用去大酒店，就在公园里，或者草地上都挺好的。参加的人也不用太多，叫上至亲好友就行。也不用搞什么致辞啊介绍恋爱过程啊之类的花哨，简简单单交换戒指就好了。至于音乐嘛，交给小恬就行了，她不是会拉小提琴嘛！"

"老婆，不如我们生完小孩补办一个婚礼？"

"呵呵，我只是说说而已。如果真要办的话，我是说如果，得等我们的宝宝会走路才行，那他就可以给我们当花童啦。"

聊着聊着胜男睡着了，一旁的家辉却还很清醒。其实丈母娘的话当时他听得一清二楚，听完后心情很复杂，除了对丈母娘的势利感到恼火外，更多的是自我反省。一直以来，他觉得自己是个挺称职的准爸爸，每天按时陪老婆散步，给老婆按摩，哄老婆开心，为孩子胎教。可是丈母娘的话提醒了他，光做到这些是远远不够的，作为一个准爸爸，他有责任也有义务为未来的孩子创造良好的成长环境和物质条件，而这恰恰是他长久以来欠缺的地方。

窗外的月光照进来，月光下胜男熟睡的脸庞恬静安详。看着这张脸，他忽然无比安心，这个女人，是能够和他同甘共苦的。正因如此，他才更要顶天立地，撑起一片天空，为她，也为他们共同的孩子。

9．准妈妈的焦虑谁也不懂

过完年后，赵秀芝回老家了，一直折磨胜男的孕吐也结束了，生活开始步入了正轨。

上班第一天，恰逢全体职工大会，David亲自主持会议，他在会上透露，新的一年里，出版社将全面改革。具体来说，就是实行低底薪制度，编辑们的收入直接和所创收益挂钩，多劳多得，少劳少得，不劳不得。没改革之前，出版社虽然也推崇多劳多得，可那是在优厚底薪基础上的再次分红，说白了和以前的大锅饭类似，做得好的和做得差的差距并不明显。

春季书展即将开幕，每个编辑都被布置了一堆任务，连刘姐都没落下，胜男竖起耳朵，没有听见自己的名字。

一小时后，David宣布散会。

胜男郁闷地去敲他办公室的门。

"是胜男啊，快坐。我这有正宗的大红袍。"David热情地招呼她，"哦，My God！我忘了你是孕妇了，孕妇是不能喝茶的。在家休养得怎么样，我看你气色挺不错的。"

"刘总！"胜男郑重地说，"我正式回来上班了。"

"欢迎归队！"

"刚刚开会时,您给所有人都布置了任务,除了我。"

"是这样的,考虑到你的身体状况,社里不想让你过分劳累。"

胜男解释:"我的身体很好,一点问题都没有。"

"可是,孕妇理应被照顾。"David继续扮绅士。

见你的大头鬼去吧,你们就是这样照顾孕妇的吗,拿走本应属于她的工作,分走本应是她挣的银子。胜男深吸一口气,努力按捺住自己想要咆哮的冲动,缓缓开口说:"谢谢社里的好意,但请相信我,我可以胜任我的工作,我保证按时完成我的任务。而且……"她吞了一口唾沫,艰难地措辞:"BB出生后我将有一段时间不能工作,我需要多挣点奶粉钱。"

"胜男,take it easy,别这么焦虑。"

"刘总!"胜男急了,"我需要工作,考核制度变了后,社里是不会养闲人的。"

"这只是暂时的。"

"你们就是这样照顾孕妇的吗?"急火攻心之下,胜男脱口而出。

"胜男!别太激动,激动不利于你的身体。"David对女员工的态度很不满意,可还是决定安抚一下她的情绪,"这样吧,社里今年在弄一套岭南文化名人的丛书,交给你编如何?"

换在以前,胜男想也没想就会拒绝了,知识分子嘛,饿死也不食嗟来之食,何况这食的滋味不过尔尔——什么文化名人之类的丛书,除了几个学校图书馆买去撑撑门面,其他还有什么销路?可是,可是今非昔比,即便她不干了,也会有别的编辑去干。

"没问题,谢谢刘总。"胜男还想为自己最后争取一把,"还有我之前跟的几本书,听说还在编辑过程中,可以交给我吗?"

"不可以。"David摇了摇头,"那些书已经有人在跟进了,有几本是社里主打的重点书,你现在也不宜操劳过度。"

"不操劳啊,丛书不用费什么工夫的,我还有大把时间。"胜男还想据理力争。

"你得好好休息。如果有时间,那就联络新的作者,报新的选题。"

这话明显是在敷衍了。

胜男只得怏怏地退了出去,暗自发誓等生完孩子后,立马就辞职走人。《劳动法》上明确说要照顾孕妇的权益,可当老板的根本就没人把这当回事。

吃饭时,见她愤愤不平的,坐在她旁边的刘姐好言相劝:"David还算有良心啦,我那时候,怀孕期间可是整整坐了半年的冷板凳。"

"怎么熬过来的啊?"

"一个字:忍!"

"李连杰都说过了,忍无可忍就无须再忍。"

"屁话,他那是站着说话不腰疼。你拿什么和他比,你要供房子吧,你要吃饭吧,等以后小孩生了还要给他买奶粉吧。"刘姐苦口婆心地劝说,"所以啊,听姐的,忍无可忍再从头忍过。毕竟,现在还不是最差的阶段。"

"那什么时候才是?"胜男惊得瞪大了眼睛。

"你知道我那时是怎么过来的吗,休产假期间,一分钱

都没拿,每个月扣了医保社保公积金什么的,还要倒贴几百块。"刘姐痛说当年,"等你生完孩子回来,编辑部里能有你一个位置就不错了。我那时就差点被发配去资料室,还好我争取留下来了。"

"怎么争取的?"

"还能怎样,打苦情牌呗,我们社还算是有良心的了,不会太为难生育哺乳期的女人。我有个朋友在酒店做财务主管,生完孩子回去后,主管没了,想留下来的话,从小会计重头做起吧。"

看来每个职场妈妈背后都有一段生育血泪史,胜男这时特别羡慕金贝贝,同样是孕妇,金贝贝就可以每天舒舒服服地待在家里睡到自然醒,不用挤一个小时的公交车去上班,不用看办公室无良上司的脸色,更不用为了蝇头微利累死累活。

自从得知胜男也有了后,金贝贝就将她视做生育同盟军,闲来无事,动不动就向她倾诉烦恼,她的那些烦恼,在胜男看来完全都是吃饱了饭撑得慌自找的。什么婆婆每天非逼着她喝一碗花椒汤啦,什么肚子鼓起开始长妊娠纹啦。

有一次,她在电话里诉苦说:"哎呀姐姐,我昨晚几乎一晚都没有睡。"

"怎么啦?"

"有只蚊子一直在叫,嗡嗡嗡地,这鬼地方,春天居然也有蚊子啊。"

胜男哭笑不得:"我看你是豌豆公主附体了。"

金贝贝不懂表姐的幽默,反而问:"谁是豌豆公主?"

"童话里的一个公主,身娇肉贵,别人在她睡的床上铺了二十层床垫子和二十床鸭绒被,下面就放一粒豌豆,她都硌得整晚睡不着。"

金贝贝笑了:"瞧你说的,我哪有公主那么娇贵。不过晚上只要有一点点不舒服,就容易睡不着。"

"我有一个法子,你要不要听?"

"快告诉我吧。"

"每天出门做美容时别坐电梯了,直接爬楼梯,你家住二十八楼吧,上下两趟,保证到了晚上给条板凳你都能睡着。"

金贝贝一点都不生气,反而又咯咯咯地笑了起来,难道听不出这是在讽刺她么?真是傻人有傻福啊,人没心没肺到一定境界,想打击她一下都是件难事了。

和金贝贝说话经常会觉得无法沟通,只有一件事姐妹俩很有共同语言:那就是产检。每次产检过后,两人都会交流检查项目和结果,产检报告上只要有一项指标显示没有达标,就会为此焦虑不安。没办法,只有孕妇才能理解孕妇特有的焦虑。

胜男妈妈对此非常不理解,她的根据是,她们那个时代的人根本就没做过啥产检,结果生下一双儿女还不都是聪明健康的。这种推论丝毫没有减轻胜男的焦虑,要知道时代不同了啊,妈妈那个年代,吃的是纯天然无污染的食物,喝的是清甜的山泉水,呼吸的是乡野间清新的空气,而现在呢,准妈妈们一个个战战兢兢地和地沟油、转基因食品、汽车尾气搏斗,防疫能力自然不可同日而语。

没有怀孕之前,胜男完全低估了产检的繁琐和复杂。从

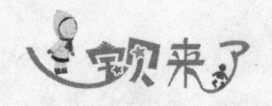

怀孕到小孩出生，要经历无数次检查：一个多月时要验孕，三个月建档时要查血查尿，四个月时要做唐氏筛检，五个月要查孕期糖尿病，六个月要查妊娠高血压，其间还要照N次B超，查N种遗传病的风险。

每项检查做下来，多则上千，少则数百，还要清早就起来排队，争取一上午能够查完。付出精力付出金钱都不说，最可怕的是，还要为之提心吊胆，就像小时候打游戏那样，小心翼翼地打完一关，还来不及欢呼，就又迎来了下一关。

这种提心吊胆在做唐氏筛查后升腾到了极点。唐筛检查，是唐氏综合征产前筛选检查的简称，就是通过化验孕妇的血液，来判断胎儿患有唐氏征的危险程度，通俗来说，就是看胎儿会不会是先天愚儿。

胜男所处的小区就有这样一个男孩儿，他父母经常带他在小区的绿化道散步。男孩儿十四五岁，长相和父亲酷似，五官原本长得不错，只是呆滞的眼神看上去毫无生气。他很安静，从来不会骚扰别人，还会做一些简单的家务事，比如倒垃圾，但是不具备生活自理能力，一日三餐都由母亲照顾，听说这么大了还尿床，晚上只好给他穿上成人纸尿裤。

对男孩儿的不幸，胜男曾经同情过，但也仅仅只是同情而已，她不觉得这会和自己的生活有什么关系。直到那天去拿唐筛报告，报告上的结果显示唐氏综合征患病风险为1∶65，而参考值是1∶700！

医生一看报告就说："唐氏高危。"

五雷轰顶。

胜男脸都白了，家辉则焦急地问："您确定会是高危吗？"

医生开始打太极："医学上的事无法说确定，只能说生下唐氏儿的可能性比较大。"

"那怎么办？"

"这次检查只是初步筛查，结论不一定准确。建议做个羊水穿刺，看一下是真阳性还是假阳性。"

"做羊水穿刺就能有个准确的结论了吗？"

"这个谁也不能保证。"

"那到底有没有必要做呢？"

"你们自己决定，医院只是根据情况提出建议。"医生开始叫下一个号了。

家辉和胜男面面相觑，欲哭无泪。

兜了一圈，医生将皮球踢回给了他们。崩溃啊，为什么医生说的话总是这么模棱两可呢，如果自己能够决定，还要医生干吗？唐氏高危对于医生来说只是一个冷冰冰的专业术语，可这四个字对于一个小家庭来说，有可能造成灭顶之灾啊。

两人商量后决定先考虑一下，回到所住小区时已是傍晚，恰好又碰到了那个男孩儿一家三口在散步，他的父亲拉着他的手，母亲则掏出纸巾，温柔地拭去儿子嘴角流出的口水。

以前胜男看到这一幕总会觉得很温馨祥和，但是今天感觉完全不一样了，她看到的是温馨之下的沉痛，祥和之下的无奈。和那一家三口擦肩而过时，她突然很想问那对夫妇：如果再给他们一次机会，让他们提前知道肚子里的孩子会是这个样子的话，那么他们还会把他生下来吗？

回到家后，胜男开始求助万能的百度，可百度到的资料更加让她惊心，她发现自己完全符合唐氏高危的可能致病因素：高龄，低血糖，怀孕早期还吃了几颗感冒药！网上说唐氏高危遗传的可能性很大，她忽然想起一个问题，连忙问家辉："老公，你是不是有个表舅是弱智？"

家辉想了想，回答她说："是的。"

两个人心情都很沉重。

关于要不要做羊水穿刺，夫妻俩的想法也不一样，家辉的意见是做做更放心，不就是花些钱吗。

胜男则有点犹豫，羊水穿刺也不是没有风险的，她的一个同学，曾经因为羊水穿刺引起了感染，结果四个月的胎儿就没了。

做，还是不做？可真是个问题。

如此纠结的结果就是，胜男失眠了，这个夜晚她就像那个矫情的豌豆公主一样，辗转反侧，难以入睡。到了后半夜，终于有了一点蒙眬的睡意，这时候她感觉到了异样——肚子里的小人儿动了。以前看孕产书籍的时候，把胎动形容得挺美，什么像吹泡泡，像蝴蝶飞，胜男却想起了温泉里的小鱼，泡过小鱼温泉的同学应该有经验，温泉中有一种小鱼喜欢啄人身上的死皮，鱼嘴儿很温润，啄在身上痒痒的，轻轻的，感觉特别奇妙。

伴随着这种奇妙感一起到来的，还有喷涌而出的母性温情。当宝宝再动的时候，她仿佛能够看见他打着哈欠，伸展着小胳膊小腿，拳打脚踢的场景。子宫如此封闭，这应该是小人儿唯一的娱乐活动了。是不是宝贝知道了妈妈的担心，所以特意运动一下，用这种方式来告诉她"妈妈不用怕，我是健康的?"

　　胜男推醒了身边的丈夫:"家辉,快起来,宝宝动啦!"

　　家辉迷迷糊糊地将头贴在她的肚皮上,半响后抬起头来,喜气洋洋地宣布:"真的动了,我听见他在里面动了!"

　　胜男决定下周就去做羊水穿刺,她相信肚子中的小家伙没那么脆弱。

10．婆婆来了

　　羊水穿刺顺利过关啦！结果显示，他们的孩子没有成为唐氏儿的可能。

　　一个问题解决了，另一个问题又浮出水面。胜男最近早上起床后总是头晕，有时还会出现眼前一黑的状况，医生给她做了相应的体检，发现孕妇近期的体重增长过慢，血糖偏低，这样下去不利于小孩的发育。

　　这阵家辉的学校准备升本，每个教师都要加班加点，准备一大堆资料迎接考核，家辉这样的年轻教师更是忙得脚不沾地，每天早出晚归，有几夜甚至就在学校的宿舍将就了。

　　老公这样忙碌，胜男只好自力更生了。可是，由俭入奢易，由奢入俭难，她从小到大几乎就没做过家务，在家是母亲一手照顾，出嫁后又碰到了新好男人家辉，早养成了衣来伸手、饭来张口的习惯。加上怀孕期间，根本闻不得油烟味。她不敢告诉家辉，这个星期，她的晚餐基本上是用方便面解决的。

　　无奈之下，家辉提议让母亲过来照顾一段时间。起初胜男还不大乐意，对这位婆婆大人，她素来采取的是敬而远之的态度，还从来没有在一起长期相处过。后来出于为孩子着想,勉强答应了。

家辉和妈妈说了这事,没想到老妈也不乐意:"这还没生就要我照顾了,也太金贵了吧,我们那时候快要生了还在田里插秧呢。"

"您就当帮帮我吧!"

"儿啊,不是妈不帮你啊,妈家里还有一亩田,等着插秧呢。"

家辉灵机一动,编了个谎言:"为了孙子,今年的田您就别种了吧。"

老太太立马来劲了:"是个孙子?"

"嗯。"

"照了B超啦?"

"照了。"

"真的是个孙子,没骗我?"

家辉硬着头皮继续往下编:"这还能有假!"

老太太乐了:"看在孙子的分上,我就来吧。要不要给你们捎点什么?"

"什么都不用带,您能来我和胜男已经很高兴了。"

春暖花开的时候,亲爱的婆婆大人来了。行李很简单,只有一个不大的旅行袋,里面装着她的几件衣服,她的解释是:"本来想给你们带点腊肉土鸡什么的,来之前家辉说什么都不用带了,我琢磨着也是,这城里有啥没有呢。"

家辉忙接口:"是啊,在路上带东西多辛苦。"

胜男也说:"您能来就好了。"说是这么说,一想到自己妈上次来的时候,大包小包扛着,恨不得把家当都搬过来的架势,心里不知怎么的隐隐就有些酸楚。

"对了,我给胜男带了点吃的。"家辉妈在行李袋里掏啊掏,掏出一个小小密封的玻璃瓶,递到了儿媳妇手里,"喏,我做的,你肯定爱吃。"

胜男心想这个婆婆还不错嘛,居然还记得她想吃霉豆腐,谁知一打开瓶盖,一股酸臭味扑面而来,哪里是什么霉豆腐啊,瓶子里装的是酸萝卜,浸在酸水里蔫不拉叽的样子,完全勾引不起食欲。

老太太笑眯眯地看着她:"你尝尝看,萝卜都是自家种的,没打农药,来之前放在酸水里浸了一个星期啦。"

"我不想吃。"

"尝尝嘛!"

胜男勉强吃了一小块,天啦,太酸了,差点连牙都酸掉了,胃里一阵恶心,她忍了忍,没忍住,跑到卫生间吐去了。

听着卫生间里传来的呕吐的声音,家辉妈一脸狐疑:"怪了,她怎么不爱吃酸的啊。老辈人都说酸儿辣女,不会有错吧。家辉,你没骗我吧?"

"没有的事。"家辉赶紧转移话题,"妈,坐了这么久的车饿了吧,我这就做饭去。"

"不用你做,我来做,你陪我说说话就行。"

母子俩在厨房里忙活开来,家辉妈负责掌勺,家辉则切切洗洗,做些打下手的事情。

客厅里,电视机的声音开得很大,胜男坐在沙发上,边啃苹果边看喜剧片,时不时发出咯咯的笑声。

家辉妈悄声问儿子:"我没来之前,你们家饭都是谁做啊?"

"我做。"

"你上了一天的班还得给媳妇儿做饭啊？"

"妈，胜男这不怀着孕吗，她不能闻油烟味。"

"那没怀孕之前呢？"

"有时她也做做，妈，您就别管这个了，两个人能有多少家务事啊，谁做不一样。"

"家辉，蜂蜜瓶子我拧不开，过来帮我拧一下！"胜男的呼唤打断了母子俩的聊天。

"好的，我就来。"家辉闻言屁颠屁颠地跑了出去。

"你就护着她吧。"家辉妈瞅了一眼电视机前笑得正欢的儿媳妇，心里隐约感到有点不是滋味。在她心目中，儿子是研究生，是大学老师，理应在家庭中占主导地位。可是这次来了才发现，敢情儿子在家中就是这样一个地位啊，不仅如此，他好像还挺乐意受老婆役使的。

晚餐一家人吃得还是挺开心的，胜男吃得尤其欢腾，因为终于有肉吃啦！这时候她的反应期已经过了，早恢复了食肉动物的本色。要知道，她已经几天不知肉味了。虽然菜稍微有点咸，她还是就着菜吃了两碗饭，又喝了一碗汤，然后才捧着圆滚滚的肚子心满意足地离开了餐桌。她没有听见家辉妈在背后小声嘀咕："这孩子，怎么光吃肉不吃菜啊。"

婆婆刚到那几天，小两口都感觉过上了好日子。对于家辉来说，老妈的到来让他感受到了浓浓的亲情；对于胜男来说，下班回到家终于有口热饭热菜吃了，哪怕菜的味道差些，也总比天天吃方便面强吧。

这样其乐融融的局面维持了好几天，直到有天，胜男下班回家，发现饭菜并没有摆上桌子，婆婆大人正坐在沙发上看肥皂剧。

"妈,我们吃饭吧。"胜男边换鞋边说,她以为婆婆是在等她回来开饭。

家辉妈岿然不动:"家辉打电话回来说,他今天加班呢,等他回来一起吃吧。"

"咳,他常加班,还不知道等到几点呢。"上班族一到晚餐时分就特别饿,都成条件反射了,胜男也不例外。

没想到婆婆很坚持:"先等等吧。"

既然如此,那就等等吧。半小时后,胜男饥肠辘辘地撑不住了,只好打电话向老公求助:"家辉,你快回来吧。"

"老婆,我也想快点啊,可是头儿不放啊。"

溜到阳台上打电话的胜男压低了声音:"我不管,你不回来的话,你妈就不开饭。"

"这样啊,你把电话给我妈吧。"

家辉在电话里交代了一番,家辉妈总算答应不等儿子先吃饭了。

等到胜男盛好饭迫不及待地坐上餐桌时,顿时欲哭无泪:桌上就一盘胡萝卜丝,而且是清炒的,连个肉丝儿也没有。

她失望地问:"妈,我们今天就一个菜吗?"

"是的,今天家辉不回来了,我们两个人就吃得简单点吧。"家辉妈扒着白米饭,抱怨城里的菜贵,"你猜这胡萝卜多少钱一斤?居然要五块!在我们乡下,好多人都不爱吃胡萝卜,切了喂猪。"

"妈,冰箱不是还有排骨吗?"胜男很不满,心想上了一天班,累得个贼死,敢情你就用喂猪的胡萝卜来打发我啊。

"哦,忘记做了。"家辉妈三口两口把饭扒拉完了,几乎就没见她的筷子往那碟胡萝卜丝伸过。

胜男还能说什么呢，人家艰苦朴素得连五块一斤的胡萝卜都舍不得动筷，你还抱怨说没有肉吃，未免太不懂为人儿媳之道了吧！她怏怏不乐地吃了半碗饭，寻思着等会儿非去吃点夜宵找补不可。

家辉回来时，她正好在冲凉。冲完凉出了浴室一看，气得一口血差点没喷出来。老公正在吃饭，面前是一碗堆得尖尖的排骨，还在冒热气呢。而她亲爱的婆婆大人呢，则坐在旁边，笑眯眯地看着儿子吃饭。

"妈，你不是跟我说忘记做排骨了吗？"胜男快人快语。

"哦，顿顿大鱼大肉的，我怕你不爱吃了。"家辉妈倒是淡定得很，依然面不改色。

胜男气得拂袖而去。

晚上跟家辉诉苦："你妈也太偏心了，给你吃排骨，我呢，就只有胡萝卜丝吃。"

"她是怕你吃腻了。"

"一派胡言，怕我吃腻就不怕你吃腻啊，我又不属兔子，干吗给我吃胡萝卜！"

"你属猪嘛，猪也爱吃胡萝卜。"家辉故意逗她。

"别跟我玩转移话题那一套。"胜男恼了，"告诉你顾家辉，我是孕妇，我需要营养，我不能天天吃胡萝卜。"

"哪能呢，不就吃了一顿吗。"

"我不管，反正我要吃肉，要吃红烧排骨，要吃雪花丸子，要吃辣子鸡块，要吃清蒸全鱼！"

"好的好的，明天我就让妈给你做，做红烧排骨，做雪花丸子，做辣子鸡块……"

"可是我现在就饿了。"

"放心吧，老公我早有准备，这就给你弄吃的去。"家辉出了卧室，很快端来了一碗排骨，"给，老婆。"

"我不吃。"胜男吞了吞口水，还在嘴硬，"饿死我也不吃嗟来之食。"

可是对于一个晚餐没什么油水的孕妇来说，这嗟来之食的诱惑实在太大了。在家辉的劝慰下，她还是吃了，五分钟内将一大碗排骨一扫而空。

这人吃饱了就容易心情好，心情好就不那么爱计较了，排骨一落肚，当家辉小心翼翼地提出"不和老人计较，不和老人当面冲突"的请求时，胜男豪气干云地说了声"好"。

如果她知道将来和婆婆相处有那么多琐屑烦恼，这声"好"就不会答应得那么干脆了。

原本以为家辉妈会知错就改，可谁知第二天回到家，桌子上又只有一盘土豆丝。

"我们就吃这个啊？"胜男大为光火，她还准备原谅婆婆呢，可谁知，老太太压根儿不需要她的原谅。

"你看，放了肉的啊。"家辉妈觉得她已经够迁就儿媳妇了。

胜男定睛一看，哟，的确，盘子里还有几根肉丝，切得比土豆丝还细。她忍不住说："妈，就算家辉不在，我们能不能吃得好一点啊？"

家辉妈声如洪钟："这还不够好啊，土豆三块五一斤，肉得十五块一斤呢。这不，还有西红柿鸡蛋汤呢，知道你爱吃荤的，鸡蛋也是荤的。"

"这也叫荤啊。"胜男郁闷极了，虽说她们家也不是什么富贵家庭，可赵秀芝在吃的方面从不吝啬，所以在她的认知中，只有糖醋里脊、红烧鱼段、冰糖炖肘子、梅菜扣肉之类的菜才够得上荤菜的级别，土豆拌点儿肉丝、西红柿加点鸡蛋就叫荤菜，那也未免太侮辱荤菜的名头了吧！

"咋不荤了，鸡蛋得五块一斤呢，在我们农村，以前的妇女只有坐月子才能吃上鸡蛋呢。"老太太振振有辞。

胜男还想和婆婆理论，电话响了，金贝贝盛情邀请她去游泳。她对游泳本来没啥兴趣，这会儿却正好找到了逃脱的理由，于是马上就撂了筷子："不吃了，表妹叫我去游泳。"

"你怀着孕还要去游泳？"

"妈，这你就不懂了，游泳是对孕妇最好的锻炼方式。"

"城里游泳要钱吧，要锻炼的话，爬下楼梯，做做家务都行啊，干吗花那个冤枉钱啊。"家辉妈可是在村里当过妇联主任的，在城里媳妇面前一点都不怯场。

"表妹住的小区有游泳池，不用花钱。我今晚去表妹那睡，不回来了。"

听说是免费的，老太太总算不说什么了。

金贝贝住的小区是本市首屈一指的高档小区，游泳池设在室内，是恒温的，免去了日晒雨淋。

好久没有舒展过筋骨了，有这样好的机会，胜男放肆地在泳池里畅游了一番。金贝贝倒是没什么兴致，只是坐在泳池边用脚划着水玩。运动真是件好事啊，可以发泄压力挥发郁闷。游了几圈后，胜男觉得心里畅快多了，于是也坐到池子边上和表妹聊天。

听说表姐在家连顿排骨都吃不上，金贝贝瞪大了眼睛："排骨太油腻了，叫你婆婆炖点燕窝粥吧，宝宝生下来皮肤

好。"

"燕窝！还是算了吧，她知道燕窝多少钱一斤会杀了我。"胜男苦笑，想起了那个"何不食肉糜"的笑话。

"喝点燕窝粥怎么啦，我都喝得不想喝了。"

胜男很不平："朱门酒肉臭，路有冻死骨啊。"

金贝贝没有接茬，反而盯着她的肚子说："胜男姐，人家说女尖男圆，我看你的肚子圆圆的，肯定能生个男孩。"

胜男不以为然："男孩有什么好，太皮了，满世界捣乱，我看见小男孩就头疼。"

金贝贝叹了口气："真羡慕你啊，姐夫疼你，没有生男生女的压力。"

"你还不一样。"

"不一样的。我老公前妻已经有了两个女儿，一家人都盼着我能生个男孩。"

胜男很惊讶："他离过婚？"

"是啊，他老婆不是生不出儿子吗。"

"胡扯，生男生女又不是女人能够决定的。"

"反正他们家人就这么想，唉，我也没办法。"金贝贝又叹气了，"我准备下个月去做个四维彩超，看看宝宝健不健康。胜男姐，你也一起去吧。我帮你约医生，不用排队的。"

胜男知道，其实表妹是想去看看胎儿的性别，金贝贝在她面前从来都是无忧无虑的样子，这是头一次表现得这么忧虑。天下的孕妇们啊，真是各有各的烦恼。

11．小恬的秘密

第五个月的产检结果很不乐观。医生说，胜男有营养不良的趋势。

营养不良！简直是太荒诞了，眼瞅着满世界的人都营养过剩，她一个孕妇，倒被折腾得营养不良了！这不是滑天下之大稽吗！

被医生宣判为营养不良的孕妇很窝火，急切需要找个人来倾诉一下。家辉出差去了，远水救不了近火。金贝贝这些日子倒是和她走得很近，可是有句话怎么说来着，夏虫不可以语冰，豪门孕妇哪能懂她的苦恼。剩下的人选就只有小恬了，温柔的小恬，稳重的小恬，春风化雨的小恬，正好可以抚慰她满腔的悲愤。

和小恬约好在新华书店见面。这已是胜男的职业习惯了，因为等人的时候，顺便可以逛逛书店，一来没那么枯燥，二来也可以观察下行业动态，看看现在什么书热销。

书店进门口摆放着最新上市的书，大多是养生秘笈和职场圣经，什么《30天吃出小蛮腰》《办公室跟人十六招》，真是些一等一的好书啊，光看标题就能够畅销不衰了，哪里还有人关注里面写的是什么。

胜男感兴趣的是少儿绘本,盘算着以后用来给宝宝启蒙不错。可是逛了一圈,毫无收获,那些绘本都被穿上了"精装",内容如何先不说,价格就不是普通家长能够承受的,一个巴士的童话故事,不足20页,却要30元!胜男想,如果让她来做绘本,一定不会如此华而不实,而是以内容为主,再精美的书籍到了孩子的手中,难免会面目全非。

等了好久,小恬才姗姗来迟。

胜男迎了上去:"姐姐啊,你总算来了,等人的孕妇伤不起啊。"

小恬苦笑:"家里有点事。"

胜男这才发现,女友面色憔悴,精致的妆容也遮不住疲惫的神情。

"你怎么啦?"

"没什么,昨晚没睡好。"小恬打了个哈欠,"走,去旁边找家咖啡店坐下慢慢聊吧,你站着太累。"

"好的。"胜男觉得女友精神状态不太好。

"对了,你现在不能喝咖啡,还是去甜品店吧。"小恬就是小恬,即使有心事,也总是会照顾好身边的人。

街角拐弯处有家甜品店,小小的门脸,却以正宗的双皮奶出名。胜男要了份双皮奶,小恬要的是龟苓膏。

两个好朋友边吃边聊,其实大多数时候都是胜男说,小恬听,这几乎是她们交谈的固定模式了。胜男说起话来语速很快,竹筒倒豆子似的噼里啪啦,将婆婆大人的各种恶行描述得绘声绘色。

"自从家辉让他妈给我做点好吃的,你猜她怎么着?她居然就拿蔬菜炒肉丝来糊弄我,什么土豆丝炒肉,莴苣炒肉,胡萝卜炒肉，翻来覆去就是那几样，吃得我都快吐了。"胜男叫苦不迭。

"对于老人家来说，这已经算是不错的菜了，你不能拿自己的标准去要求老人家。"小恬好声好气地安慰她。

"我要是像你一样想得开就好了，说实话，小恬，谁娶了你真是天大的福气，你永远都会把别人的需求摆在第一位。"这话确实是发自肺腑的。

"你真的这么想吗？"

"当然是真的。"

小恬重重地叹了口气："可是林森为什么一点都不觉得自己有福气呢。胜男，你婆婆待你其实还可以，如果我婆婆能做到她那样，我就很知足了。"

"你们家那个老太婆又欺负你啦？"

小恬苦笑："也谈不上欺负，她也是为我们好，看我和林森结婚这么多年一直没孩子，老人家急了，絮叨着让我们去找个代孕妈妈。"

"太过分了！这还不叫欺负啊，小恬你真是太能忍了，这事你要和你们家林森好好沟通一下。"胜男很不平，"生孩子又不是你一个人努力就能成功的，就该叫林森也去做个检查，说不定问题出在他那里。"

"别提了。"小恬的声音慢慢低了下去，"跟你说实话吧，他都好久没碰我了。"

"他是不是外面有人了？"胜男心直口快。

"我也怀疑过，偷偷查过他的QQ和短信，还跑到移动公司去打过他的通话账单，可是没发现有什么可疑的线索。"

"会不会是伪装得太好了？"

11. 小恬的秘密

089

"也不像。"小恬犹豫了一会儿才说,"我感觉他在这方面挺冷淡的,不像那种需求过度的人,我们刚结婚那会儿,感情比现在好很多,可他对那事也没什么兴趣。"

"你就听之任之啊?"胜男觉得可以颁发一个忍者神龟的勋章给女友了。

"我能怎么办呢,也跟他吵过闹过哭过,可是没有用,他根本就无动于衷。"

"那他什么意思?想离婚吗?"

"他倒没提过,只是他那个妈说不定这样想。"小恬愁眉不展,"我真想有个孩子,有了孩子的话,就不用看婆婆的脸色了。"

"我觉得吧,婆婆对你的态度关键取决于你丈夫,如果他真心爱你的话,即使没有孩子,也轮不到做婆婆的来说什么。"

"林森对我也不算不好,他只是太忙了。"

"都这样了你还帮他说话啊,你呀,就是太善良了。"胜男仗着和小恬是多年的老朋友了,一张嘴就没遮没拦,"你自己想想,如果他真心爱你的话,会让你看他妈的脸色吗;如果他真心爱你的话,会整天在外面喝酒吗;如果他爱你的话,会几个月都不碰你一下吗;如果……"

"够了!"小恬脸色发青。

"小恬,你怎么啦,我这都是为你着想,你是我最好的朋友,所以我才直言不讳的。"

是的,你是我最好的朋友,只有你才对我的秘密、我的伤痛、我的悲哀一清二楚,可是谁知道,有一天,你竟然会凭借着你对我的了解,将我伤害得体无完肤呢?

这些话在小恬心里翻滚，但是她什么都没说，喜欢把一切都说破是胜男的个性，不是她的。她只是为自己轻易信任他人感到后悔。

小恬的沉默让两个人的下午茶时光变得尴尬了，胜男察觉出这种尴尬后，特意说些轻松的话来弥补方才的失言，但是很明显不奏效。两人没有像平常那样一坐就是几小时，很快，小恬就说家里有事，得先走了。胜男能说什么呢，她只好目送着最好朋友的身影渐渐消失在街角。

家里有事只是借口，小恬走在街上，漫无目的，感觉自己惶惶然如丧家之犬。她忽然想起，以前在杂志上看到一篇文章说，不管一个女人混得如何，只要她的婚姻生活是失败的，那么她就是人生路上的一只败犬。对于这样的败犬，也许谁都有痛打落水狗的资格吧，所以胜男才那样说她，不就是倚仗着背后有个宠她的男人吗？不就是欺负她没有吗？

一种钝钝的心痛顿时弥漫开来，她问自己，杜小恬，中文系的高材生，当年的校花之一，为什么会沦落到连最好的朋友都哀其不幸恨其不争的地步呢？对于婚姻的经营，她自问花过的心思百倍于胜男，可是为什么，得到的却是这样的结局！

那一天，小恬独自一人在街上走了很久，走得筋疲力尽，走得腰酸背痛，走得双腿像灌了铅一样沉重。不知从什么时候开始，街上的灯一盏盏亮了起来，将整个城市照得璀璨华美。城市这么大，可何处是她落脚的地方呢？

迷迷茫茫中，她路过了一间酒吧。夜已深，有颓靡的乐声从酒吧中传来，夹杂着男男女女暧昧的说笑。

换在以前，她肯定会目不斜视地走过去，这种声色犬马

11. 小恬的秘密

的地方，哪里是她这种良家妇女去的呢。可今夜，有什么东西在心中发酵，她想奔跑，想呼喊，想把自己灌醉，想和一群陌生男女狂欢到天明。

所以她进去了，不仅进去了，还喝酒了，还跳舞了。在小小的吧台上，在闪烁的灯光里，在震耳欲聋的音乐声中，她把身体扭动得像一条蛇，丝丝地吐着信子，扭动着的腰臀满是诱惑。所谓的醉生梦死就是如此吧，她不得不承认，醉生梦死的感觉真不赖啊，难怪林森会毫不留恋地往外跑。

她扭动得越来越狂野，以至于成了全场的焦点，人们围住她，为她鼓掌，为她喝彩，为她尖叫。在男人们燃烧着欲火的眼光中，她感觉有小火苗从自己的身体中冒出来，嗖嗖地燃烧起来。很多次，她在浴室的镜子里观察自己的身体，光滑饱满得像一枚水蜜桃一样的身体，她仿佛能够听见它成熟得要炸裂开来的声音。成熟到极点，便是衰颓，她很遗憾，这具身体很少享受过被深爱着的人轻抚的那种战栗，它是如此寂寞。

一曲终了，有中年男人过来搭讪，请她喝酒，酒是血腥玛丽，一种很烈的鸡尾酒。很明显，他想把她灌醉，可是谁在乎呢？她接过来，一饮而尽。

"你醉了，我送你回家吧。"男人开始试探她。

"家？"她笑了，又像是在哭，"我没有家。"那个家，只有怨气冲天的婆婆和夜不归宿的老公，她才不想回去。

"那就去我家。"男人的眼中有着赤裸裸毫不掩饰的欲望。她享受这种眼神，有多久没有人用这种眼神看过她了？她的老公，看着她就像看一块猪肉没有区别！

男人的一只手顺势揽住了她的腰。

按理说她似乎应该要矜持一下，挣扎一下。但他的手就像一块烧红了的烙铁，这烙铁烙过她的腰，烙过她的腿，手掌所触之处无不急剧升温，挣扎的念头还没冒出来就被高温扼杀了。

当他扶着她走出酒吧时，她感觉自己已经外焦内酥了。再多停留一秒钟，就有变成焦炭的危险。

他们迫不及待地做了爱，就在他的车上。

很局促的空间，别具一格的姿势，他的手、他的嘴游移在每一个她渴望他触摸的地方，小火花噼里啪啦地从她身体深处绽放开来，有那么一刹那，她甚至认为自己已灰飞烟灭。

燃烧的感觉真好，可是为什么，燃烧过后，就是无尽的空虚。当那个男人事后亲吻她时，她厌恶地扭过头去，推开车门迅速离开了。

小恬回到家的时候，公婆已经睡着了。她蹑手蹑脚地走进浴室，好好地泡了个澡，以前看小说时，女主人公在一夜情后往往会后悔不迭，奇怪的是，她居然并不内疚。

冲完凉吹头发时，才发现林森已回来了，正倚在床头疑惑地盯着她："你去哪了，大半夜的才回来。"在他印象中，妻子一向安分守己，很少有晚归的情况。

"有什么问题吗，你平常回来得也不比我早。"小恬一反常态。

"我那是在外应酬，你一个女人能有什么应酬？"

"女人怎么啦，女人就应该独守空房，女人就应该逆来顺受？"小恬回击，话一出口，她发现原来自己也可以这样伶牙俐齿，有那么一瞬间，她甚至觉得自己是胜男附了体。

11. 小恬的秘密

"我没这个意思。"林森态度温柔了不少,"我的意思是,喝太多酒对身体不好。"

"那你还喝!"小恬娇嗔地斜睨他一眼,借着未消的酒劲就往老公怀里钻。想不到的是,林森抵挡了一会儿,很快就全面缴械了。在过了近一年的无性婚姻生活后,他们有了一次性爱,时间很短,只有几分钟,不过对于小恬来说意义非凡:证明老公仍是爱她的,而她,比以前更爱老公了。

12．彩超风波

怀孕第二十四周的时候，金贝贝拉着胜男一起去做四维彩超。

四维彩超说白了就是为腹中的胎儿拍"写真"和动态录像，拜伟大的科技所赐，胜男在没有生下宝宝之前，就和未来的宝宝谋面啦。一开始，小家伙还不大配合，两只小手挡在小脸前，犹抱琵琶半遮面。

做彩超的医生笑了："哟，还是个害羞的小家伙啊。这样吧，妈妈先去散散步听听音乐，等会儿继续照。"

私立医院就是服务周到啊，这要换了公立医院，做个四维彩超得提前一个月预约，医生还火急火燎，估计早就叫下个号了。

二十分钟后，胜男又躺在了彩超室的床上，这次在显示屏上看到，肚子里的小东西终于乖乖地将小手移开了，露出了庐山真面目，宝贝儿的小脸瘦瘦的，头长长的，看轮廓和家辉有点相似。

"BB的脸怎么不是胖嘟嘟的啊？"胜男失望地嘀咕。

"别担心，接下来几个月是长皮下脂肪的时期，等生出来的时候，保证胖嘟嘟的。"医生调整了一下机器，这下可

以更加清楚地看到，胎儿在腹中伸了一个大大的懒腰。

胜男很兴奋："哈，打哈欠了，真是个懒家伙,老是白天睡觉，一到晚上就精神。"

四维彩超足足做了半个小时，这可是准妈妈和宝宝的第一次亲密接触。不知道是不是有心灵感应，肚子里的小家伙特别有表演欲，一会儿吮吮手指，一会儿踢踢小腿，玩得别提多高兴了。想想也是，子宫里的生活如此寂寞，宝贝儿也就只能自娱自乐了。

胜男激动极了，小宝宝任何一个普通的动作在她看来都无比神奇：

"医生您瞧，他在喝羊水呢！"

"医生，他会不会在羊水中尿尿啊？尿的话会不会把羊水弄脏呢？"

"医生，他有多重了？"

她问一句，医生就答一句，超有耐心。反而是陪同的金贝贝不耐烦了："哎呀胜男姐，你怎么老问这些无关紧要的问题啊，就不问问关键的吗？"

胜男愣了："那你觉得什么是关键问题啊，宝宝不是挺健康的吗？"

金贝贝对表姐的木讷无语了，等照完后才偷偷跟她说："你照了那么久，都没想起要问下是男孩还是女孩吗？事先我都跟医生打了招呼的，他会告诉你的。"

"那你又不早说，我完全忘了这事了。"胜男傻呵呵地笑了，两眼放光，"不过这样也挺好，留一个惊喜嘛，最大的悬念要等最后一刻才揭晓，多好啊！"

金贝贝为表姐错失了大好机会而痛心，等到她照的时候,宝宝的脸都还没有看清楚,她就迫不及待地问:"宝宝很健康吧?我怀孕前吃了很多碱性食物,又是在月经后才怀的,婆婆说应该是男孩儿。"

"宝宝们都挺健康的。"医生很有技巧地回答,"生男生女都一样嘛,只要孩子健康,那就比什么都好。"

金贝贝失望透顶,剩余的时间里,她一声不吭,再也没有问过任何问题。

出了彩超室,胜男仍沉浸在激动的情绪中,一个劲儿地说:"双胞胎实在是太有趣了,两个人还可以在肚子里一起玩。不像我的宝宝,太寂寞了,只能一个人玩手指。"

"好什么好啊!"金贝贝沮丧极了,"你没听医生说,生男生女都一样!"

"有什么问题吗?"胜男莫名其妙。

"问题不是明摆着的吗,他的意思是,这是两个女孩儿。"

"女孩儿有什么不好的,两个小公主,可以给她们穿粉红色的小纱裙,扎漂亮的小辫,谁看了都会眼红的。"胜男的第一反应是,表妹不笨嘛,医生那么曲折的潜台词都听得出来,这样看来平常没心没肺的都是假象。

"可是我老公家人不这么想啊。"金贝贝小脸都急白了,"他前妻都有两个女儿了,他们家不缺女孩,缺的是男孩。"

"他前妻生的是她生的,你生的是你生的,能一样吗?"胜男很不解,"多少人盼着生对双胞胎女儿啊,未必他们家人就不知道珍惜吗?再说你老公家不是挺有钱吗,又不指望着生个儿子替你养老。"

金贝贝哭丧着脸:"这你就不懂了,越是有钱的人就越盼着能生个儿子,不然万贯家财给谁继承。那人家黎姿也是生的一对双胞胎女儿,为了还生个儿子,都把名字改成黎珈而了。人家还是明星呢!早知道是对女儿,还不如不生的好。"

"打住,你可千万别动这个念头。"胜男吓了一跳,生怕表妹动了歪脑筋,"刚刚你也看到了,小公主们躺在你的肚子里,娇娇的,嫩嫩的,这么可爱的孩子,怎么舍得放弃呢?"

"我也舍不得,唉,怎么跟你说呢。我婆婆一直盼望着生个孙子,这下回去我都不知道该不该告诉她。"

"有什么不能的,理直气壮地告诉她,做婆婆的大多数都重男轻女,我们自己得有底气。"

"表姐,我和你情况不一样。"

"有什么不一样?"

"不是每个男人都像家辉哥那样疼老婆,就算是家辉哥,说不定也想要个儿子呢。我妈说,只要是个男人,其实都是想生儿子的。"

"不会的,家辉说过,他想要一个女儿,跟我一样的女儿。"胜男挺有信心。

"那是他哄着你玩。"

"就算是吧。"看在表妹心情不好的分上,胜男决定不和她计较,"你也别这么焦虑,你想想看,如果宝宝们知道妈妈不想要她们,那该多伤心啊。话说回来,如果你老公非得生个儿子的话,那就再生一个呗,哪个豪门大家不是生十个八个的。"

说是这么说,金贝贝还是怏怏的样子。没办法,别看时代不同了，有些观念在民间却是根深蒂固的，要想在豪门站稳脚跟，从来都不是那么容易的事。

晚上吃饭的时候，胜男把做彩超和金贝贝的事儿一并说了说，家辉听了倒没说什么，他那个妈却立马感叹："你表妹可有得熬了，要想被婆家人看得起，非得生个儿子不可。我们村长儿媳妇也是这样，头两个都生的女娃，到了生第三个的时候，一看又是个女娃，直接在医院就送人了。"

"那是在农村，这里是珠三角，全国经济最发达的地区。"胜男很反感婆婆动不动就拿农村说事。

"经济发达怎么了？经济发达女人就不用生孩子了？越是经济发达的地方，这女人更应该争气生个男孩，不然家产都被族里的旁枝分去了。"家辉妈的想法倒是和金贝贝如出一辙。

"都什么年代了，生个女孩不一样可以工作可以给父母养老，可以继承家产吗？"

"你别生气，我那是说别人家，不是说你。"也许是怕儿媳妇伤了胎气，家辉妈换上了一副笑脸，"你都替我们顾家怀了个男孙了，别为这样的事情动气了，小心伤了身子。"

胜男头都大了："你怎么这么肯定是个男孩？"

"你就别不好意思了，这事还能有假啊。"家辉妈指了指儿子，"实话告诉你吧，家辉早就告诉我啦，不然我过来干吗，就为了给你们做饭，连家里的地都顾不上种了。"

随着婆婆两片嘴唇的开开合合，胜男的脸色越来越青，难怪呢，之前让婆婆做点霉豆腐都懒得做，后来却屁颠屁颠地大老远跑了来，就是因为感念这一点才什么事都懒得计较,没承想,人家根本不是为了她,敢情是为了孙子啊。要是她知道这个孙子是莫须有的,还不知道怎么生气呢。

"顾家辉!"胜男对着老公怒目而视,"你就是这么对待你未来孩子的吗?为了讨好你妈,连孩子的性别都拿来说谎!"

"什么,你是骗我的啊。家辉,你说实话,到底是不是个男孩?"家辉妈闻言也以严厉的目光看着儿子。

在老妈和老婆一个赛一个凶悍的眼神里,家辉只恨没有遁形术,好躲开两个女人的左右夹击。

但是没有办法,他不是土行孙,无法遁地而去,只能硬着头皮开口解释:"妈妈,老婆,对不起,我也是为了让你们好好相处,才这么说的。"

"什么?"他的话好比火上加油,让两个女人更气愤了。胜男跑进卧室,砰的一下关了房门。家辉妈不甘示弱,有样学样地跑进了客房,门摔得比儿媳妇还要响。

家辉看看这道门,又看看那道门,左右为难。最后还是决定先劝劝老婆,特殊时期,孕妇总是最大。

他推门进去,老婆却不领他的情,任他好言相劝,她自岿然不动,只拿脊背对着他。

家辉无奈,回头又去安抚老妈。等到他终于平息了妈妈的怒火出来后,才发现,卧室的门已经锁住了。

前半夜,他是在客厅的沙发上度过的。半夜的时候,卧室传来胜男的呻吟声,她的小腿抽筋了,这是孕晚期常有的事。家辉手忙脚乱地打开门,一顿揉捏抻拉,胜男总算停止了呻吟,慢慢又睡着了。家辉小心翼翼地躺到了大床的一角,不知怎么的,心中居然有了种劫后余生的感觉。

家庭生活就是这样的，一波还未平息，一波又来侵袭。

彩超风波刚刚过去不久，家里又吵开了，为的是胜男要去拍孕照，而婆婆极力反对。

胜男的理由很充分：都说怀孕是一个女人最美丽的时期，她要记录住这最美丽的一刻，这是其一。第二，怀胎十月，前面几个月吐得面无人色，后面几个月将会长得肥头大耳，只有六七个月的时候，神清气爽，朝气蓬勃。肚子不大不小，身材不胖不瘦，此时不照更待何时？第三，一个女人只有在怀孕的时候才和宝宝最亲密，所以孕照是给宝宝最好的礼物，等他长大了就可以告诉他，妈妈那个圆圆的肚子里住着的就是你。

家辉妈反对的理由也很充分：第一，什么怀孕的女人最美丽，简直全是屁话。女人一怀孕就腰如水桶满脸雀斑，出去抛头露面都不好意思，还好意思去照相啊？第二，过去的人都忌讳照相，说怕照去人的灵魂，现在就算是没这个说法了，给个没见天日的孩子照相，也不是什么吉利的事吧？第三，实在想照的话，在家里拿个手机相机拍拍就得了，请什么摄影师啊，留着钱给宝宝买点什么不好，干吗花那个冤枉钱呢？

家辉觉得这场争吵完全可以避免，就说胜男吧，你要拍个孕照就跑到影楼去拍就行了，老人家不同意的话，不让她知道不就得了。

对老公的解决方法，胜男嗤之以鼻，这彩超的事还没过去呢，他就好了伤疤忘了疼了，对付他妈这样的老太太，与其事后找补，还不如事前就先说清楚。再说了，她可不想去影楼拍照，那样太生硬了，她早想好了，要请摄影师到家里

12. 彩超风波

来拍,这样拍出来的照片才会自然才会温馨。

老婆这么有主见,老妈也那么有主见,习惯采取折中主义的家辉实在不知该如何是好。

直到老婆吵累了睡着了,他抚摸着老婆西瓜似的大肚子,脑子里灵光一闪,忽然有了主意。

胜男睡醒的时候,看见丈夫拿着相机坐在床边,笑眯眯地看着她:"老婆,看看你的肚子,有没有什么变化?"

胜男俯身看了下肚子,不禁乐了:圆滚滚的肚皮上,画上了一个大大的笑脸,笑脸的旁边还有个小人儿,圆头圆脑的特可爱。难怪刚刚睡梦中感觉肚皮上痒痒的,原来是老公搞的鬼。

"怎么样?"家辉期待地问。

"还行。"胜男鸡蛋里面挑骨头,"就是画工太粗糙了。"

"嘿嘿,你刚刚睡着了我照了几张,效果很不错的,不比影楼里拍的差。"家辉乐呵呵地给她看相机上的照片,"怎么样,挺好看吧,特别是我画的胖小子,真是神来之笔。"

"胖小子?"胜男脸一沉,"顾家辉,你是不是和你妈一样,就指望着我生个儿子啊?"

家辉连忙辩解:"哪有,生男生女都一样,胖小子胖丫头那不都是我们的孩子吗。"

"你就哄我吧,我知道的,你们男人都一个样,就想生个儿子。"

"不会不会。老婆你相信我,我和别的男人不一样。"家辉举起手信誓旦旦,"我发誓,我只喜欢女儿,女儿多好啊,是爸爸的贴心小棉袄。"

"那要是肚子里是个男孩怎么办?"

"唉,那也只好生下来了,谁叫我没有那么好命呢。"家辉开始扮沉痛。

"我倒有个解决办法。"胜男盯着老公,促狭地笑了,"要是个男孩的话,就让他在肚子里挥刀自宫,这样才能断了你妈想抱孙子的念头。"

"你!"

……

13．早产惊魂

胜男和金贝贝两个人的孕晚期都十分折腾。

金贝贝被查出有妊娠高血压，脚肿得像馒头，40码的鞋都塞不进去，还好是夏天，索性穿特大号的洞洞鞋。自打婆婆知道她肚子里是两个女孩后，燕窝也不煮了，汤水也不煲了，只是隔三岔五从寺庙找来些什么灵方，硬是逼着她喝下去，说能够将女孩变成男孩。最离谱的是，婆婆不知从哪听说，有一种叫转胎丸的药，可以改变胎儿的性别，特意花重金买来两颗。金贝贝哪敢吃啊，只好偷偷扔进抽水马桶里冲掉了。

胜男在孕晚期仍然坚持上班，虽然为此要付出每天坐两个小时公交车的代价，但总好过在家里宅着和婆婆相看两厌。和怀孕前相比，她的体重没什么变化，看上去反而瘦了，只是中间挺着个大肚子，活像小腹凸起的非洲难民。

刚开始怀孕吐得面无人色时，大家都安慰她说，不用担心，熬过前三个月就好了。后来胜男才发现这完全是屁话，其实对于大多数孕妇来说，最难受的不是前三个月，而是后三个月。随着肚子越来越大，渐渐压迫到坐骨神经，晚上怎么睡都不安稳，躺在床上总是在思考一个终极问题："我到底是侧着睡好呢，还是平着睡好呢？"

一夜要上个七八次厕所，睡着睡着经常腿抽筋，下床都变成了一件难事，这些都不算什么，最怕的是，孕晚期特别容易出现各种状况，让怀孕变成一件很揪心的事。

28周产检时，胜男的羊水指数只有55mm，而临界值最低是80mm。医生说这种状况容易引发婴儿缺氧，让她住院输液。在医院才住了一天，胜男就扛不住溜回家了，再在妇产科病房待下去，每天生活在产妇们的鬼哭狼号中，那需要特别粗大的神经纤维。回家后按照网上说的偏方，拼命喝豆浆，拼命喝汤水，没几天就榨了两斤豆子，终于将羊水指数补到了90mm。

还以为这下可以将心放进肚子里安心待产了，谁知道一波未平一波又起，胜男早上起来发现裤子上有褐色血迹，虽然只是少许斑点，也够怵目惊心的。连续三天都是如此，她不淡定地跑去看医生了，医生却很淡定地告诉她，胎心监测很好，回家安心休养。

可气的是，对于胜男频繁跑医院的行为，家辉妈表示很不能理解，她认为生孩子是件多自然的事啊，以前她生两个娃都是在家里生的，生家辉时接生婆不在家，还是她自己接生的呢，可儿媳妇呢，一有风吹草动就往医院跑，前前后后光是产检费就花了上万，有这个必要吗？

听到婆婆这样的理论，胜男气得不行，暗想怎么找个借口让家辉把他妈送回去，到时候坐月子就请个月嫂，省得在月子里还得受气。

俗话说，人算不如天算。胜男清楚地记得，那是八月的一个清晨，离她的预产期还有一个多月，她一早起来，发现

13. 早产惊魂

有股清水样的细流从下身流了出来,才坐起来,细流马上变成了洪流,哗哗地往外流。她吓得哇哇大叫:"破水啦!"闻讯而来的家辉比她还要惊慌失措,抱起她就要往外跑。

关键时刻还是胜男沉得住气,一边指挥老公拿好待产包,一边去卫生间换上了干净的内裤和裙子。

家辉妈倒是淡定得很,跟在儿子媳妇背后念叨:"不是说九月份才会生吗?还差一个多月呢,别着急,先在家里观察观察吧。"

这回是家辉冲她吼了:"你就少说两句吧。我扶胜男,你拿上待产包,赶紧去医院。"

还好,去医院的路上很顺利,没有堵车,也没有交通事故。到了医院,家辉赶紧去挂号,遭到了一个女医生的呵斥:"都破水了还挂什么号,马上把产妇送到病房去。"该医生还十万火急地弄来一辆轮椅,小心翼翼地让胜男坐上去,搞得本来就紧张的气氛更凝重了。

到了病房,医生让她平卧着一动也不要动,羊水仍然在哗哗地流着,没有停息的征兆。这个时候离预产期还有整整一个月,自然是很恐慌的。医生和护士进进出出,消毒,备皮,测胎心,量宫口。

胜男紧张地问:"医生我能顺产吗?"

医生说:"应该可以吧。"

"可我是臀位啊。"

医生给她打包票:"没事,因为是早产,胎儿比较小,使使劲应该能生下来的。"

接下来的痛苦经历让胜男恨不能掐死这个信口胡诌的医生。进医院是七点钟,八点钟的时候,她已经开始了宫缩,起初是半小时宫缩一次，后来就缩短成了十几分钟，饶是这样，宫口连一指都没有开，疼痛却越来越剧烈了。

胜男在病床上痛得冷汗直流，她的那个婆婆呢，每隔几分钟就来催一下儿子："家辉啊，我看一时半会儿还不会生呢，你先去吃点早餐，不然等下怎么扛得住！"

"我不想吃，也吃不下。"

"那我买来给你吃吧。"

"买了我也吃不下。"

"儿啊，哪里有这么紧张，我们村里有句话说，这女人生孩子啊，说到底不比母鸡下只蛋更难。"家辉妈似乎为自己的精彩比喻十分自豪，说完就哈哈哈笑了起来。

这笑声，那叫一个豪迈啊，那叫一个舒心啊，那叫一个没心没肺啊。

她笑了，她居然笑了！！！看着家辉妈脸上的笑容，胜男不禁悲从心中来，怒向胆边生，以前婆婆的各种恶劣行为加起来都还没有这个笑容让她寒心，有这么当婆婆的吗，儿媳妇痛得死去活来，她倒好，不关心就罢了，竟然还毫不在意地笑了。

"家辉，你过来。"胜男咬着牙吩咐老公，"让你妈出去，别在这给我添堵。"

家辉只好找个借口把妈妈支开了。

好了，婆婆出去了，世界总算清净了。可是为什么还是这么痛呢，不，更痛了，那种痛，绵绵密密，无处不在，具有撕裂一切的力量。

家辉在旁边给老婆打气："别怕，深呼吸，试试拉梅兹呼吸法。"

13. 早产惊魂

"我忘了。"

"深深地吸口气,然后再吐出来,保持平静。"

"我没法平静。"

"你太累了,要不要吃点东西?"

"我什么都不想吃。"

"吃块巧克力吧,补充一下能量。"

家辉将巧克力塞进她嘴里,坏了,胃里一阵翻腾,又没什么可吐的,呕出来的都是苦水。

是谁说深呼吸就可以不痛的?是谁说吃点东西会好很多的?是谁让她试着让自己顺产的?王八蛋,说生小孩不疼的都是王八蛋!应该让他们生一回试试看,看还有力气顾得上什么劳什子拉梅兹呼吸法不!

宫缩已经变成几分钟一次了,宫口还是没有开。在痛与痛的间隙中,胜男忽然无比思念母亲,要是她就这么死了,是不是连母亲的最后一面都见不上了。她一把抓住家辉的手:"妈妈,我要妈妈!"

家辉安慰她:"我给妈妈打电话了,妈妈就来了,妈妈很快到了,老婆你再忍一忍。"

不忍又能怎么样,事到如今,人为刀俎,我为鱼肉。

胜男痛得闭上了眼睛,开始她还大呼小叫,现在连喊疼的力气都没有了,床单已经在她手里攥出水来了,可是,这该死的宫口为什么还是一点都没有开呢!

已经是下午两点了,从入院至今,过去了整整五个小时。

家辉也快崩溃了,但是又无计可施,他只有眼睁睁地看着老婆越来越虚弱,越来越痛苦,却完全帮不上一丁点忙。在他三十年的人生里,从来没有哪一天像此刻这么无力。

两点半，医生又来检查了，说宫口还没有开，但羊水已经有点浑浊了，这样下去胎儿兴许会有危险。

"那怎么办？"家辉心急如焚。

"考虑一下剖腹产吧。"

"但是……"家辉顾虑到手术也会有风险。

"别但是了。"刚刚好像要死去的胜男忽然活过来了，用尽最后的力气哀求丈夫，"家辉，救救我吧，求求你了，快救救我吧！我就要死了，再生下去肯定会痛死的。"

老婆的脸布满了泪水，老婆的声音如此哀切，老婆的手躺在他的手心，早已被汗水濡湿，此情此景，家辉还能说什么，他马上随医生出去，顾不上看手术单上的条条款款，就哆哆嗦嗦地签下了自己的名字。

下午三点，胜男终于被推进了手术室，对于痛了好几个小时的她来说，手术室简直是天堂的代名词。

麻醉之前首先要输液，这下麻烦了，她血管太细，两个护士扎来扎去都没扎进血管，主刀医生跑进来一检查说："我已经摸到BB的脚趾头了，马上插导尿管，再不手术就要生了。"换到第三个护士终于扎到了血管，麻醉师在她背后打上了麻药，然后用针扎了她的腿。胜男当时还有知觉，忍不住大声呼痛。过了不到一分钟，麻药发挥了作用，该死的宫缩痛总算消停了。

疼痛一消失，胜男就想睡觉，一开始还勉强撑着，听见几个护士在那里赞美她的肚皮："皮肤真白啊，没有一点妊娠纹，做手术可惜了。"很快她就迷迷糊糊地睁不开眼睛了。

迷糊中听见一声儿啼，哭声很微弱，像小猫在哭，而且是饿了很久的小猫。这是她的孩子在哭吗？

胜男打起精神问:"宝宝出来了吗?"
"出来了。"
"他四肢齐全吗?"
"当然啦。"
"他很健康吧?"
"看上去还不错。"
胜男松了一口气:"那我就可以放心睡觉了。"
手术室的人全笑了:"这个妈妈呀,都不关心BB是男是女。"
"哦,是男是女?"
"你自己看吧。"有人把宝宝送到她面前,这是个小男孩儿,黑红黑红的小脸,皮肤皱巴巴的,瘦得手脚就跟鸟爪子似的。
这一刻应该母爱喷涌才对,但是胜男的第一反应居然是失望:"怎么这么瘦,怎么这么丑哇?"
手术室里又是一阵笑声:"妈妈太不像话了,居然嫌BB丑!"
护士把刚出生的小男孩儿往她身边凑:"亲亲小宝宝吧。"
简单清洗过的小宝宝脸上还有血迹呢,胜男心里说,这么脏,怎么亲呐。这话没敢说出口,迫于情势还是胡乱在宝宝脸颊上啄了一下。亲完之后,她热切地问护士:"现在我可以睡觉了吧。"
"睡吧睡吧,怎么有这么贪睡的妈妈啊。"
在医生护士们的笑声中,胜男沉沉睡去。
到了晚上,麻药的劲一点点退了下去,胜男开始感到刀口疼痛,这还不算什么,关键是刀口疼痛的同时子宫在收缩,一抽一抽地疼，这也不算什么，最痛苦的是那个按肚子。我的神啊，那些护士看起来笑眯眯的，却完全不顾她的苦苦哀求，不时走过来在她的肚子上猛按一下，那个痛啊，真是痛彻心肺。

生个孩子受了两茬罪，胜男感觉快要虚脱了。刚做完手术时，护士叮嘱说让宝宝尽早吸奶，可是她痛得根本没有力气管他，只想在一秒钟之内能够昏睡过去。晚上，她手上扎着针，身上戴着心电监测仪，像个木乃伊一样躺在那一动也不动，后背开始感到灼烧，慢慢就变得麻木，产后的宫缩疼痛也越来越剧烈，感觉腰已经不是自己的了，最后连整个身体也不是自己的了。

原来剖腹产远远没有想象中轻松，剖腹产和顺产的关系就像白天和黑夜，彼此都无法懂得对方的痛。

那个夜晚，宝宝就躺在她旁边的小床上，时不时发出小猫叫一样的哭声，陪床的家辉不停地哄他，而胜男呢，扭过脸去悄悄流下了眼泪。

怀胎八月，生下的就是这么个形似虾米、面目浮肿的小老头儿？都说母爱是天生的，怎么这个小东西哭的时候，她连看也不想看一眼呢。

这真是我生命中最黑暗的夜晚了。胜男想。

14．当婆婆遇上妈

晚上，当胜男昏睡着的时候，是家辉抱着他们的小皮皮在走廊上走了整整一夜。他们曾经说好的，生个男孩就叫皮皮，生个女孩就叫嘟嘟。

作为新生儿的父亲，家辉和胜男的感觉完全不一样。皮皮还在妈妈肚子里的时候，为了宝宝的健康生长，他也会给胎儿念李白的诗，听莫扎特的音乐，讲安徒生的童话，可那只是出于一种责任感，那时候的皮皮对于他来说，是一个很模糊的概念，他曾经为自己对胎儿并没有那种发自肺腑的骨肉之情而汗颜过。

可是第一眼看到皮皮的时候，他就被吸引住了，瞧那小嘴，红嘟嘟的多招人爱，瞧那耳朵，耳垂大大的好有福气，尤其是初生儿那清亮的眼睛，像是汪着一股水，透着股机灵劲儿。当他抱着小宝贝去喂葡萄糖水时，看他一口口地吞咽着糖水，觉得幸福极了。

不知道为什么，小皮皮出生的第一夜，是在哼唧中度过的，为了让他不吵着病房里的人，他只好把皮皮抱出来，在走廊上轻轻地走着。后来病房里一个有经验的产妇提醒他，是不是婴儿拉了。他笨手笨脚地打开婴儿的襁褓，可不是吗，尿不湿上沾满了黑色的胎便。他给婴儿换上了干净的尿不湿，动作还十分不熟练，对于一个新生儿的父亲来说，他要学习的东西实在太多了。

换了尿不湿的皮皮很快就睡熟了，在睡梦中还攥着小拳头，嘴角似乎还有着一丝若有若无的微笑。看着儿子的睡容，他在心里许诺说，小宝贝，请原谅爸爸的无知，从今往后，爸爸会学着照顾你。

第二天，赶回去给大家做饭的家辉妈来了，提着一个不锈钢保温桶，进产房第一句话就是："儿啊，饿坏了吧，妈给你做了好多好吃的。"然后就被还在睡着的皮皮吸引了注意力："让我看看我的宝贝孙子。"

刚生完小孩的胜男反而不在婆婆大人的注意力范围之中，不过这时她也顾不上了，从昨早进医院到现在，整整二十四小时粒米未进，再加上生小孩的过程耗费了大量体力，早饿得灵魂出窍了。她期待地看着老公。

家辉打开保温桶，愣了，里面装着的有米饭，有辣椒炒肉，有红烧鱼块，还有一小盒鸡汤，上面漂着层油花。

"妈，你怎么做了这些菜啊？"

老太太还在陶醉地逗着孙子："都是你爱吃的啊，你不是最喜欢吃辣椒炒肉了吗？"

家辉责怪老妈："可这些胜男都不能吃啊，昨天医生不是说了，她只能稍微吃点清淡的汤汤水水。"

听出了儿子声音中的不悦，家辉妈觉得他简直太大惊小怪了："哦，我忘了。不是有汤吗，热腾腾的鸡汤。"

来查房的医生正好听见了，提出了严厉警告："剖腹产的产妇在没有排气之前，绝对不能喝太过油腻的汤水，像鸡汤、

猪蹄汤等等，不然会胀气的。做完手术护士应该交代过你们吧，产妇现在只能喝点稀粥米汤之类的。"

当着医生的面家辉妈不敢顶撞，医生一走她就嘀咕上了："鸡汤怎么不能喝了，我们生小孩那时候，想喝鸡汤都喝不上，这医院也太讲究了一点。"

"妈，顺产和剖腹产是不一样的。"家辉生气地制止住了妈妈的唠叨。

老太太仍坚持说自己没做错："昨天医生不是什么都不让胜男吃吗，我以为今天还是不能吃呢。"

"如果她不能吃你干吗还要带饭菜过来啊？"

"她是不能吃，但是你要吃啊，再不吃饭会累垮的。"

"我要吃的话可以在外面买。唉，都怨我，没有跟你说清楚，让你回家是给胜男做饭，不是给我做。"

"给谁做不一样。"

还躺在床上的胜男不胜其烦，想开口制止却虚弱得连说话的力气都没有。

家辉体贴老婆，连饭菜都顾不上吃，忙去医院食堂买了份米汤，那米汤清得能当镜子照，本着聊胜于无的想法，胜男喝了两口，谁知道不仅于事无补，反而更饿了。

她不想向老公抱怨，老公又要照顾她又要照顾小孩，已经够累的了。闻着鸡汤浓郁的香味，她悄悄咽着口水，比任何时候都要思念自己的妈妈。

在家辉妈那里，这一页早就翻过去了，不就是忘记给儿媳妇做米汤了吗，下次记得做不就行了。她抱着皮皮，一个劲儿地向同病室的人炫耀："我孙子长得好吧，别看他不到五斤，医生说他可健康呢，本来这个重量的小孩都要放进保温箱，可我孙子就不用，小家伙可皮实呢。"

病房里回荡着她洪亮的声音，连家辉这次都觉得，妈妈中气十足的声音未免太刺耳了。

中午时分，赵秀芝可算来了。

看见风尘仆仆坐了一夜车的母亲，胜男颤声叫了一声"妈"，声音里已带有明显的哭腔："妈，我饿。"

"妈知道了，家辉打电话告诉我了，说你在医院里饿得厉害，所以我一下车就先去了你们家。"赵秀芝扫了一眼家辉和他妈妈，眼神里写着无声的责备。

家辉妈急忙解释："亲家母，你别怪我，我也是没有经验，不知道剖腹产的产妇能吃什么。"

"我没怪你，你是从农村来的，哪有经验啊。"赵秀芝说着，将矛头指向了女婿，"可是家辉啊，你妈没见识过，但是你应该知道啊。胜男是你老婆，她为你们顾家生个孩子受了两茬罪，要是产后连口热粥都喝不上，你说她心里能好受吗？"

这话说得，在情在理，滴水不漏。家辉听了连连称是，家辉妈也不好反驳什么，心里却隐隐觉得，这个亲家母可不是个善茬。

丈母娘和婆婆之战，第一回合以赵秀芝完胜告终。

赵秀芝手里也拎着个保温桶，装着黄澄澄的小米粥，粥里加了红糖，入口又香又甜。胜男吃完一碗，又要一碗。

"待会儿再吃，你现在脾胃虚弱，一下吃得太多容易消化不良。"赵秀芝见女儿吃饱了，才顾得上看外孙，"小家伙在哪呢，让我抱抱。"

家辉妈闻言忙将小宝宝送到亲家母面前:"在这呢在这呢,我都抱了一上午了,宝宝一直在睡觉。"

"抱着可辛苦吧?"

"是啊,这么小的小娃娃,浑身都是软的,要不是用襁褓包着,真不知道怎么抱呢。"

"亲家母啊,小孩老抱着可不好,容易形成依赖,没事的时候你就把他放在小床里,让他自己玩,这样大人也可以轻松点。"

"没事,他还小,哪这么容易形成依赖呢。"

"就是从小就要培养好的习惯,这样大人小孩都轻松。"

家辉妈很不服气,还想争辩,见家辉偷偷拉了下她的衣袖,只好作罢,心想来日方长,未必我的孙子我还做不了主吗。

赵秀芝接过外孙,笑眯眯地端详着他的小脸:"这孩子长得真好。"

"是啊,别看他瘦,可是样子还真不赖。"

两个老人家总算找到了共同语言,对着孩子的小脸蛋越看越爱,你一言我一语地把刚出生的小宝贝夸了个遍。

可是刚达成共识没多久,立马又有分歧了,为的是孩子像谁的问题。

家辉妈抱着孩子向他外婆展示:"亲家母,这孩子真是越看越招人爱,我们家辉刚生下来,就是这么个小模样儿,活像一个模子里面刻出来的。"

"像家辉吗?不太看得出来啊。"赵秀芝摸了摸孩子的耳朵,"倒是这耳朵,大大的,耳垂厚厚的,跟他妈一个样,耳朵大,有福!"

"耳朵是像胜男。"家辉妈不甘示弱,"不过您瞧这眼睛,双眼皮儿,大眼睛,眼角还往上扬,可不就像他爸吗?"

"我们胜男也是双眼皮,大眼睛。"赵秀芝又有了新发现,"快看看他的小拇指,中间一节弯弯的,胜男是这样,我也是这样。"做外婆的乐呵呵地亮出了她那弯弯的小拇指,深深地为基因密码的神奇而骄傲:"真是我们家的孩子,有个特殊的印记,这下子不用担心抱错了。"

做奶奶的不乐意了,你们家的孩子,这话什么意思嘛,不明明是我们顾家的孩子吗,接下来,两个人争着在刚出生的宝宝身上寻找属于自家人的印记。

"瞧这手指,又瘦又细,随他爸,我看电视上面说,这样的手指用来弹钢琴最好了。"

"瞧这小嘴,红红的,小小的,上嘴唇上还有一粒米,他妈嘴上也有一粒,我们老家说,嘴上长米的孩子能说会道。"

"瞧这鼻子,高高的,直直的,鼻头肉又多,我们顾家的人啊,都有这样一个又高又挺的鼻子。"

"瞧这头发,又黑又亮的,我们家胜男的胎发现在还保留着呢,也是黑亮黑亮的。"

……

胜男和家辉面面相觑,交换了一个疑惑的眼神:这俩妈夸的都是咱吗?活了这么久,还头一次知道自己的外形具有如此多的优势。

照这阵势,两个老太太会把小宝宝从头夸到脚,幸好,这时候护士来了,要带BB去抽血查遗传病,针尖对麦芒的交锋才暂时告一段落。

生育是婚姻关系的试金石。事实证明，家辉是块经得起磨炼的真金。剖腹产后相当长一段时间内，胜男被疼痛的伤口和虚弱的身体折磨得形同废人，连下个床、翻个身、上个洗手间这种对平常人来说再容易不过的事，对她来说都要费尽力气。

胜男第一次下床的时候，妈妈和家辉两人搀着，那种感觉，好像腰被人从中间打断了一样，简单的起身、下床变得无比艰巨，最难克服的是腹部的下坠感，整个身体都往下坠。你只要观察一下剖腹产的产妇，就会发现她们起初走路都是弯着腰的，就是因为这种可怕的下坠感。

这个时候家辉细心体贴的优势就显露出来了，与粗手粗脚的丈母娘相比，他动作更细致，说话也更温柔。有次妈妈扶胜男下床，力气使得大了点，动作粗鲁了点，差点没把她的腰痛断。从那以后，她就只选择家辉在的时候才去上洗手间。

那几天把家辉累得够呛，他要学着给小宝宝打襁褓、冲奶粉、换尿布、喂开水，还要扶老婆上下床、陪老婆去外面散步。可不要以为散步是件多么轻松的事，产妇由于伤口疼，只能捧着肚子慢慢地走，速度堪比蜗牛，而扶着她的那个人呢，既要当心她不要摔了，又要放慢自己的速度迁就她，往往在走廊上走一圈，胜男整个人都虚脱了，家辉也是一头一身的汗。

家辉妈心疼儿子，凡事都想搭把手。家辉却不让她插手，服侍老婆和儿子他心甘情愿，老婆为了生儿子受了那么大的苦，他辛苦一下又算什么呢？

两天之后，胜男不那么痛了，才想起了忽略已久的宝宝来。在家辉的搀扶下，她佝偻着腰，一步一步慢腾腾地挪到婴儿游泳池的边上，去看宝宝洗澡。

婴儿游泳池实在是太好玩了，小宝贝们脱得光光的，脖子上套着个颈圈，都在池子里面漂浮着，有的蹬蹬小腿，有的挥挥小手，还有的发出咿咿呀呀的童语来。

在一群光溜溜的小婴儿中，胜男一眼就认出了皮皮。他们的小皮皮呀，是所有婴儿中最瘦最小的，胳膊细得就跟干柴一样，胸脯上的肋骨历历可数。和他旁边那个圆头圆脑的小胖妞一比，越发显得无比瘦小。不知是不是太瘦的缘故，皮皮在水里安安静静的，既不蹬腿，也不划水，只是静静地漂浮在水中，两只眼睛半睁半闭着，样子懒懒的、娇娇的。

家辉走过去，撩起水花往皮皮身上泼。小家伙抬起头，忽然睁开了眼睛，两道清澈的目光在爸爸妈妈脸上滴溜溜地滚过。

"真是个小可怜。"胜男笑着说，她发现小家伙没那么丑了，反而有那么一丁点儿可爱了。哈，只是一丁点儿。

15．悲催的月子

在医院住了五天后，胜男出院了。

回家的感觉真好啊！告别了，三人一间闹哄哄的病房；告别了，无休止的各类检查；告别了，产妇的咆哮和婴儿的哭闹！

八月正是这座城市最热的时分，胜男伤口还没恢复，走路又得有人搀着，再加上又要有人抱小孩，又要有人拿行李，从医院回来到家里，一行人都累得气喘吁吁，汗流浃背。

进了房间，赵秀芝扶着女儿在床上躺下，然后动手把卧室的窗给打开了。

"哎呀亲家母，月子里是不能吹风的。"她刚打开窗，家辉妈就噌噌噌上去又关上了窗，关得那叫一个严实啊，唯恐窗缝漏进了风。

"这是八月啊，你确定外面有风？连树叶子都没动一下啊。"赵秀芝仔细地看了看窗外，小区里的凤凰树叶在烈日的炙烤下纹丝不动。

"那也不能粗心大意，这会儿没风，可能过一会儿就有了，吹了产妇和小宝宝都不好。"家辉妈振振有辞，"在我们老家有句话说，六月娃娃怕风吹，这门啊窗啊，都不能开。"

"那得捂多久啊？"床上的胜男叫苦了。

"出了月子就行啦，咬咬牙，不就是一个月吗，很快就过去了的。"家辉妈扔给儿媳妇一条新毛巾，"这个绑上。"

"这是干吗用的？"

"绑在头上的，不然进了风以后会头疼，我们老家都是绑一个月的。"

"哪里有风啊？"

"等有风了再绑就来不及了，听话，快绑上，我是为你好。"家辉妈说着就要亲自动手来给儿媳妇绑毛巾了。

胜男心想，好女不吃眼前亏，于是嘴里答应着："我等会儿就绑。"

"一定得绑啊。"家辉妈说完就出去侍弄小宝宝了，在医院里她曾经把皮皮裹得跟只粽子似的，遭到了医生的严厉斥责，这下好了，家里没有医生了，她可不能让娇娇弱弱的小孙子着了凉。

胜男身上穿着长衣长裤，脚上套着棉袜，在门窗紧闭的卧室里躺了一会儿，心里不停地念咒语：心静自然凉，心静自然凉……天气太热，热得心根本静不下来。才几分钟的工夫，背上就湿了一大块。她卷起了衣袖，又把袜子给脱了，可是不管用，还是热，热得连呼吸都是灼热的。

"妈，帮我开下空调。"胜男只恨剖腹产后遗症太多，像现在，她就无法自由走动，凡事都要假手于人。

赵秀芝闻讯来了，不过还有点犹豫："月子里能开空调吗？"

"怎么不能开了，在医院住了五天不也一直开着中央空调吗？再说《孕产百科》上也说了，夏季坐月子要保持清爽，

可以适当开开空调。"胜男将手中的书翻开，给妈妈普及科学常识，一个月实在是太漫长了，如果妈妈和婆婆站在了同一战壕里，她的日子可怎么熬啊。

还好，赵秀芝毕竟是知识分子，看书上既然有理论根据，也就不顾忌什么民间传统了，找到遥控器就把空调给开了，她比胜男更热，忙前忙后的，要在这门窗紧闭的卧室里待久了，非中暑不可。

1.8P的空调尽职尽责地往外吐着冷风，很快，卧室里面就凉了下来，这时，窗外仍然是艳阳高照，房间里却凉爽宜人。胜男和妈妈双双享受着这清凉世界，暗自赞美着伟大的现代科技。

"26度会不会低了点，要不调高一度吧？"赵秀芝还在斟酌。

家辉妈推门进来了，一进门就感觉不对劲："这房间里怎么凉飕飕的。"

"开了空调。"

家辉妈着急了："哎呀怎么能开空调呢，赶紧关了，在我们农村，夏天坐月子连风扇都不能开呢。"

赵秀芝解释："那是农村里没条件，空调和风扇不一样的，风扇是直接对着人吹，空调是降低房间的温度，不会对着产妇的头吹，影响没那么大。"

"那也不行，温度太低了，连我都觉得凉呢，那宝宝能受得住不？"

"刚出生的宝宝是纯阳体质，比大人还要不怕冷呢，医院空调的温度比家里还低呢，宝宝也没有着凉。"

"医院是医院，家里是家里，环境不一样。"

赵秀芝苦笑着和女儿对视一眼，终于明白为什么女儿用"无知而固执"来形容婆婆了。这老太太，别看没读什么书，可有主见呢。

"妈，你就让我开空调吧，书上说了，夏季坐月子要保持清爽，可以适当开开空调。"胜男无奈之下，只好又到书上找理论根据了。

赵秀芝连忙附和："对对，书上都写着的，不信你看看。"

"我不想看，这书上说的就一定是对的啊？"家辉妈很反感胜男母女俩拿书说事，不就欺负她文化低斗大的字不认得一筐吗，文化低怎么啦，文化低不照样当妇联主任，照样培养出家辉这么优秀的儿子吗，"这空调吹的可是冷风，照我们农村的习惯，不管多热的天儿，产妇都得捂着，哪能吹冷风啊。"

"这不是你们农村。"胜男也挺烦婆婆这一套，动不动就是"我们农村的习惯"，你这么喜欢农村干吗不叫你儿子去娶个农村的媳妇儿啊。

"我可都是为了你好啊。"家辉妈生气了，"不听老人言，当心吃亏在后头。"

"有什么后果我自己承担，不用您负责，好了吧？"

"好吧好吧，你想开就开，就当我没说过话。"

赵秀芝插话了："胜男，跟婆婆好好说话，不许赌气。"回过头来又劝家辉妈，"亲家母，胜男刚生完孩子，身体还没恢复，所以难免脾气大些，您老是过来人了，您老要多担待啊。"

姜还是老的辣啊。这话一说，家辉妈就不好再说什么了，她更加认准了亲家母是个绵里藏针的厉害角色，不像她

15. 悲催的月子

123

女儿,直来直去,反倒好对付。

这时家辉进来了,老婆和妈都把他当救星,一齐开口叫他。

一个说:"老公啊,你妈不让我开空调。"

一个说:"儿子啊,你媳妇儿非要开空调。"

家辉看看这个,又看看那个,老婆是要疼的,老妈是要孝顺的,他不想让她们任何一个人失望。但是老婆还在月子里呢,不能着急上火,老妈嘛,来日方长,以后再跟她好好解释吧,这样想着,他开口了:"天气太热,我都快中暑了,这样吧妈,还是开开空调吧,我把风口调一下,不对着床吹就行了。"

家辉妈脸色一下子就阴沉了。

赵秀芝对女婿的态度很满意,既然女婿都站在她们母女这边了,不如见好就收,于是上去打圆场:"亲家母,您要怕宝宝冻了的话,多抱他在外面客厅玩,进来的时候我们会给他包上小毯子的。"

事情就这样别别扭扭地解决了。双方各让一步,空调可以开,温度最低只能调到27度,产妇必须绑上毛巾。

婆婆出去后,胜男裹着小被子,享受着炎炎夏日里难得的清凉,心里却有点疙疙瘩瘩的,这开空调原本是理直气壮的事,到最后,婆婆给人的感觉怎么就好像是她受了欺负一样呢?要是她知道这仅仅只是一场宏大战事的序幕的话,心情可能就更加沉重了。

孕晚期没事的时候她喜欢逛孕产论坛,论坛上曾经就请谁来侍候月子做过探讨,讨论的结果是:妈妈来侍候月子是最幸福的,其次是婆婆侍候,而最悲催的月子莫过于,婆婆和妈妈一起来,那样的话,产妇很有可能成为婆婆妈妈斗争中的牺牲品。

如今,胜男就迎来了史上最悲催的月子,其水深火热的程度比论坛上的各种血泪史有过之而无不及。

继空调问题后,妈妈和婆婆第二天又吵起来了,这次的焦点是月子里产妇该如何进补,起因是早上家辉妈去菜市场买了只鸡,回来炖了锅鸡汤给儿媳妇当早餐。

胜男起床梳洗后,老太太兴致勃勃地叫她去喝鸡汤,胜男一看,汤上厚厚的一层油花,顿时没了胃口,随口说:"妈,你炖汤的时候没撇油啊?"

家辉妈笑了:"胜男啊,炖鸡汤就是要原汁原味,汤里面有鸡油,就会金黄金黄的,闻起来香,吃起来好吃。要是把油撇了,哪还会有营养。你这几天吃的都是米汤稀粥这种清汤寡水的,营养不够,奶水也跟不上,喝点鸡汤就好了,在我们农村,妇女坐月子三天就要吃只鸡呢。"

"三天一只鸡!那不腻得慌。"胜男嘀咕着坐下,拿起小勺准备喝汤了。

"慢着!"关键时刻赵秀芝杀到了,一声暴喝之后,转头问家辉妈,"亲家母啊,您这买的是公鸡还是母鸡啊?"

"公鸡,刚会叫不久的小公鸡,肉嫩着呢,我炖了一早上啦,汤可鲜呢,要不亲家母您也尝尝。"家辉妈乐呵呵地又拿来一副碗筷。

不料赵秀芝马上变了脸:"公鸡?亲家母,公鸡是发物啊,胜男才做了手术,伤口还没好全呢,这个时候可不能喝公鸡汤,喝了伤口会发炎的。"

胜男一听,唬住了,忙放下了手中的小勺。

家辉妈也不高兴了,心想为了给你女儿做顿鸡汤,我不到六点就起床上菜市场去了,辛苦了一早上你不感谢也就算了,居然还来说风凉话。当下将手中的碗往桌上重重一放,张口就反击:"公鸡怎么不能吃了?生过孩子的人都知道,公鸡是最发奶的了,月子里头一次吃鸡必须吃公鸡,下奶,这样奶水才会通畅。我生两个孩子,第一顿喝的都是公鸡汤。"

"跟您说过了,您那是顺产,胜男是剖腹产,情况不一样。"赵秀芝也急了,事关女儿的康复,她可不想让步,"要喝鸡汤的话,那也得买只母鸡,最好是乌骨鸡,用来炖花旗参,吃了补气,伤口能好得快点。"

"亲家母,您这样说就不对了,胜男是你女儿不错,但她也是我儿媳妇啊,我能害我儿媳妇吗?"家辉妈越发不高兴了,"这鸡汤要是喝了不好,我能给她喝吗?"

"不是说鸡汤不好,是胜男现在的身体状况,暂时还不能喝公鸡汤,怕伤口发炎。"

"照你这么说的话,公鸡汤不能喝,那母鸡汤更不能喝了,喝的话会回奶,小宝宝就更没奶水喝了。"

"那总不能为了下奶,就让胜男冒伤口发炎这个险吧?"

"亲家母,话不能这么说啊,你的意思是,我故意害自己儿媳妇吗?"

"我没这么说。"

"是,你是没这么说,可你就是这个意思。"

"好了好了,不管怎么说,这公鸡汤就是不能喝。"

"那母鸡汤就能喝了?"

"当然能喝,当妈的总是为了女儿好,我自己的女儿自己心疼。"

"我就说吧,我这是热脸贴了冷屁股,费了力气人家还不领情。那从今往后,你的女儿你照顾,我不管了。"

胜男看看这个,又瞅瞅那个,发现一个针锋相对,一个毫不相让,根本就没有偃旗息鼓的打算。产后虚弱无力,她想制止又不能大声说话,只好弱弱地抗议:"你们别争了,我什么汤都不喝了,我饱了。"

最后还是家辉挺身而出,将引发争论的那锅汤连渣带肉全喝光了。而胜男呢,既不敢喝公鸡汤,怕伤口发炎,也不能喝母鸡汤,怕儿子没奶喝,最重要的是,喝哪种鸡汤都会有一个妈伤心,干脆顿顿都喝猪蹄汤,喝得一闻猪蹄味就想吐。

两个老太太明火执仗地干了一场后,索性就将以前的暗斗改成了明争,什么问题都要争个你死我活才罢休。婆婆说家里有产妇婴儿要门窗紧闭,妈妈却坚持每天早晨傍晚打开门窗通通风;婆婆说月子里产妇要整天躺在床上静养,妈妈却说产妇走走动动能够促进恶露排出加速子宫收缩;婆婆说躺着喂奶容易压着小孩,妈妈却说抱着喂奶会牵扯伤口……

不仅仅是婆婆妈妈之间的冲突,还有年轻一辈和老一辈之间的分歧。胜男生完小孩十天就坚持要洗头洗澡,要知道,这是八月天啊,产后又多汗,再不洗澡就该馊了。两个妈都拦着不让,难得的齐心协力。无奈之下只有趁老人家都睡了后,在家辉的帮助下偷偷洗了个淋浴。

另外的分歧还有:胜男要看书看报,老人家却担心伤害视力,胜男生产后半个月想用束腹带来促进身材恢复,老人家却觉得操之过急;胜男闲得无聊想做做产后瑜伽,老人家却觉得姿势太夸张会伤害身体;胜男产后三天就刷了牙漱了

15. 悲催的月子

口,结果被两个妈絮叨了大半个月……

其实比较起来,家辉才是这个家中最悲催的人。老婆坐月子,他则忙着当消防员,随时准备扑灭家里熊熊燃烧起来的战火。两个妈都不是省油的灯,老婆又如此强势,家辉感觉自己都快成了风箱里的老鼠,左右受气,焦头烂额,可又不得不咬牙撑着。

16．母乳喂养保卫战

怀孕的时候，胜男在网上看到一组女人哺乳前和哺乳后的对比照片，震惊到无以复加。哺乳前，乳房是女性身体最美的部分，饱满坚挺，如同新鲜的苹果；哺乳后，乳房成了女性身体最惨不忍睹的部分，松弛下垂，好比风干的柚子。

胜男被吓到了，她有一对引以为傲的乳房，从形状到弹性都堪称完美，简直无法想象有一天会松垮到那个程度。出于未雨绸缪的目的，她向家辉宣布了三个决定：

第一，如果可以的话，她不想喂奶；

第二，如果非要喂奶的话，只喂两个月；

第三，她要躺着喂奶，抱着的话太累。

家辉很理解她的想法，女人嘛，都很看重身材。不仅理解，而且还相当赞成，说到底，女人的乳房如果保养得结实有弹性，受惠的还不是男人么？

小皮皮出生后两小时，护士就抱着他来吸奶，也许是因为早产的缘故，宝贝儿没什么力气，象征性地吸了几口，就不肯吸了。护士叮嘱说一定要让孩子多吸，这样才会有奶，可她一走开，胜男就让家辉把宝宝抱走，她伤口疼得要命，自顾尚且无暇，哪里管得上喂奶。没奶水，正好换牛奶，还

省了哺乳的工夫呢。

于是在住院期间，家辉常常一手抱孩子，一手冲奶粉，没几天就蜕变成了超级奶爸。

出院后，胜男感觉不那么疼了，才正式开始哺乳。家辉抱来了小皮皮，将他凑近了妈妈的乳房。神奇的是，当皮皮的小嘴含着她的乳头用力吸吮时，胜男全身打了个激灵，爱意随着乳汁汩汩流出，血脉一下子相通了。她在那一瞬间爱上了怀里这个小婴儿，虽然他还是皱巴巴的，样子并不白胖可喜。

就在这一刻，胜男成了母乳喂养的忠实拥趸。怀孕期间的三个决定早被她忘到了九霄云外，这时候她才知道，为什么有这么多人支持母乳喂养，因为母乳喂养不仅是最方便的营养供给方式，也是增强母子情感的最佳途径。

谁知道几分钟后，小皮皮不肯吃奶了，不但不肯吃，还委屈得哇哇大哭。胜男慌了，不知道是抱小孩的姿势不对，还是吃了什么犯忌的食物。

家辉妈凑近一看，肯定地下了结论："没奶，孩子吸不出奶，所以不肯吃。"说完她就心疼地抱走了孙子，"我们皮皮乖，我们皮皮受委屈了，妈妈不乖，妈妈没奶给宝宝吃，奶奶给宝宝冲奶粉。"

皮皮被抱走了，胜男的怀抱一下子就空了，心也跟着空了。她不甘心地在乳房上挤了两下，没有看到期待中的白花花的乳汁，一滴也没有。她还是不甘心，让妈妈帮着挤，妈妈手劲大。赵秀芝的手劲果然大，疼得胜男龇牙咧嘴的，可是还是没有乳汁流淌出来。

胜男很灰心，头一次嫌弃自己的乳房中看不中用，只好向妈妈求救:"妈妈,这可怎么办啊?"

赵秀芝给她打气:"一开始没奶都是正常的,你在医院里面吃的都是些汤汤水水的,没营养肯定就没奶,妈给你炖点汤催奶。"

自从为了先吃公鸡还是先吃母鸡的问题争吵后,家辉妈就不再打理胜男的吃喝了,全权交给了赵秀芝。还好赵秀芝是个能干的,一日五餐变着花样地做,当然主打是各种汤水。

听说猪蹄汤最下奶,赵秀芝炖了一大锅,专选最肥的后蹄,炖得烂烂的,出锅后只放一点盐,什么调料也不加。这样的汤水,味道如何可想而知,搁在以前,胜男怎么也喝不下,可现在,捏着鼻子也得往下喝,一喝就是一大海碗,每天三大海碗猪蹄汤下肚,感觉肚子上的脂肪又厚了几分。

汤喝完了,赵秀芝期待地问女儿:"这下奶涨了吧?"

胜男沮丧地摇摇头:"一点都不涨。"

赵秀芝发挥百折不挠的精神,一样一样给女儿做下奶的汤水,听说鲫鱼汤不错,愣跑了两三个菜市场去买野生鲫鱼;听老家人说甜酒酿煮蛋最下奶,立马去超市买了甜酒酿回来。奇怪的是,这些在别人口中百试百中的下奶汤,在胜男身上却屡试屡败。

直到有天喝了老妈炖的木瓜牛奶,胜男不一会儿就感到乳房开始涨痛了,她幸福得嚷嚷起来:"妈,家辉,奶涨了,这下真的涨了。"

奶是涨了,小皮皮却吸不出来,看见他瘪着小嘴的样子,胜男都想放弃了。

胜男没有奶水,全家人都着急。赵秀芝着急的方式是不停地给女儿炖下奶汤,家辉着急的方式是不停地抱小皮皮来吸奶，而家辉妈着急的方式呢，则是不停地在客人面前絮叨说儿媳妇没奶水。

那天同事刘姐来看望胜男，随口说了句"小皮皮好像不太胖"。

话音刚落，家辉妈立马就打开了话匣子："是啊，小脸尖尖的，我瞅着都心疼。可怜啊，没奶吃，只好吃奶粉。"

"吃奶粉可不好啊，对于新生儿来说，最有营养的就是母乳了。"

"是啊，放着白花花的奶不吃，谁想吃奶粉啊，都是没办法的事，奶不够，宝宝吃不到奶就哭，哭得人可心疼啦。"

这可是婆婆第三次对客人抱怨说她孙子没奶吃了，胜男听了挺不舒服的，就不想在客厅待，把刘姐叫到了卧室说悄悄话。

卧室的门一关，胜男就抱怨上了："没奶吃没奶吃，这三个字都快成紧箍咒了，我一听就头疼。"

刘姐笑了，是过来人的大度："老人家都这样，把儿媳妇当奶牛，生怕孙子吃不饱。对了胜男，你到底有没有奶水啊。"

"有吧，有一点。"胜男心虚了。

"按说汤汤水水喝着，应该有奶水才对啊。"刘姐向她传经，"我跟你说啊，要想奶水多，只有一个秘诀，那就是让小孩子多吸，不是有个谜语说，墙壁上一壶酒，越喝越有。谜底就是奶水。"

"我也想让孩子多吸啊，可是孩子一哭，他奶奶马上就抱出去喂牛奶了。"胜男很苦恼。

"是这样的，婆婆就是母乳喂养的最大敌人。"

"你也这样认为啊?"

"我生完孩子后也是这样,婆婆逢人就说我奶水少,说得我羞得恨不能找个地缝钻进去。你说一个当妈的,连奶水都供应不上,是不是特有挫败感。"

胜男对刘姐说的话深有共鸣,最近她就特有挫败感,老觉得让皮皮连口奶都喝不上,做妈妈的也太没用了:"这种情况到底怎么办啊,我真是束手无策了。"

"你的奶涨不?"刘姐问。

"涨,但不是很明显。"

"涨就好,说明有奶,只是还没通。"

"要怎么样才能通呢?"

"没有别的办法,只有让宝宝多吸。"刘姐给她支招,"如果宝宝不肯吸,那就让你老公帮忙吸。"

胜男脸都红了,在生孩子之前,她绝对想不到有天会和女同事讨论这样的问题。

"别不好意思,男人劲大,吸两口就通了。"刘姐想了想,又补充了一点,"如果还是不通,就要用热毛巾揉,记住,是揉,不是敷,力气越大越好,只要你能承受得住。"

到了晚上,胜男把刘姐的话转述了一遍,这下轮到家辉脸红了,要他一个大男人替宝宝吸奶,还真有点为难。

"有什么不好意思的,你又不是没吸过。"胜男往床上一躺,大大方方地撩起了衣服。

家辉吃了一惊,对老婆的印象大为改观。要知道,胜男没生孩子前走的可是矜持路线,有时情到浓时他说个荤笑话,她都会羞得满脸通红,这生完孩子还没几天呢,就这么放得开这么无所谓了。原来把一个女人由少女变成少妇的不

是婚姻，而是生育。

他还在犹豫，胜男已经不耐烦了："快点快点，还不吸等下宝宝又饿了。"

迫于无奈，家辉只得硬着头皮上了，没吸两口，他又停止了动作。

"干吗？"

"拿个杯子来接奶。"

"不用麻烦了，你吞下不就行了。"

胜男的话又一次吓到了家辉，要他替孩子吸奶就罢了，可要把奶吞下去，那可说什么都不成。

杯子找来了，可是基本上没有发挥作用，家辉竭尽全力，也吸不出什么奶来。胜男还一个劲儿地催他："加油，力气大点，怎么比皮皮的力气还小啊。"

家辉憋红了脸，还是吸不出什么来，他终于明白了，为什么书上老是说使出了吃奶的力气来，那时候总是想，吃奶能费什么力，年轻人啊，未免太无知了。

实在没辙了，只有使最后一招了。在胜男的授意下，家辉端来一盆开水，将毛巾放在水里烫过，然后迅速拿出来拧得半干，再用热得烫手的毛巾大力搓揉胜男的胸部。

"疼！"胜男叫了一声。

家辉连忙住了手。

"别，你继续。"胜男眼圈都红了，还在强行坚持。

家辉心疼老婆，下不了手，只好叫丈母娘来代替。赵秀芝下手可狠多了，拿着毛巾就在女儿胸脯前一顿猛揉，就像搓面团似的。家辉想，胜男肯定坚持不住了，她多怕痛的一个人啊，蚊子咬了口都嚷嚷着喊疼，何况这么个搓揉法。

没想到胜男再次让他刮目相看了，尽管她疼得眼泪双流，嘴里仍在督促妈妈："不要停，再大点力！"

到最后，胜男胸脯前的皮肤都快揉破了，红通通的，家辉趁机抱来了嗷嗷待哺的皮皮，这时候，奇迹发生了，皮皮一口咬住了妈妈的乳头，然后用力吸吮，一分钟过去了，又一分钟过去了，他不仅没有将乳头吐出来，反而吸得更起劲了，还发出了咕嘟咕嘟的吞咽声。

胜男抱着皮皮，看着他因大口大口吸奶而涨得通红的小脸，觉得比策划出一本畅销书还要有成就感。以前看龙应台的书，她说自己坐在黑暗中喂奶，觉得这是"顶天立地、一等一的大事"，当时还觉得龙应台太矫情了，现在才知道，不是人家矫情，是她幼稚。

总算有奶水了，胜男心想，这下不用再被家辉妈当众数落了。

意想不到的是，下次客人来的时候，家辉妈又当着人家的面就说："奶水太少，娃娃老吃不饱，不长个儿。"

胜男气得都要晕过去了，难怪刘姐说婆婆是母乳喂养的最大敌人呢，这当婆婆的，就爱拿媳妇的奶水说事，孩子不长，是奶水不够，孩子哭了，是奶水不够，孩子生病了，是奶水免疫力低，孩子太瘦，是奶水营养少，在婆婆的嘴里，这奶水简直成了万恶之源。正因如此，婆婆永远有理由把孙子从媳妇那里抱走。

有一天，皮皮吃了奶后，老是在哼唧，胜男怎么哄也不睡。家辉妈听了，立马把孙子抱到客厅去了。

胜男在卧室里躺下了，左边的乳房涨得难受，刚刚小皮皮只吃空了右边的乳房，左边的一口没动。她想要不要去拿

16. 母乳喂养保卫战

135

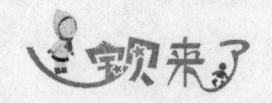

个奶瓶把奶挤掉，等会儿皮皮饿了再给他吃。

走到客厅里，胜男呆住了，只见婆婆一手抱着皮皮，一手拿着奶瓶，正在给孩子喂牛奶呢。那一刹那，胜男只觉得胸口堵得慌，为了母乳喂养，那么难喝的猪蹄汤，她喝了，那么难受的涨奶，她忍了，那么疼痛的揉奶，她挺过来了，可是她的婆婆呢，动不动就给宝宝喂牛奶，一点都不能领会她这个妈妈的苦心，任凭她的奶水白白浪费。新仇旧恨一齐涌上心头，她想也没想就吼了起来："都说了不要喂牛奶不要喂牛奶，怎么又在喂牛奶！"

"怎么啦？"家辉妈没想到媳妇的反应这么激烈，都咆哮上了，"皮皮老是不肯睡，肯定是没吃饱，所以我才喂牛奶的。"

"没吃饱？你看看我的衣服，都被奶水打湿了！"胜男火了，一把抢过皮皮就往卧室走。

留下家辉妈一个人在客厅里，越想越委屈，千里迢迢地来侍候媳妇坐月子，没想到媳妇不但不领情，还冲她吼上了。想着想着，她不禁哭了起来。

家辉从厕所出来，撞见老妈正在抹眼泪，还以为出了什么事，忙问："妈你怎么啦？"

"问你老婆去。"

家辉急得不行："胜男把你怎么啦？"

老太太眼泪双流："她对我吼，还给我脸色看。"

家辉脸一沉，准备去和老婆好好谈谈，老婆对他怎么着都行，但不能欺负他妈呀！

进了卧室，他又愣了，老婆也在那抹眼泪呢，见他来了，边哭边投诉："家辉，你要说说你妈了，跟她说过多少遍了，新生儿在半岁之前最好纯母乳,不要添加牛奶,不然容易引起过敏。"

"她也是怕宝宝吃不饱。"家辉尽量把语气放柔和。

"还吃不饱,刚刚我抱皮皮进来,他都吐奶了,就是因为喂养过度。"胜男的眼泪一半是为自己不平,一半是心疼儿子。

"你就别和老人家计较了。"家辉沉默了一会儿说,"我妈都哭了。"

"她有什么好哭的啊,我又没把她怎么样。"

两人正说着话,赵秀芝进来了,胜男没想到的是,妈妈在了解了事情的前因后果后,居然让她去向婆婆道歉。

"凭什么啊,我又没错。"胜男几乎不相信自己的耳朵,在她印象中,赵秀芝的为人风格称得上快意恩仇,叫她去道歉,那不是使亲者痛而仇者快吗?

"不管错没错,反正你得给我去道歉。"赵秀芝使出了杀手锏,"不然我马上就回老家去。"

软硬兼施之下,胜男不得不在母亲的陪同下,来到客房,向还在默默淌泪的婆婆大人道歉。

"妈,你别生气,我刚才说话口气不好,是我不对。"胜男别别扭扭地开口了,说是道歉,语气其实还是生硬的。

家辉暗地里扯了扯妈妈的衣袖,生怕妈妈不给胜男面子。其实他完全不用担心,家辉妈经历过多少风雨的人了,什么场面没见过,心里明白儿媳不是个容易服软的人,这事她也不算完全占理,既然儿媳给了块台阶,当然要就着台阶下了,于是擦了眼泪就说:"胜男啊,妈没怪你,妈年纪大了,做事情啊说话啊,很多习惯都改不过来了,也有很多做得不好的地方。妈这个人不图别的，就图儿女孝顺点，一家人和和气气过日子就行了。"

赵秀芝搭话了："亲家母说得好啊，这说话做事的习惯啊，还真是一时半会儿难得改正，像我们胜男吧，在家说话就是硬邦邦的，可能口气不太好听，其实这孩子是个直肠子，完全没有坏心眼。年轻人嘛，都有点个性，也是我们做父母的教育得不好。您老要多担待啊，别往心里去，您老以后还要跟她长期相处呢，咱们老年人嘛，当然不能和年轻人一般见识。"

家辉妈笑眯眯的："哪能呢，才这么点事。"

赵秀芝也笑眯眯的："是啊，说开了就好了。"

一家人化干戈为玉帛，就差没握手言欢了。

私底下，胜男十分不解，曾经偷偷问妈妈："你是不是也认为我做得不对啊？"

"胜男啊，你怎么还是不明白呢。"赵秀芝又拿恨铁不成钢的眼神看她了，"这婆婆和媳妇的事，就没有个绝对的对错，可是既然闹僵了，就总得解决吧，总不能让做婆婆的跟你道歉吧，那就只好让你去道歉了。真闹僵了，以后怎么相处？"

"那就别相处，隔得远远的相敬如宾最好。"

"就会说孩子话，她是你婆婆，是要跟你过半辈子的，不说别的，你还指望着她给你带孩子呢。"

"大不了请保姆。"

"你就是长不大，保姆能有奶奶贴心么？你婆婆也就是给小孩喂点牛奶，保姆可说不定会喂什么。"

妈妈的话说得胜男心情挺沉重的，以前她还从来没有设想过和婆婆长期生活在一起,她坚信婆媳是天敌,不能处在同一屋檐下,可现在呢,有了皮皮,她还能像以前那样坚持吗?

赵秀芝的心情也挺沉重的,月子中的种种事件表明,家辉妈绝对不是个肚里能撑船的主儿,以后不知道她容不容得下女儿。还有女儿,都当了妈了,还是不让人省心,总跟个孩子似的,要知道,嫁到别人家做媳妇了,哪能像在家当女儿那样任性!

唯一让她们感到欣慰的是,自打闹了一场后,家辉妈再也不会动不动就给皮皮喂牛奶了,胜男总算打赢了这场母乳喂养保卫战。

17. 抑郁症妈妈

快要开学了，小学教师赵秀芝不得不回老家的县城了，最放心不下的是女儿，生完孩子后，女儿似乎一直不太开心，整个人蔫蔫的，没有初为人母的快乐和满足。走之前，她叮嘱女儿要心胸宽广些，不要为了鸡毛蒜皮的事和婆婆计较。

想不到的是，胜男竟然哭了，她说："妈妈，我害怕。"

"傻孩子，你怕什么呢，都做了妈妈的人，要坚强点。"赵秀芝安慰着女儿。

"我不知道，反正我害怕。"

赵秀芝一时语塞了，胜男已经三十岁了，她在女儿这个年纪，小的孩子都会打酱油了，可女儿呢，还脆弱得像个孩子，直觉告诉她，女儿现在还没有进入为人母亲的状态。

赵秀芝的直觉没有错。

对于胜男来说，孕期太长太荒芜，在家宅着宅着就变成了一座孤岛。开始的时候是不想和人联系，久而久之就会发现，整个世界都遗弃了你，QQ上没人留言，微博上无人搭讪，电话不再响起，至于短信，她差点都不记得世界上还有这种联系方式了。

这种与世隔绝的感觉在生产后大约一个星期时达到了峰

值,与之相伴的,还有初为人母的琐屑烦恼。刚生完小孩身体虚弱,伤口还在隐隐作痛,头痛脑热各种不适接踵而至,偏偏照顾新生儿又是一件极为繁重的工作,磨人、琐碎至极。不知道是不是由于早产的缘故,皮皮是个爱哭闹的孩子,特别是一到夜晚就哭个不休,自打他出生后,胜男和家辉就没睡过一个整觉,有时整夜都在哄孩子。

知道胜男怀孕后,做了妈妈的朋友们总是不厌其烦地描述着宝宝的出生和成长会带给一个母亲多大的快乐,直到孩子出生后,胜男才欲哭无泪,怎么就没有人告诉她,宝宝的降临不仅仅意味着你的生命有了更多的欣悦,还意味着喂不完的奶和洗不完的尿布;意味着沉重的责任和无休止的牵挂;意味着你的时间被无限剥夺;你的自由被无限挤压。最坑爹的是,这TMD一切都是你自找的,找谁哭去?

胜男有个朋友在生完小孩后害怕见人,总是把自己关在卧室里,大白天的也拉上窗帘,谁也不见。胜男的情况好些,有时候客人的到来能冲淡她的孤独感,但有时候呢,情绪也会随着客人的来访低落。

金贝贝来看她了,挺着一个快要临盆的大肚子,说是来学学妈妈经。她在表姐家待了一上午,见证了表姐是如何从一个十指不沾阳春水的娇娇女蜕变为一个专管照看孩子的欧巴桑。

短短三四个小时内,皮皮尿了五次,拉了两次,吃了四次奶,睡了两次觉,一次一小时,一次十分钟。于是胜男就一会儿给婴儿换尿布,一会儿抱着婴儿喂奶,一会儿拍着婴儿哄他入睡,手忙脚乱,狼狈不堪。

"天啦,原来带个孩子这么烦啊。"金贝贝感叹,"本来

我羡慕你生得早，不用在大热天里拖着个大肚子，现在看来，早生也没有什么好处啊。"

"是啊，早生一个月就早辛苦一个月。"胜男笨手笨脚地拿着小勺给皮皮喂水，"我那时候也是，就盼着早点生，好不容易生了，现在真想把他塞回去，还是在肚子里轻松些。"

"别吓我啊，好怕怕。"金贝贝掩口作惊愕状。

"等你生了就知道了，照顾新生儿简直是世界上最复杂的工作，我宁愿去挑土挖煤。"

"太夸张了吧？"

"夸张！"胜男扬扬手中的勺子，"不说别的，就说喂水吧，水温不能太热，也不能太凉，得滴在手背上试过，记住，一定是手背，据说这块皮肤和口腔的感受最接近。还有勺子，不能是不锈钢勺子，也不能是瓷勺子，要去专门的母婴店买这种软木勺子，才能不戳伤宝宝的口腔。这种勺子还有个功效，遇到高温就会变色，这样就不用担心烫伤宝宝了。"

"胜男姐啊，你就不能说点积极的吗，比如说，皮皮给你带来了多少快乐。"

"贝贝啊，我就是为了你好，才提前给你打预防针，免得到时措手不及。"胜男问："对了，你坐月子准备让谁照顾啊，你婆婆还是你妈妈？依我的经验，只能让其中的一个人来，千万别把两个妈都招来，否则到时有你头疼的。"

"都不需要。"

"请月嫂吗？"

金贝贝骄傲地回答："也不是，我老公替我在月子中心预订了一间单人房，到时候抱着孩子就能入住。"

她是有骄傲的资本，有钱人嘛，月子中心那种高档会所，是胜男这种靠工资吃饭的人不敢奢望的，就是请个月嫂都要花个七八千，更别提去什么月子中心了。

"你老公还是蛮疼你的嘛，我就说嘛，你给他生对小公主，他还能不把你当皇后一样供着，之前是你太悲观了。"

金贝贝低下了头："也不是，他们家的意思是，既然怀上了就生吧，又不是养不起，但是以后肯定还得接着生。"

这不是成了有钱人家的生育机器吗，胜男替表妹捏了一把汗："你别怪我乌鸦嘴，接着生要还是个女孩呢？"

"那就再生。"金贝贝毫不犹豫。

胜男只好说："那我只能祝你早日儿女双全了。"

简洁也来看她了，带来了一肚子的办公室八卦，谁谁谁闪婚了；然后又闪离了；谁谁谁当了千年的小三，总算扶正了；谁谁谁闹婚外恋，被老婆拍了艳照传到了网上……

"山中才数日，世上已千年啊。"胜男大为感慨，放在以前，她可以和简洁就办公室八卦互通有无，看谁爆的料最猛，但现在呢，她只有做听众的分了。

简洁佯装怒了："江胜男，你不要身在福中不知福，多少女人将产假看成人生中最期待的假期，你想想看，除了休产假，在退休前你还能连着休息小半年吗？"

"说是这么说，我现在倒有点怀念以前上班的日子了。"胜男说的是真心话，上班的时候，觉得世界上最幸福的事就是休假了，因为可以理直气壮地不上班，但真的不用上班了，才发现天天闷在家里也没什么好的。

"老天，上班简直是现代社会最糟糕的事情了，我这个月赶了四本书，盗墓悬疑宫斗什么题材都有，眉毛胡子一把抓，没办法啊，你不在，我的工作任务更重了，不懂的领域也只好赶鸭子上架了。还是农业社会好啊,女人都不用出去奔波,我最大的理想,就是坐在村头的榕树下奶孩子,等我的老公牵着牛儿把家还。"简洁做了一个戏曲片断中才有的手势,阳光透过玻璃窗照在她的身影上,又妩媚又俊朗。

胜男怔怔地看着前竞争对手兼女同事,女同事的身姿挺拔玲珑,女同事的妆容淡雅精致,女同事的头发新做了烟花烫,一看就是高档美发中心的手艺,女同事的裙子是蓬蓬裙泡泡袖,听说是今夏最流行的复古款式。曾几何时,她是那个在各方面都足以和该女同事平分秋色的人,可如今呢,看看女同事,再看看自己,工作啊业务啊什么就不说了,仪容上也一落千丈,淘宝上买的三百元两套的家居服,随随便便套在身上就出来见客了,反正再好的衣服穿在她生孩子后依然伟岸的身躯上也是白搭。不用照镜子,她也知道自己现在首如飞蓬面有菜色。

胜男不由得自惭形秽起来,讷讷地说:"我就整天在家里奶孩子,等奶完孩子,都不知道办公室还有没有我的一席之地。"

简洁安慰她:"你就是太爱提前操心了,以后的事谁知道,先带好孩子再说。"

胜男忍不住大倒苦水:"孩子,我现在的生活啊,就是整天围着孩子转,孩子哭了,孩子尿了,孩子要抱了,生活的内容除了孩子就一无所有了,有时候感觉我都不是我了,只是孩子他妈。"

"你都快把我绕晕了,你就是孩子他妈,孩子他妈就是你,这不矛盾啊。整天围着孩子转有什么不好的,总好过整天围着工作转吧。"

"唉,怎么说呢,等你生了孩子就明白了。"胜男继续吐槽,"生育是一个女人人生的分水岭,没生娃之前,你是自己人生的主角,生了娃之后,就变成了孩子人生的配角,你知道吗,有了小宝宝后,我常常感觉我的存在只剩下了一个意义。"

简洁很好奇:"什么?"

胜男一声叹息:"当奶妈呗!"

简洁咯咯咯地笑了起来:"欢迎奶妈传经,对了,你的博客好久没有更新了,我一直等着看生产日志和育儿手记呢,怎么,打算秘而不宣吗?"

"别提了,哪里有时间,连我最喜欢的言情小说都没有时间看,我喜欢的那个施定柔,写《沥川往事》的那个,不是出新书了吗,我特意让家辉帮我从网上买了一本,开始还翻了几页,看到了男女主角第一次牵手,结果你猜怎么着,半个月过去了,我还没看到男女主角第一次接吻那一页呢。"

"不会吧,当了妈就全剩下苦水了吗,总还会有甜蜜时分吧。"

"当然也有。"胜男凝视着婴儿床中皮皮那张熟睡的小脸,"宝宝睡着的时候,我可以盯着他的小脸看上好久,怎么看也不会厌倦。"

简洁也跑过来看,婴儿的睡相有趣极了,只见小皮皮时而露出甜甜的微笑,时而皱起了眉头,时而还会发出短促的哭声来。

"睡个觉还又哭又笑的,真有意思!"

"有时候他还会叹气呢,这么小的小人儿,长长地叹着气,可把我笑坏了。"

"胜男,你还记得当时我们在洗手间里讨论生孩子的资

格吗？"

"记得，那时候我觉得自己压根儿就不具备生孩子的资格，也不知哪来的勇气，傻头傻脑的居然把皮皮生下来了。"

"多好啊，你看皮皮多可爱。"简洁的情绪忽然低落了，"胜男，你知道吗，当时和你探讨生孩子的资格时，我也怀孕了。"

"什么？"胜男很惊讶，"那你还去日本？"

简洁表情沮丧："我跟你的情况不一样，我当时根本就没想过要这个孩子。在洗手间里跟你说那些话，与其说是说给你听的，不如说是说给我自己听的。那时候总是觉得，有那个时间和精力去生孩子，还不如努力去升职呢。"

这也是胜男以前的想法，可是有了皮皮后，她的想法开始有了变化，对于女同事的选择，她不好评判，只能说："社里现在这么重视你，付出也算是有了回报。"

"也许是吧，谁知道呢。"简洁原本娇糯的声音里透着一丝苦涩，"如果那时我跟你一样勇敢，现在说不定就有个和皮皮一样可爱的宝宝了。"

和简洁谈了一席话，胜男的心情忽然糟透了，这段时间她老是这样，情绪忽好忽坏，有时莫名其妙地就是想发火，冲家辉都吼了几次了。事后她也挺后悔，可就是无法掌控自己的情绪。家辉多次问她怎么啦，她却不知道如何回答。她怎么能够告诉他，作为一个本该感到幸福的产妇，她却没来由地觉得失落、孤独甚至万念俱灰呢！

那个晚上，婆婆和家辉在客厅里看着电视，宝宝在她身边睡着，胜男一个人百无聊赖地躺在床上，电脑里放着天地孤影任我行的音乐，就在这音乐声中，一种无限孤独的苍凉感悄无声息地袭来，这个时候，她是多么思念小恬啊。

她是个没什么朋友的人，这么多年来，幸亏有了小恬，她的生活才没那么孤单没那么寂寞。上次在甜品店一别后，她小心翼翼地给小恬打过电话，力图修补她们之间的友情，可是小恬的口气淡淡的，根本不接她的招。生小孩后她第一时间给小恬发了短信，得到了一条例行恭喜的回复后，就再也没有下文了。冰冻三尺，非一日之寒，她后来反思和小恬的交往，发现自己并不是头一次冒犯好友，她该是有多自私，多不会为他人着想，才会一次次地往身边人伤口上撒盐呢？

胜男以前的生活风平浪静，随着怀孕生子，那些掩盖在平静表面下的问题都相继浮出了水面，职场失意，婆媳不和，母女内斗，连唯一的朋友都被她弄丢了，她发现自己的人生简直是一败涂地。

千头万绪一齐涌上心头，胜男控制不住地哭了，小皮皮像是感应到了妈妈的伤心绝望，也哇啦哇啦哭了起来。

于是，等到家辉从客厅闻讯而来时，就看到了戏剧性的一幕：婴儿床上的小皮皮在哇哇大哭，坐在他旁边的胜男不管不抱，反而将头埋在双膝之间。

"宝宝在哭你没听见啊。"家辉赶紧把皮皮抱了起来。

不对劲啊，胜男对他的抱怨充耳不闻，还是保持着原有的姿势一动不动。

家辉推了推老婆："你怎么啦？"

胜男瓮声瓮气地回答："没什么。"

家辉越发奇怪了，他明明看见她的双肩在抖动："你到底怎么啦？"

"都说过没什么啦！"胜男猛地抬起了头。

明亮的白炽灯光下，家辉看见，老婆的眼中装满了泪水。

18. 户口啊户口

家辉最近也挺烦，丈母娘一走，老妈又基本指望不上，他既要照顾嗷嗷待哺的儿子，又要照顾产后忧郁的老婆，时不时还要充当老妈和老婆之间的润滑剂，忙得焦头烂额。

早产儿特别体弱多病，皮皮出生一个月以来，几乎把《育儿百科》上的新生儿疾病得了个遍。他五天的时候得了鹅口疮，一个星期后黄疸发作，肚脐眼还不幸地化过脓。

丈母娘还在的时候，两个老人家都不同意把小皮皮往医院里送，而是用过来人的经验进行护理。婴儿长鹅口疮，就用筷子裹着纱布刮舌苔；肚脐眼发炎了，就用创可贴封住不沾水；黄疸呢，则是给婴儿喝玉米须煮的水，然后抱着小孩到太阳底下暴晒。

对于这些法子的作用，小夫妻俩都有些存疑，后来发现效果还不错，就放心让老太太们折腾去了。

其他的还好，有一样大家都拿小皮皮没办法，他太爱哭了！早上起来，哭；肚子饿了，哭；拉屉屉，哭！特别是天一黑，就哭得更起劲了，一定得有人抱着来回走动才稍微好些。

胜男产后体弱，除了喂奶外基本什么都干不了，哄孩子这一伟大而艰巨的任务就交给了家辉。家辉从来不知道一个小孩会有那么大的力气,小皮皮可以从天刚黑哭闹到深夜,小小的一个人儿,哭声却格外洪亮,家辉很惊讶,为什么小孩能够连续哭上十几分钟声音还是中气十足。

《育儿百科》上说,这是因为婴儿哭是用丹田发力而不是用嗓子吼。

家辉被这发自丹田的哭声折腾得头晕脑涨,他妈妈倒是不慌不忙,认为皮皮属于"百日啼",这样的娃,是要哭足一百天的。

一百天啊,那抱着皮皮在客厅徘徊的路程加起来起码可以绕地球一圈了。家辉光是想想就觉得脚软。

家辉妈胸有成竹,指挥儿子用黄纸写了几张纸条,上书"天皇皇、地皇皇,我家有个夜哭郎。过路君子念一念,一觉睡到大天亮",并让他贴到人多的地方去,说是念的人越多,就越有效。

家辉如法炮制。

这一次,祖宗手里传下的老法子失灵了,小皮皮还是那么爱哭。

有天晚上,皮皮哭得格外厉害,从晚上六点一直哭到了八点,中间基本没停过,平素中气十足的嗓子都哭哑了。

家辉抱着他走来走去,他还是哭,放在小床上轻轻摇晃,他还是哭,于是又抱起来边哄边唱儿歌,他还是不停地哭。家辉彻底没辙了。

躺在床上的胜男坐不住了,心疼地抱过儿子,把乳头往他嘴里塞,小家伙一口含住,马上又吐了出来,哭得更厉害了,小脸涨得通红,额头上冒出了一粒一粒大颗的红点。

"怎么办啊,连奶都不肯吃了。"胜男急哭了,这下糟了,大人哭，小孩也哭，家辉不知道该哄哪个。

家辉妈在旁边指挥："再试试看，你一边喂一边攥住他的小手。"

再试，还是没用，皮皮哭得太急，以至于咳嗽起来了。

胜男当机立断："赶紧去医院！"

家辉妈坚决反对："不行，医院里人多，怕交叉感染，现在天都黑了，出门会吓坏了小毛头。"

"那你说怎么办，就这么看着他一直哭下去啊！"

"平常也这么哭的，这孩子就是爱哭，哄哄就好了。"

"平常哪哭得这么凶，嗓子都哑了，不行，马上去医院。"做了母亲后，胜男头一次这么果敢。

家辉妈拦着她："要去你也不能去啊，你还在月子里，不能吹风。"

"吹坏了我自己负责，你放心，绝对不会怪你。"胜男声泪俱下，换了鞋抱着皮皮就往外冲。

家辉母子俩连忙跟了上去。

在医院挂了急诊，皮皮的嗓子已经彻底哭哑了，可还是倔强地抽泣着，哭声微弱得像受了伤的小猫。

"医生您给看看，孩子都哭了两小时了，怎么哄也不肯停，喂奶也不吃，头上都长红点了，不会是被红火蚁咬了吧？"最近电视上老是报道红火蚁咬伤人的事，胜男担心孩子也被咬了，他这么娇嫩这么小，怎么经得起蚊叮虫咬。

医生看了看皮皮头上的红点："这是新生儿湿疹，不是什么咬的。"

"你确定？要不要检查一下？"

"说了你又不相信，我也没办法。"医生的权威被质疑了，他有点不高兴。

"不好意思医生，她是太着急了。"家辉问，"为什么会得湿疹啊？"

医生瞧了瞧被包得严严实实的小皮皮，很快下了结论："十有八九是捂的，现在是八月份啊，平均气温三十五度以上，怎么还把小孩给包起来！"

家辉妈解释说："孩子太小，又是早产的，怕吹了风会感冒。"

"这么捂着才会热伤风。"医生摘掉了皮皮头上的帽子，又解开了包着他的小被子，撩起他的衣服一看，只见背上密密麻麻地长满了红点。

"难怪孩子哭呢，热得一身都是湿疹，你们还给他穿这么多。做大人的应该要学点护理常识啊，新生儿比大人怕热多了。"医生叮嘱了几句，开了一支湿疹膏。

"我就说要穿少点，他们都不听。"胜男责备地看了一眼婆婆，"这孩子晚上老哭。"

"有可能是缺钙，给他喂点鱼肝油。"

胜男还想问问，这时候一对民工模样的夫妻闯进了急诊室，女人手里抱着个婴儿，可能四五个月大，嘴唇都乌了，"医生啊，您给看看，孩子吃奶老呛，一哭嘴就黑了，今天忽然晕过去了。"

"一哭嘴就黑了？"医生的表情凝重起来了，他拿着听诊器听了听孩子的心脏，"心跳过速，有可能是小儿先心病。"

"先心病？要不要动手术啊。"

"要做详细检查才能确定，如果是先心病的话，建议越早手术越好。"

18. 户口啊户口

"手术费很贵吧?"

"如果买了医保可以报销大部分医药费的。"

"没有买啊,生孩子把钱都花光了,哪里还有钱治啊。"女人绝望地哭了起来。

从医院回去之后,小皮皮洗了澡,抹了湿疹膏,很快就睡着了。胜男却久久不能入睡,脑子里老是响起那个女人绝望的哭声。对于一个家庭来说,小儿先心病差不多是灭顶之灾了,如果这个家庭还挣扎在贫困线上,那么更加是雪上加霜。

看着小皮皮熟睡的小脸,一股舐犊之情油然而生,她一定得让这个小人儿的生命安全有保障。

"家辉,你快起来。"胜男捅了捅老公的腰。

"怎么啦,皮皮又哭了吗?"家辉惊醒了,看见皮皮睡得香香的,才放下心来。

"不是,我跟你商量件事。"

"什么事?"家辉打了个哈欠。

"我们得给孩子买份医保。"

"皮皮还小呢,用不着吧。"

"还是买了好,保险是用来防身的,你怎么这么不当回事啊。"胜男不满了。

"好吧好吧,那就买一份好了。"自打上次看见老婆痛哭失态后,家辉现在最怕她情绪波动了。

"什么时候去买?"

"忙完这阵再说。"

"不行,万一有什么意外呢。"胜男毫不放松。

家辉心里嘀咕了句"就你乌鸦嘴",口里却只好答应着:

"那我明天就去买，行了吧？"

结果一打听，医保可不是这么容易就能买的，得先给小孩上户口。

"这样也好，那就先给小孩上户口吧。多大点事啊，反正孩子总得上户口的。"老婆大人喂着奶，轻描淡写地给丈夫下了一道圣旨。

"好的，没问题。"家辉答应着，声音嘎嘣脆。

如果他知道为了给小皮皮上个户口，要跑那么多的路，要办那么多的证，还要看那么多人的脸色，就不会答应得如此干净利落了。

第二天，家辉抱着儿子去了居委会，在排了半小时的队后，将儿子往窗口一送，无比自豪地说："您好，麻烦一下，我来给小孩上户口。"

满脸横肉的居委会大妈拿大眼珠子瞪他："上户口你抱个小孩来干吗？"

"不是要照相吗，我带小孩来照相。"

"交两张一寸照片即可。照片带来了没有？还有准生证、出生证、双方单位计生证明。"

"啊？"家辉懵了，没想到办个户口居然如此复杂，"这些我都没带。"

"那把相关材料准备好了再说。"居委会大妈不耐烦地从窗口处递出来一张纸，上面写着办理户口所需要的材料。

家辉兴致勃勃而来，垂头丧气而归。

接下来的几天里，他早出晚归，四处奔波，上午还在城东胜男的出版社里打证明，下午就跑到城西的医院去领出生

证了。坑爹的是，主管办证的各个单位似乎没有朝九晚五的上下班习惯，有时坐了两小时的公交车去，看到的却是大门紧锁。这样的结果是跑得腿也软了，腰也弯了，脾气也长了，但是没办法啊，为了让小皮皮成为中华人民共和国的一名合法公民，当爹的跑断了腿也是应该的。

倒了无数次公交，坐了无数次地铁，总算把那张纸上所需要的各类证明啊材料啊收集齐了，家辉抱着一大堆本本马不停蹄就往居委会赶。

"小伙子，下午再来吧，我们下班了啊。"还是那个满脸横肉的大妈，一见他就毫不留情地往外赶。

家辉看看钟表，时钟上显示十二点还差五分，忙上去央求："不是十二点才下班吗，还差五分钟呢。"

"五分钟能办什么事啊？"大妈直翻白眼。

"我把证件都带来啦，应该很快的。"家辉一个劲儿地说好话，"拜托了阿姨，我下午还要去上课，实在是没时间。"

大妈总算开恩了，也许在那么一瞬间，这个满头大汗的小伙子让她想起了自己的儿子，如果他在烈日下奔波了一上午又无功而返，她肯定不忍心吧。带着难得的耐心，她开始一样样检查办户口所需的证件。

"准生证。"

"在这。"

"出生证。"

"有。"

"照片呢？"

"也有，给您。"

"双方单位计生证明。"

"在这呢。"

"上环证。"

"什么？"

大妈又重复了一遍："上环证，就是你妻子上过环的证明。"

"需要这个证吗，材料上没有写的，不信您看。"家辉暗道一声不好，可还是尽力补救。

"不用看，我办了上万人的户口了，每次都必须要检查上环证。"

"可是，我妻子是剖腹产，都还没出月子呢，医生说她暂时不适合上环。"

"那就暂时别落户，等上了环再上户口。"

家辉据理力争："可是我小孩需要上户口啊，不上户口就没医保，没医保就没保障，他不能等到妈妈身体恢复后才落户啊。"

大妈说一不二："你这人怎么说不通啊，跟你说过要上环才能上户口，小伙子，我为你耽误了下班时间，你怎么反而为难我啊。"

家辉心里直冒火，说话也不那么温和了："我老婆身体还没恢复，不能上环，我儿子是符合计划生育的，必须要上户口。我查过国家的计生政策，没有规定说上户口必须要上环。"

大妈也火了："我好心帮你的忙，你倒和我扯什么政策。你要是舍不得你老婆上环，就自己结扎去吧，不然你就让她去上环。下班时间到了，要办的话下午再来。"说完就把窗口拉下了。

家辉义愤填膺地离开了居委会，回到家中又更加义愤填膺地将今天的遭遇转述了一遍。

家辉妈觉得很正常："没什么啊，我们村里以前都强制上环的，不然的话，怎么控制人家生二胎。"

胜男则觉得完全不可思议："凭什么啊，上个户口居然先要上环，这不是侵犯人权么，一天到晚说要保护妇女儿童的权益，就是这么保护的啊。"

在这个问题上，家辉坚决站在老婆这边，他真是不明白了，皮皮是第一胎，不是超生的也不是婚外产子，他生下来就理应是堂堂正正的中国公民，凭什么就剥夺他成为一名公民的权利呢？

夫妻俩就这一问题进行了激烈声讨，家辉甚至打了个电话给他在报社的同学，希望同学能深入报道伸张正义，没想到同学无奈地说，他去年给小孩上户口也碰到了这事，一怒之下写了篇稿子，引起了全城热议，可热议过后，地方政策还是丝毫没改，在僵持了一年之后，他老婆上个月不得不委委屈屈地去上了环，这才落好小孩的户口。

连掌握话语权的记者都无可奈何了，作为毫无话语权的良民一介，家辉又能有什么办法呢？

胜男很发愁："我不想上环，老公你想想看，子宫里面长期放个异物，那感觉能好受吗？听刘姐说，她上了环后，半个月就来一次月经，一来就是十来天，你说吓不吓人。"

"别自己吓自己，你现在身体还没恢复呢，那是以后的事了。"

"没生孩子前我经常痛经，不知道上了环后，会不会加重痛经？"

看着老婆无助的眼神，家辉很心疼，他不是医生，解答不了老婆的问题，但他能理解老婆的感受，那种无端被冒犯的感受。

"那就不上。"他安慰老婆。

"可皮皮怎么办啊，他不能没户口啊，没户口就没医保，没户口连学都上不了。"

面对老婆的纠结，家辉唯有沉默。

两个人各怀心事地躺下了，其实谁也没睡踏实。

半夜的时候，胜男做了个噩梦，惊得哭醒了："家辉啊，我梦见皮皮变成了一个三瓣嘴的孩子，可是没有钱治。"

"别怕，只是做梦，你看看皮皮，不是好好的吗。"

"等我身体恢复了，就去上环吧。"胜男鼓起勇气说。

"你不怕痛了？"

"怕。但是怕也要去，为了皮皮，有什么办法。"

"老婆，你真伟大！"胜男眼中一闪而过的瑟缩让家辉下了决心，他紧紧搂住了她，"别怕，不用上环皮皮也能上户口，我有办法。"

"你有办法？什么办法啊？"胜男将信将疑。

"放心吧，我真的有办法，信你老公一次好不好。"家辉哄着老婆睡下了，决定过两天就去做个小手术。

18. 户口啊户口

19．贝贝产下双胞胎

皮皮满月了。

这在中国民间是件大事，家辉妈在家里念叨了几天，大意是应该回老家摆满月酒，也算是带小皮皮认祖归宗。

小两口都没理会，家辉担心皮皮太小不适宜长途奔波，胜男呢，则压根不想让皮皮充当婆婆秀虚荣心的道具。

所以满月过得很简单，就是一家人在外面吃了顿饭，然后带着皮皮去公园里面遛了遛，就当完成了满月礼。

令胜男喜出望外的是，小恬终于来看她了，大包小包提了一堆，花王纸尿裤丑丑童装等应有尽有，进门就问："我干儿子在哪呢，快让干妈抱抱。"

胜男连忙抱了皮皮来，小恬接了过去，细细地瞧了一遍，从头夸到了脚："大耳朵高鼻梁，真是一脸福相，小皮皮，小宝贝，你可真是个急性子啊，在妈妈肚子里太寂寞了，急着出来玩吧。"

"是啊，性子太急了。"看着好友逗弄着儿子，画面如此温馨如此和谐，胜男的眼睛竟然悄悄湿润了，儿子满月了，疏远了的老朋友也失而复得了，这一切足以让她喜极而泣了。

"我给皮皮买了几套新衣服,也不知道能不能穿。"小恬拿出一件黄色花纹的连体衫在皮皮身上比画着,那衣服通体老虎斑纹,帽子做成虎头,屁股后还有个小尾巴,看上去有趣极了。

"我替皮皮谢谢干妈了,不过小恬,你以后可别破费了,小孩子长得快,衣服换得飞快,买这么好的衣服穿不了两回太可惜了。"

"有什么的,我现在超爱逛母婴店,看见好看的就想拎回家,再说皮皮穿旧的衣服,还可以送给别人嘛。"

"嘿嘿,你想得可真远。"胜男打量了一下好友,见她红光满面的,腰身似乎也比以前粗了,忍不住问:"小恬啊,你是不是胖了啊?我瞧你腰都粗了不少,以前是一尺九的腰吧。"

"现在二尺二了。"小恬掩住嘴笑了,雪白的脸颊上飞过一抹红霞,"胜男,我有啦。你也知道,广东这边的风俗是怀着孕不能去探望坐月子的人,我本来早就想来看你了,可我婆婆拦着不让。"

"真的吗,那可真是太好了!"胜男大叫着跳了起来,她是真心为好友高兴,比她知道自己怀孕了那会儿还高兴。

"小心点,你才坐完月子,当心闪了腰。"小恬笑她,"都当了妈妈的人了,可要稳重一点。"

"早就恢复了,我现在上山能打虎下海能捉鳖。"胜男仍然沉浸在兴奋的情绪中,抱着皮皮在卧室里打了个转,"小皮皮啊,你就要做哥哥了知道吗?看你这小模样,小胳膊小腿的,哪像做哥哥的样子啊。"

也许是用力过猛,小皮皮哇地一声哭了,唬得家辉妈急

19. 贝贝产下双胞胎

忙把孙子抱走了,走前还数落了胜男几句。

"瞧见了吧,这就是杀鸡取卵的故事,卵取出来了,这鸡也就不受待见了。"胜男对着婆婆的背影猛翻白眼。

"牢骚满腹防肠断,你婆婆也是心疼孙子。"

"别提了,你现在是孕妇,不能向你传播负面情绪。反正以我的经验啊,好好珍惜这几个月吧,也就是你怀着孩子的时候,亲爱的婆婆大人才会把你当回事。"胜男摸了摸好友的肚子,"几个月啦?去医院建档了吗?"

"三个多月啦,还没去建档呢。"

"你婆婆现在对你大变样了吧?"

"以前也不错,当然现在更好了,老人家嘛,谁都是盼孙心切,可以理解。"小恬还是那么厚道。

"林森呢?还是那么忙吗?"

"他那个工作能不忙吗,不过也比以前好点了,偶尔还会回来吃个晚饭。"小恬轻轻抚摸着小腹,脸上浮现出一个满足的笑容,"孩子真是婚姻的救星啊,以前待在那个家里常常觉得窒息,现在不同了,有了孩子就有了希望。以前觉得老公比什么都重要,现在觉得和孩子相比,他哪有那么重要,不爱回家就不回呗,我只要有孩子陪我就行了。"

从好友的话中,胜男隐隐嗅到了一丝危险的气息,对于孩子是婚姻救星的理论,她实在不敢苟同。但是今非昔比,她不能再像个愣头青那样向好友直言了,友情是需要维护的,同样的错误不能再犯。何况小恬是这么开心,身为旁观者都能感受到她的满足和快乐,胜男不禁感叹:"难怪人们说怀孕的女人最美丽呢,我怀孕那时候全当那是鬼话,见了你才相信,你气色真好。"

"你还想重温最美丽的时光吗，那就再怀一次孕嘛。"小恬开玩笑地说。

"就是想，也没有那个机会啰。"胜男戒备地看了一眼门外，确定婆婆不在偷听时，才压低声音说，"家辉去做了结扎手术。"

小恬大吃一惊："怎么回事？"

"还不是为了给皮皮上户口。"为防隔墙有耳，胜男言简意赅地将给皮皮上户口经历的风波和曲折复述了一遍。

"家辉真是好样的！"小恬肃然起敬。

"他呀，没别的优点，也就剩对我还不错了。"话说得有点谦虚，其实当家辉把皮皮的户口本送到她面前，淡淡地跟她说"我做了个小手术"，她才第一次由衷地发现，面前这个并不高大的男人是如此伟岸。

"会不会有点极端啊？"

"唉，事先他都没和我商量，擅自做的主张。不过我听说，输精管结扎对身体没什么妨害的，日后如果想恢复生育也不难。"胜男小声说，"这事还瞒着家辉妈的呢，怕她知道了又会闹。"

小恬点头："不错，最好别让她知道，老人家容易多想。"

谁都有不能说的秘密，为了让生活维持风平浪静，有时需要一些善意的谎言。当然，守口如瓶的人通常活得煎熬一点。小恬最近就挺煎熬的，从酒吧那夜过后，她和林森又有过几次性生活，不久之后，她发现自己怀孕了。婆婆高兴得什么似的，整天煲汤煲水嘘寒问暖，林森一开始好像并不是很兴奋，后来也被家里的喜庆气氛感染了，有着向二十四孝老公发展的趋势。

19. 贝贝产下双胞胎

嫂来了

曾经一潭死水的婚姻总算注入了一湾活水，而这一切，都是拜腹中的胎儿所赐。即使在再高兴的时候，小恬心里也有一丝隐忧，对于这孩子的来历，她不敢多想，冥冥中觉得这是上天赐予她的礼物，她不能也无法拒绝，于是，只好守着那个秘密装做安然无恙地过下去了，连最好的朋友也没有透露。

月儿弯弯照九州，几家欢乐几家愁。小恬总算求子成功了，金贝贝却出事了。

在超过预产期十天后，金贝贝生下了一对双胞胎女儿。

这本来是个喜讯，不幸的是，在生产的过程中出了点意外，产妇大出血，为了保全性命，不得不切除了子宫。听说原本是可以及时手术的，但是因为金贝贝坚持要顺产，延误了手术时机，等到打开她的腹腔时，已经是满腹的淤血。

金贝贝一出医院，就去了月子中心，所以胜男是去月子中心探望表妹的。

月子中心是近年来新兴的事物，发展至今已比较成熟，配套设施应有尽有。金贝贝住进去的月子中心，房间全部刷成粉红色，每间房配备护士一个，育婴师一名，全天候二十四小时照顾产妇和婴儿。中心里有营养餐厅，厨师们一对一地为产妇们提供膳食，有专门的育婴室，定期给孩子哺乳，还有瑜伽室，供产妇修复体形。

最令胜男吃惊的是，居然还有早教室，宣传栏上写着"请不要让您的孩子输在起跑线上"。她特意走进去参观了下，早教室里放着莫扎特的名曲，挂满了颜色鲜艳的彩铃，几名育婴师正在给婴儿做抚触，说是这样可以开发孩子的智能。小不点们不哭也不闹，好像对悠扬的音乐和温柔的抚触还挺享受的。胜男后悔没带皮皮来，让他也享受一下五星级的服务多好啊，特别是那个婴儿游泳池，比她们小区的游泳池还要大，可怜皮皮每天只能在那个小小的充气泳池中游泳，连手脚都伸展不开来。

金贝贝住的是单人房，据说能提供"十对一"的贴身服务。可是产妇现在压根儿没心情享受，胜男进去的时候，正听见表妹在对给她送汤水的护士发脾气，叫人家滚。

胜男忙说："对不起，你把汤放在这吧，我待会儿劝她喝。"

"胜男姐……"金贝贝叫了她一声，声音颤颤的。

"这里环境很不错嘛。"胜男把果篮放在床头柜上，故意让自己的语气听起来轻松点，"你老公对你还是挺慷慨的，这样高档的月子中心，住的又是单人房，一个月没个三五万怕拿不下来吧。"

"有什么好，空荡荡的像个冷宫。"金贝贝苦笑，"生完孩子后，他把我往这一扔就当完成了任务。"

"你婆婆来看你了吗？"

金贝贝摇头："没有，在医院看到是两个女儿，她马上走了。"

"有花瓶吗？我给你买了香水百合，是你最喜欢的花，你闻闻看，可香了。"胜男忙转移话题。

"你自己找找看吧。"

胜男找了个花瓶，插上了带来的香水百合，百合清雅的香味特别好闻，可是表妹对这香味表现得毫无兴趣，她边插花边问："两个小宝贝呢？"

19. 贝贝产下双胞胎

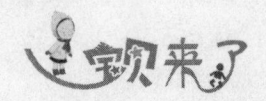

"育婴师抱去喂牛奶了。"

"怎么你不准备哺乳吗？"

"没生前是不打算哺乳的，怕影响身材，而且听说哺乳会推迟女性受孕。胜男姐，我够傻吧，想着要早点给我老公家传宗接代，生不下还死硬着往下生。"金贝贝望着天花板，眼神空洞无物。

不知道是不是没有化妆的缘故，胜男发现，表妹原本光洁的眼角已经爬上了浅浅的几丝细纹，她讷讷地说："贝贝，我也是顺转剖的，我也知道顺产对小孩好，可是一疼就顾不上了，还是你伟大。"

"我伟大？哈哈！"金贝贝大笑，笑出了两串眼泪，"我伟大个屁！我坚持要顺产不是为了小孩，是担心剖腹产后三年内不能生小孩。我他妈就想当一个称职的生育工具，拼死都要为我老公生个儿子，可是没想到，最后连个生育工具都当不了。"

"贝贝，你别这样，月子里不能哭的，当心以后眼睛不好。"胜男搂住了表妹。

金贝贝倒在她怀里哇哇大哭，汹涌的眼泪将她的衣服前襟都打湿了。生为女人，胜男物伤其类，也陪着掉起了眼泪。

两姐妹正抱头痛哭着，育婴师推着婴儿床进来了，看见两个哭作一团的女人，尴尬地放下婴儿床就走了。

胜男抹了眼泪，去看小宝宝。双胞胎并排躺在婴儿床里，看样子比两只小猫大不了多少，小脸还没有大人的一只巴掌大，一个皮肤雪白，另一个小脸黄黄的，都有着和妈妈相似的精致五官，眼睛尤其黑亮有神。

胜男一手抱住一个，爱不释手："小宝贝们太可爱了，让我猜猜看，皮肤白一点的是姐姐，皮肤黄一点的是妹妹，对不对？"

"嗯。"金贝贝扫了一眼双胞胎，胜男敏感地发现，表妹的眼神中居然透露着一丝嫌恶。

"妹妹的皮肤有点黄，是不是黄疸还没退啊？"

"可能是吧，在医院照了下蓝光。"

"你要抱着她多晒太阳，晒晒太阳黄疸很快就退了，又没有副作用。"

"再说吧，我现在哪有心情去晒太阳。"

"贝贝，你不能这样，都是做母亲的人了，一定要振作起来。"胜男劝表妹，"来，喝点鸡汤，喝了汤才有奶水，小宝宝吃了妈妈的奶才会长得好。"

"我喝不下。"

"喝不下也得喝，你才做了手术不久，不吃东西身体怎么会恢复呢。"

"恢复了又有什么用。"金贝贝又掉泪了，"胜男姐，我已经没有未来了。"

"你怎么没有未来了？"胜男苦口婆心，"贝贝，打起精神来，你不但要许给自己一个未来，还要给你的宝贝们创造一个未来。"

金贝贝凄凉地笑了："我们有没有未来，就看她们的爸爸有没有良心了。"

该如何慰藉她的凄凉呢？胜男词穷了，只好换了个话题："小宝贝们取名了没有？"

金贝贝快快地说："没有，你读书多，随便给取一个吧。"

胜男很想说，怎么能随便取呢，但是，对于一个备受磨

19. 贝贝产下双胞胎

165

难的母亲，谁又忍心去指责她不负责任呢？

"大的叫晴晴，小的叫安安吧。"她说。

"可以，有什么典故吗？"

"你若安好，便是晴天！"

这样烂大街的八字名言，现在却成了胜男对两个小宝贝最真诚的祝语。

20．一斤樱桃引发的出走

胜男回去后，避开了金贝贝的遭遇不谈，她才不想给婆婆幸灾乐祸的机会呢，于是对月子中心的奢华和舒适大谈特谈。

家辉妈对所谓的十对一服务以及一日五餐的月子膳食丝毫不感兴趣，鉴定为"纯粹是钱多了烧得慌"。但是当胜男提到育婴师的贴心服务、婴儿游泳池的宽敞、早教班的超前时，她就来了兴致，提议说不如送皮皮也去体验体验。

"要收费的啊。"

"多少钱？"

"住一个月少说也得一万多吧。"

家辉妈马上住口不提了。

胜男成功打消了婆婆的蠢动，却无法消除自己心中的冲动。私底下，她一遍又一遍地在老公面前赞美着月子中心的五星级服务："小宝贝们脱得光光的，全身擦上婴儿油，育婴师给他们轻轻按摩，这样的抚触能够增加宝宝的安全感，促进他们的成长。"

"我去买个婴儿抚触的光盘，你照着做也是一样的。"

"怎么会一样呢，我笨手笨脚的，哪有育婴师那么专业，

再说了，人家还放着莫扎特的名曲呢，我们宝宝在肚子里听得少，现在正好恶补一下。"

"那更容易了，网上下载几首经典名曲就行了，给你按摩做背景音乐。"

"好吧，就算这些都可以，那游泳呢，我们小皮皮可爱玩水啦。"

"简洁不是送了一个可以充气的婴儿游泳池吗，装满水也是一样地游。"

"那能一样吗？"胜男对老公敷衍了事的态度严重不满，音调也提高了几个八度，"人家贝贝的孩子可以在宽得像小湖的游泳池里畅游，可是我们的孩子呢，就只能在小得转不开身的塑胶桶里游泳，不，根本就称不上游泳，就是泡泡水。凭什么啊？"

"凭什么"是胜男的口头禅，遇到觉得命运不公人生不顺的事就来一句"凭什么"，家辉听了就头疼，他还想问凭什么呢。凭什么女人可以休五个多月产假男人却只能休半个月，凭什么老婆的单位一个月只给休产假的女员工发个基本工资，凭什么老妈老婆相争谁都拿他出气，凭什么大把小学未毕业的人富得流油，而他读了研究生还是穷得叮当响！

凭什么？他问苍天，苍天无语。

和很多80后小夫妻一样，在生孩子之前，家辉夫妇除了还房贷外，每个月还要出去吃吃饭啦，唱唱K啦，聚聚会啦，旅旅游啦，总之花钱的项目特别多，基本上是月光族。

他该如何跟老婆解释，随着儿子的出生，这个本来就没什么积蓄的小家庭早就陷入了一场经济危机。胜男产检花了近一万，生个孩子花了一万五，几乎耗尽了他们的全部积蓄。

小皮皮出生后，花的钱就更多了，真是看不出来，这个出生时四斤多的小家伙简直就是散财童子。花王纸尿裤一片2.4元，小毛头老拉稀，一天得用上十来片，港版美赞臣一段奶粉三百多一桶，才九百克，皮皮半个月喝了一罐，还好后来纯母乳喂养了。婴儿床是在爱婴岛买的，号称全橡木，两千多。婴儿推车是打折时买的，用来出口的牌子，打完折还要八百多。还有小衣服、小被子、婴儿浴盆、消毒奶锅、奶瓶奶嘴、婴儿沐浴液、洗发水、润肤乳、痱子粉等等。不能再往下数了，再数下去就要肉疼了。

老婆坐完月子后他算了算一个月的开支，不算不要紧，一算吓一跳：房贷五千，生活费三千，给皮皮买衣服玩具一千，带皮皮出诊一次五百，请亲戚朋友吃饭两千，总计一万一千五。而他们的收入呢，家辉一个月加公积金加住房补贴累计八千，胜男就不用提了，休产假前能拿小一万，休产假后直接按全市最低工资保障给发的月薪，扣除医保社保纯收入八百多，两个人的总收入不到九千。

算完账后，家辉倒吸了一口凉气，再这么入不敷出下去，这个家就不仅仅是经济危机，下一步得直接破产了。他也想过要勤俭节约，可是不知从何下手，首先房贷是一分都不能少的，少了银行可不会通融；生活费也不能省了，在这个物价高得离谱的城市，一个月三千真不算多，何况胜男要喂奶要养身体，怎么着也得炖点汤水喝；皮皮的衣服玩具也不能省，虽说穷有穷养富有富养，也不能太委屈孩子了。

算来算去，唯有在自己身上动刀，出门再也不打的了，太阳再毒风雨再大都乘公交，朋友聚餐也不去了，省下来的钱能给皮皮买一个月纸尿裤了，教工食堂也不去了，改成从

家里带便当，经济实惠而且美味可口。

饶是这样，也省不了几个钱啊。对于这个小家庭来说，节流固然重要，但更重要的是开源。

动了这个心思后，家辉四处寻找能够挣钱的机会，可他一个大学英语教师，能做什么兼职呢，无非是去培训中心给小孩儿补习英语，就是这样，培训中心还嫌他没有经验名气不响，给他开的工资远远低于附近一家高中名校的教师。搁在以前，他顾家辉能这样屈就吗，有那个时间看看电影陪陪老婆干点什么不好，可有了娃后，一文钱能难死当爹的，再屈就的活只要能挣钱他就得干。

眼看着儿子为了挣钱早出晚归，忙完了正职忙兼职，家辉妈心疼极了，苦于无法为儿子分担，只能在饭桌上多给儿子夹菜。

胜男也心疼老公，但更多的是欣慰。结婚之后，她觉得家辉什么都好，就是缺点上进心，不然的话，也不会在高校混了多年还是个讲师。也许是受赵秀芝的影响，实际上胜男还是很看重事业的，也希望老公能够上进一点。

不过，对老公去培训中心兼职，她并不赞同，认为这份活没什么技术含量，而且对老公的职业前景和人脉拓展毫无帮助。在她看来，家辉要想在高校获得长远发展，还是得读个在职的博士，这是长期打算，短期来说，要想缓解小家庭的窘境，家辉可以去给一些企业组织的活动当翻译，这样既锻炼了口语能力，又积累了人脉。

听了老婆的话后，家辉顿时豁然开朗，这下终于找到了努力的方向了。上次带皮皮去打预防针时，他认识了一个在海外旅行社上班的朋友，兴许会有这方面的活动。

家辉立马给那个朋友打电话咨询，对方所在的旅行社准备搞一个主推欧洲游学的推介会，社里的导游虽然英语娴熟，却缺乏对欧洲名校和历史的了解，正好需要一个既了解欧洲名校史又精通英语的翻译。巧的是，家辉前两年曾经随学校领导去欧洲访问过，当时也到了剑桥、牛津等名校，经历和能力都符合旅行社的要求。朋友把家辉的情况和旅行社的老总一说，老总当即拍板让他去试试，开出的待遇抵得上他在培训中心兼职一个月了。

这下家辉更忙了，要恶补欧洲史名校史，要写论文准备发表，还要联系导师积极考博。

幸运的是，推介会上他表现挺出彩的，不仅仅是口语流利功底厚实，还充当了半个主持人的角色。旅行社的老总给了他一个大红包，他打开一看，比说好的酬劳还高了一千块。

兜里有钱了，出手也大方了，家辉冲到专卖店去给儿子买了最新款的童装，给老妈买了两盒保健品，路过水果店时，看见有新鲜上市的进口车厘子，想起是胜男的最爱，又停下来买了一斤。这下齐了，每个家庭成员都有礼品了。

回到家里，给儿子换了新衣，向老妈献了补品，老老少少都很高兴，吃了饭后，一家人其乐融融地围在一起看电视，吃水果。家辉端了车厘子出来，鲜红水灵，装在水晶盘子里，光是看看就开胃。

"哇，车厘子，好久没吃了。"胜男两眼放光地扑了上来，妈妈回去之后，婆婆就连着买了两个星期的苹果，说是苹果吃了怎么怎么好，其实是市面上基本找不到比苹果更便宜的水果了。苹果吃多了牙容易酸，还是车厘子好啊，味甜多汁，

20. 一斤樱桃引发的出走

甜到心里去了。

"妈,您也尝尝。"家辉递给妈妈一个。

"这是什么啊?"家辉妈对没吃过的东西保持着警惕。

"车厘子,其实就是从美国进口的樱桃。"

"美国进口的,那得多少钱一斤啊?"

"今天打特价,88元一斤。"

"什么?88还是特价?"老太太不敢相信自己的耳朵,"都能够买十几斤上好的苹果了!"

"妈,今天的车厘子多新鲜啊,如果不打特价得一百多呢,不信您尝尝,比苹果好吃多了。"胜男难得这么好心情地和婆婆说话。

"我不吃,这么贵的东西吃了心疼。"家辉妈说着把手里那颗车厘子又递回给了儿子,"家辉你吃吧。"

胜男最恨婆婆摆出这种牺牲者的姿态了,每次桌子上只要有什么好菜,她就会端到家辉面前,自己一口也不吃,光是笑眯眯地看着儿子吃,那种笑让胜男头皮发麻,私底下曾经问老公,在这样充满牺牲精神的笑容面前,你怎么吃得下去?家辉回答说习惯了。

现在胜男也习惯了,婆婆不吃就不吃呗,她照吃不误,还左右开弓越吃越欢。

眼瞅着盘子里的车厘子越来越少,家辉妈拿起一颗就往儿子嘴里塞:"家辉,你再吃一点吧。"

"不用了,我去看书了,你和胜男吃吧。"家辉下意识地避开了妈妈喂过来的车厘子,起身进了卧室。

胜男快要吐了,儿子都三十岁了,当妈的还给他喂东西吃,这也太恶心了吧?她吐吐舌头,拿起颗车厘子往嘴里抛。

家辉妈看着媳妇吃得那么欢，终于忍不住开口了："胜男啊，吃这么多牙齿会不会酸啊？你才生完孩子不久，可要注意牙齿。"

胜男对婆婆的心事浑然不觉："不会，我牙齿好得很，而且车厘子可甜啦，一点都不酸。"

老太太索性直话直说了："你都吃了，也给家辉留一点啊。"

"家辉特意买给我吃的，他不爱吃这个。"胜男吃得津津有味。

"他哪是不爱吃啊，他是见你爱吃都让给你吃。"家辉妈暗自数了一下，一斤车厘子，总共三十六颗，她一颗没吃，家辉吃了五颗，剩下的差不多全被媳妇一个人干完了。

"他爱吃的话再买呗。"胜男吃完了最后一颗车厘子，满足地吮了吮手指上沾着的汁液。

"再买？说得轻巧，不要钱吗，那么贵，都可以买十几斤苹果了。"家辉妈觉得这媳妇好吃懒做也就算了，关键是太不懂得心疼老公了，家辉每天早出晚归累死累活，她倒好，啥事不干，88元一斤的进口樱桃一顿吃完，也不知道给老公留点！

胜男因车厘子带来的好心情已经给破坏殆尽了："我不爱吃苹果，我就爱吃点车厘子怎么啦，钱挣来不就是用来花的吗？"

家辉妈勃然大怒："你爱吃车厘子自己挣钱去买啊，干吗花老公的钱，家辉挣点钱容易吗，脸都瘦尖了，一个女人，一点都不知道心疼老公。"

"你叫我去挣钱！"胜男不怒反笑，仰天打了个哈哈，

"我刚生了孩子,国家还知道给我放五个月假呢,你倒好,紧赶着让我去挣钱。"

"谁没生过孩子啊,我生完家辉第三天就下地干活了,还得做一家子的饭。"家辉妈见撕破了脸皮,索性露出了农村妇女的泼辣本色。

"别拿我和你比较!"胜男厌恶地看着面前这张脸,她以前怎么没发现这张脸如此刻薄呢,"既然你要算账,我就跟你算清楚,我们住的这房子,首付三十万,我出了十五万,我妈赞助了五万,家辉才出了十万。我挣得不比你儿子少,我花的都是自己的钱。再说一句,就算我花了你儿子的钱,那也是他心甘情愿让我花的,轮不到你来说三道四!"

这番话说得掷地有声,家辉妈见和媳妇的交锋丝毫占不了上风,决定转走苦情路线,脸一垮眼泪就下来了:"都成了你的理,这房子住不得了,我回湖南乡下去。"

"你不用走,我走,留下你和你儿子相依为命,这下你该满意了吧。"

胜男冷冷地抛下这句话,转身拿了随身的小包,然后就去抱婴儿床上安睡的皮皮。

家辉妈慌了:"你要把皮皮带到哪去?"

"这是我儿子,我想带他去哪就去哪。"胜男不知哪来的力气,一把推开婆婆,抱起皮皮就噔噔噔往外跑。

家辉妈连忙去叫儿子,等家辉追出来的时候,胜男乘坐的出租车早已绝尘而去。家辉忙打她的手机,打了半小时,一直是关机。

一小时后,手机嘀嘀响,是胜男发来的短信:我坐高铁回老家了，皮皮和我的衣物用快递寄过来。再打又是关机。

家辉傻了眼，在客厅里坐到了半夜。家辉妈守在他旁边，翻来复去地将前因后果说了个遍，中心思想无非是一个"这个媳妇要不得"。家辉一句话也不说，当妈妈催他去睡觉时，他突然爆发了，捂着脸大吼："妈，我离不开胜男，你就不能对她好点吗！"

深夜的小区万籁俱寂，只有这个男人低沉而压抑的吼声在回荡。家辉妈看见，有什么从儿子捂着脸的指缝里渗了出来，那是家辉的眼泪。

21．妈妈的眼泪

胜男回到家后才发现，娘家也不是那么好回的。

可能是自幼就当男孩养的缘故，胜男结婚之后，从未把婆家当成自己的家，对于她来说，父母住着的那套小三居，才是她真正的家。所以当父母到车站来接她，她听到母亲抱着皮皮说"欢迎皮皮到外婆家来做客"时，一种失落感迅速弥漫开来。

小时候，父母的家就是她的家，结婚后，父母家就成了娘家，生了娃后，娘家又升级为外婆家。胜男蓦地觉得自己成了没有家的人。她少女时代住的闺房，现在由八十岁的奶奶住着。为了方便照顾皮皮，她和母亲睡一间房，父亲就只好去弟弟的小房间睡。这让她更加感觉像是在做客了。

对于胜男母子的到来，父亲江五一态度挺温和的，笑眯眯地帮女儿拎行李，笑眯眯地腾出主卧给女儿，还笑眯眯地找出胜男儿时的摇篮给外孙睡。母亲赵秀芝就没那么好脾气了，深夜去车站接女儿的时候没说什么，脸上也带着笑容，可那笑容只是专给皮皮一人的，看胜男的时候，眼光中就有责备之情。

回到家里夜已经很深了，一家人简单洗漱后赶紧睡了，胜男睡在床的中间,左边是母亲,右边是小皮皮,床不大,只有一米五宽,三个人睡着有点挤,为了不压着皮皮,胜男母女只好紧紧挨在一起。

无意中触碰到母亲的手臂时,胜男并没有像小说中写的那样感到一阵温暖,不不不,她只是觉得尴尬。从她懂事起,母亲就从来没有抱过她,走在街上,也是一前一后,不会像别的母女那样手挽着手,年少时不是不遗憾的,日子长了就习惯了和母亲保持距离,现在偶尔有了肢体上的接触,反而不习惯了。

母女俩轻声交谈着,胜男说到婆婆对她的严苛时委屈极了,她以为会得到母亲的安慰,可是没有,得到的只是指责,指责她冲动任性,指责她不够成熟,指责她为何和婆婆撕破脸。

末了,赵秀芝语重心长地告诫女儿:"不要指望婆婆把你当成亲生女儿一样疼,在婆婆心目中的排位永远是儿子第一孙子第二,你能排到第三就不错了。你也不能用对待你妈的方式去对待婆婆,在父母面前你可以发脾气可以乱说话,但是在婆婆面前绝对不能这样,婆媳之间最忌撕破脸。"

母亲说完就睡着了,胜男却听着她的鼾声难以入睡,她很后悔刚刚向母亲诉苦,应该早就知道,在母亲那里得不到任何安慰。胜男想起,还只有三五岁的时候,她老做噩梦,睁着眼睛看见一只只形状各异的鬼们从她眼前闪过,她向母亲描述所见的恐怖场景,她以为母亲会抱着她说宝宝不怕,可是母亲只是厉声呵斥她胡说八道,咬牙切齿,声色俱厉。从那以后,她就放弃了向母亲倾诉的任何欲望,为什么今夜,又会犯和小时候同样的错误呢?

胜男隐隐觉得，负气回家也许并不是一项好的选择。

第二天起床时，妈妈早就出去买菜了。皮皮在床上闹了起来，胜男笨手笨脚地给他穿衣服，换尿布，这些以前都是家辉和婆婆在弄，月子里她连儿子都没抱过几次。才穿好衣服，又听到噗的一声，皮皮拉屁屁了，刚刚穿好的干净裤子全弄脏了。胜男忙去扯尿布，一不留神，手上抹满了婴儿的大便。

正在手足无措时，赵秀芝回来了，放下手中的菜就去抱皮皮，一边指挥女儿："去打盆水来，毛巾晾在外面的阳台上。"

胜男手忙脚乱地打了水拿了毛巾来，又被母亲呵斥："笨死了，这是皮皮洗脸的毛巾，不是擦屁股用的，我怎么生了你这么没用的女儿啊。"

胜男对自己的没用也很羞愧，三十岁的人了，怎么一点生活能力都没有呢，给儿子换块尿布都会弄得一团糟。

赵秀芝帮皮皮收拾干净了，又三下五除二地把沾着屎的裤子给洗了晾好，然后端出了去街上给全家买的豆浆油条，还抽空给女儿做了碗蛋花汤。一家人坐下吃早餐时，她拿了根油条就风风火火地去上班了，走之前叮嘱女儿说等她中午下班回来再给皮皮洗澡，湖南天冷得早，中午给小毛头洗澡才不会着凉。

胜男终于知道自己为什么那么没用了，那都是因为母亲太能干了，和母亲生活在一起，她根本就用不着有生活能力，只要到时间了坐下喝汤吃饭就行。以前总觉得父亲更加可亲，回想一下，笑眯眯带她去看电影逛公园买玩具的，是父亲；急吼吼为她做饭洗衣服把家里料理得井井有条的，却是母亲。在这个家里,母亲永远起得最早睡得最晚。母亲啊,就是那个费力不讨好的人。

直到自己也做了母亲之后,胜男才发现母亲有多么辛苦。她每天光是照顾皮皮就累得不行了,可是母亲呢,要上班,要做一家人的饭菜,要洗一家人的衣服,要收拾屋子,要照顾孩子,还要忍受丈夫的散漫和婆婆的唠叨。暴戾的生活和烦闷的婚姻将母亲逼得歇斯底里,她无处发泄,于是化郁闷为巴掌,狠狠地落在本应怜爱的女儿身上。

胜男似乎可以谅解母亲了,母亲和她一样,好强,粗暴,色厉内荏,心比天高,命比纸薄。她理解了母亲所有的不如意,但并不代表可以完全原谅母亲,童年疼痛的记忆太深刻了,她甚至没有勇气去拥有一个小孩,她怕她和小孩会重演当初母亲和她的那一幕。

皮皮大概是上天派来的小天使,来抚慰她旧日的伤痛,来弥补她和母亲之间的裂痕。胜男曾坚持认为赵秀芝不是个完美的母亲,但她不得不承认,赵秀芝完全称得上一个完美的外婆。

都说隔辈亲,对小皮皮,赵秀芝倾注了所有的爱和心血。皮皮爱洗澡,她就斥巨资买了一个价值120元的水温计,每天放好洗澡水都要精心量过,并且为了水温应该高一度还是低一度而万分纠结,低了,怕皮皮着凉,高了,又怕烫着了皮皮,有一次胜男忘记量了,直接用手测的水温,结果被母亲大人狠狠数落了一顿。

皮皮晚上哭闹,赵秀芝就抱着外孙来回走动,嘴里还唱着歌儿哄皮皮,令人大跌眼镜的是,她唱的所有歌曲都和毛主席有关,从"抬头望见北斗星心中想念毛泽东"到"北京

的金山上光芒照四方毛主席就像那金色的太阳",所有歌颂伟大领袖的歌都被赋予了一个新的功效——给皮皮催眠,经过实践,皮皮最爱听的催眠曲是《我爱北京天安门》,不知毛主席泉下有知,是不是也会为之感到欣慰。

皮皮的衣服尿布,赵秀芝都坚持手洗,有时一天要洗好几次,随着天气的转凉,那水冻得跟冰一样,她的手由于长期浸在这样的冷水里,洗完衣服后手指常常红肿得像胡萝卜,还没有入冬,她手上的冻疮就复发了,手背上满是血红的小口子。

皮皮比一般的婴儿体弱,吹点风就会流鼻涕,偶尔有个头疼脑热的,赵秀芝比胜男还要着急。皮皮两个月的时候,到卫生防疫站打了一针卡介苗,回来后就一直哼唧,摸摸额头还有点烫,胜男给他量了体温,体温计上显示37.5度,低烧。

胜男急得不知如何是好,还是赵秀芝沉着,用温水给皮皮擦了澡,又吩咐江五一打开瓶三十年的开口笑,倒了点白酒涂在外孙的腋下和四肢,然后再喂了点温开水。

擦澡、涂酒、喂水这样的老三篇对婴儿低烧通常很有效,但是这次反常了,皮皮还是一直在哼唧,小脸红通通的,显然是很不舒服,一量体温,坏了,升到38度了。

赵秀芝拿起小被子包起外孙,果断地说:"去医院。"

江五一看了看外面,窗外黑漆漆的,于是和妻子商量:"太晚了,是不是明天早上再去?"

赵秀芝斩钉截铁地否决了:"不行,小孩子烧不得的。"

深夜的小县城是打不到车的,一家人只好走路去医院。夜风刮在脸上,像刀子一样。赵秀芝抱着皮皮走在最前面,健步如飞，江五一和胜男跟在后面，要小跑着才能跟得上她的脚步。平常走路需要一个小时的路程，这次只花了四十分钟。

到了医院，整栋楼黑灯瞎火的，只有急诊室的灯亮着，可是推开门一看，里面一个人都没有。胜男接受不了这个打击，差点就要哭了。

赵秀芝瞪了一眼女儿："哭有什么用！我来想办法。"

她的办法是跑到医院的家属楼，一家一家地去敲门。第一家的门敲了好久也没人开，第二家的门倒是开得很利索，一看门口站着不认识的人脸色就很不好看了。赵秀芝赔着笑脸："医生，实在不好意思，我外孙发烧了，您能不能给看看？"

天无绝人之路，幸好敲开的是儿科医生的门，那个医生见赵秀芝一家人可怜巴巴的，也起了恻隐之心，当下换了衣服就跟着他们去了急诊室。这个时候皮皮已经烧到了38.5度，需要立即输液。

输液的过程就不太愉快了，被医生从睡梦中叫醒的护士发起床气，态度相当粗暴。皮皮还只有两个月大，只能在头上扎针，护士让胜男按着他的头，好往上面扎针。

两个月婴儿的血管太细，扎了两次都没扎进去，皮皮疼得哇哇大哭，拼命地挣扎。胜男心疼得直掉泪，偏偏那个护士还大声呵斥："这个小孩脾气真是太大了，打个针都不得安生，老这样动来动去，扎坏了我可不管。"

胜男急怒攻心，想反驳两句，赵秀芝拉了拉女儿的衣袖，对着护士讨好地笑："是是是，小孩太不听话，给您添麻烦了，我这就好好按着他的头，您再扎扎看。"说着就牢牢按住了

21. 妈妈的眼泪

皮皮的头，护士老不耐烦地扎了一针，皇天保佑，这次总算扎进去了。

皮皮哭得累了，靠在胜男的怀里慢慢睡着了。胜男看护士走开了，悄悄跟母亲说："两个月大的婴儿能输液吗，这里的医生动不动就叫人输液，不知道会不会有副作用。"

想不到的是，刚刚还对着护士笑的赵秀芝忽然老泪纵横，哭着说："可怜我的孙孙啊，他才两个月大，就要受这个罪，两个月的娃娃知道什么呢，打个针还要挨骂，可怜的皮皮啊……"

看着母亲泣不成声的模样，胜男不禁惊呆了，记忆中，母亲好像从未在她面前流过泪，第一次远离家乡出外求学，她尚不到十五岁，背过身去抹眼泪的，是父亲，母亲只淡淡叮嘱几句，扭过头继续和人说笑。可是现在，铁娘子一样刀枪不入的母亲却哭了，哭得那么伤心，胜男低下了头，鼻子酸酸的。

小孩子的病来得快也好得快，输完液后，皮皮的烧就退了。回到家里，赵秀芝又恢复了平常的硬朗形象，一边洗全家的脏衣服一边抱怨丈夫和女儿懒死了，连条内裤都不洗。

趁着母亲忙碌的时候，胜男偷偷问父亲："你跟我妈生活了三十一年，是不是头次看见她哭啊？"

江五一说："不是啊，你妈经常哭的。"

胜男很惊讶："我怎么没印象啊。"

江五一说："你小时候屁股上长了个疮，老是要去医院挤脓，每挤一次你妈就要哭一次。还有你弟弟小时候在外面玩不小心磕破了头，去医院缝了四针，可把你妈给哭坏了。等你们大了，身体也越来越好了，你妈就哭得少了，不过上次你生孩子家辉打电话说老生不下来，你妈一听就哭了。"

父亲说的这些事，胜男一点都不记得了，相反，对于母亲的每一次殴打，每一回指责，甚至一点点不如人意的地方，她都记得清清楚楚。记忆就这样选择性地出了差错，当她为母亲对皮皮的百般呵护感动时，却忘了自己也曾是那样粉嘟嘟的一团肉，被妈妈抱在手中，享受过这世上最温柔的爱。

原来记忆也会骗人，原来妈妈也曾为她流过泪，在做了母亲两个月之后，胜男重新认识了自己的母亲。

21. 妈妈的眼泪

22．母亲是怎样炼成的

皮皮一百天啦！身高六十五厘米，体重十四斤多，从皮包骨头长成了一个帅气的小伙子。

三个多月来，小皮皮以惊人的速度成长着，每一天都会带给胜男新的惊喜。

有些成长是可以用数据衡量的：

刚出生时他只能吃八毫升牛奶，现在一顿能喝一百多毫升啦；

月子里他一天拉五六次，现在两三天才拉一次屈屈了；

生下来时他才四斤九两，现在穿着衣服称有十五斤啦；

几天大的时候他整天睡觉，现在一天只睡两三次了；

以前他一天要换五六块尿不湿，现在有时候一天下来尿不湿还是干的；

……

有些成长无法用数据衡量，却具有更深层次的意义，那意味着小皮皮慢慢会和大人交流了，从一团肉长成了具有独立意识的小人儿：

两个月时，他清晰地叫出了一声"姆妈"，后来一哭就爱叫"姆妈"；

两个多月时，带他去街上打预防针，一见街上车多人多，他吓得眼泪双流，我们的小皮皮这么小就会认生了；

三个月时，他看着第二次见面的叔外公露出了甜甜的笑容，并且会主动扑向他的怀抱；

三个月时，他见了十个月大的轩姐姐，就主动和人家说笑；

三个多月时，外婆给他洗完澡，他躺在浴巾上，伸出双臂舒服地伸了一个懒腰；

从两个月开始，他越来越依恋胜男了，每到晚上就只要妈妈抱，外婆怎么哄都不行，妈妈去冲个凉，他都在浴室外哇哇大哭；

一百天时，只要胜男一逗他，他就咧开没牙的嘴向她笑；

啊，亲爱的宝贝，你的笑容是多么灿烂，它把妈妈从繁重的哺育过程中拯救出来了，告别了那种整天围着尿布堆打转的生活。

……

而他的妈妈胜男呢，也以缓慢的速度成长着，虽然进步不大，但好歹也日新月异着：

她会换尿布了；

她会给宝宝把尿了；

她会躺着喂奶了；

她会给他洗澡了，而且知道什么样的水温最适合他；

她会唱歌哄他了，经过实践后发现他最爱听的歌是《蓝精灵》以及所有的凤凰传奇，催眠用的最佳歌曲则是《我爱

北京天安门》。

三个多月的哺育生活，把她从一个十指不沾阳春水的娇娇女变成了一个能够独立带娃的欧巴桑。是的，她胖了，老了，一天只能睡几个小时，黑眼圈堪比熊猫，四个月没看一场电影，但是这又有什么关系。以前总觉得有很多很多的爱无处安放，现在好了，她有了一个最最亲爱的小人儿，她可以毫无保留地爱他。一听到他的哭声，她就急急如律令地跑去哄他；而只要小宝贝冲她一笑，似乎全世界的花儿就在她面前绽放了。

胜男仍然坚持以前的观点：母亲不是天生的。罗马不是一天建成的，一个女人也并不是只要生了小孩就可以被冠以母亲之名。通往母亲的道路任重道远，需要日复一日的恒久付出和不懈耐心。正是在这恒久付出的道路上，那个啼叫着来到世上的小儿长大了，变成了妈妈最亲最爱的小心肝。付出得越多，你就越爱他。世上的玫瑰花那么多，小王子为什么单单对那朵玫瑰情有独钟？因为那是他的玫瑰，他的汗水和爱心，浇灌出了这世上属于他的独一无二的玫瑰。

最重要的是，在此过程中，当妈的也收获了成长。

自从有了个娃啊，她被迫变得坚强了。以前遇到困难动不动就想撂挑子，现在硬着头皮也要坚持上；她开始懂得付出了，不再像以前那样理直气壮地自私自利了；她不再抱怨生活了，即使年已三十还一无所成，仍然感谢主感谢生活；她和妈妈的关系得到了前所未有的缓和，有句话说养儿方知父母恩，对此她的理解是，做了妈后，才知道当个完美的妈是多么不容易，因此就原谅了父母曾经加诸于她身上的冷漠、暴力等等。

在民间,婴儿百天是个重要的日子。这一天,要剃百天头,要开荤,还要请亲朋好友来喝杯喜酒。

皮皮的头是在家里剃的,由江五一亲自操刀,剃之前胜男很担心,父亲整天喝得醉醺醺的,能行吗?

江五一用行动来打破了她的担忧,他细心地给皮皮围上了围兜,又在皮皮脖子后面铺了一块柔软的毛巾,用来接剃下的碎发。看那架势就有模有样的,胜男放下心来。

正式理发的时候出了状况,江五一使不惯新买的婴儿理发器,手开始抖了起来。

赵秀芝埋怨丈夫:"你的手别抖啊!"

江五一的手抖得更厉害了:"我紧张啊。"

赵秀芝笑了:"你紧张什么啊,胜男和胜天小时候不都是你剃的头吗,那时候我们还住在学校,学校老师都夸你给胜天的头剃得好,比理发店剃得还要光,小孩百天了都抱来给你剃。那时候你怎么就一点都不紧张呢。"

"年纪大了,反而紧张了,我这不是怕伤着皮皮嘛,你别跟我说话,一说话我更紧张了。"江五一专心致志地轻轻推着婴儿理发器,小皮皮今天特别配合,不哭也不闹,任由外公折腾。

好不容易剃完了,大家都松了一口气,赵秀芝抱着皮皮锃光瓦亮的头亲了一口,嘴里不停地夸:"我的乖孙孙,我的小光头,一百天啦,是个大宝宝啦,今天可真乖。"

胜男看着儿子的光头却发了愁:"皮皮的后脑勺左高右低,一点都不平,这个样子真丑啊。"

"没见过你这么当妈的,居然还嫌弃孩子丑,我们皮皮哪点丑了,比你小时候好看多了。你不知道你小的时候,眉

毛头发都是黄的,那可是货真价实的黄毛丫头,哪里有皮皮这么白白胖胖的招人喜欢。"赵秀芝数落起女儿来毫不留情。

胜男嘿嘿笑了,心说也没见过你这么当妈的啊,为了赞美外孙,不惜贬低女儿。她乐得被母亲占了上风,跑过去拿了扫帚来,想把地上婴儿的碎发打扫干净。

"别动!这是皮皮的胎发,可要好好保存的。"赵秀芝急忙拦住了她,将散落了一地的碎发轻轻拾了起来,然后吹掉上面的浮屑,再珍重地放进一个小口袋里——那是她昨晚连夜缝制的。

看着母亲珍而重之的神态,胜男的心一下子柔软了,为了掩饰这份感动,她故意埋怨母亲:"妈,皮皮的胎发你都记得保存,怎么不见保存我的啊?"

"怎么没有保存,你妈一直留着呢,我给你找找看。"江五一转身进了卧室,好一会儿才捧着个盒子走了出来,他把盒子递给了女儿,"喏,你瞧瞧,都在这里,保证毫发无损。"

"真的还在啊,我都忘了。"

"你不是说要留着等孩子成年了再当做十八岁的礼物送给她吗,现在胜男都三十了。"

"不会吧,肯定是你记错了,我才不会做这么矫情的事,说这么矫情的话呢。"赵秀芝脸上一红,抱着皮皮走开了,"走,皮皮,去厨房看看鲤鱼熟了没有,外婆给你买了条三斤的大鲤鱼,等会儿蒸熟了,你跟鲤鱼打个啵,以后长大了就会像鲤鱼一样跳龙门。哈,外婆忘了,我们皮皮本来就是小龙人,不用跳都是一条龙了。"

等母亲走了以后,胜男才打开了那个盒子,那是个普通的糖果盒子,铁皮上已经生了锈,盒盖上绘着的居然是元春省亲图。盒子里装着的都是些零零碎碎的小东西，胜男看到了自己的胎发，果真像母亲形容的那样，看上去黄黄的，摸起来软软的，仿佛还能闻到奶香。胜男还看到了一颗乳牙，大大的，宽宽的，原本洁白的牙齿如今已经发黄。此外，盒子里还有一朵小红花啦，一双小袜子啦，一本小本子，甚至还有一颗大白兔奶糖！

胜男好奇地翻开了那个小本子，那是教师用的最普通的备课本，扉页上工工整整地写着"为胜男记"，原来是妈妈为她写的日记，每一篇都不长，有时只有三言两语，记下的却是她的童年轨迹：

1982年12月11日

胜男满月啦，从一个小不点长成了胖丫头，五一给她称了下，有九斤重了。洗澡的时候，我妈一看她就说，这个丫头片子太瘦了，养得活吗？我很生气，下定决心要把你养大成人。好了，现在不仅养活了，还养得白白胖胖的，不过胜男，不许生外婆的气哦，妈妈坐月子吃的鸡蛋可全是从外婆家拿来的。

1983年2月20日

胜男一百天了，今天五一给她剃了百天头，小家伙哭得可厉害啦，怎么捉也捉不住。后来哭累了，我抱着她才剃好的。不剃不行啊，胜男的头发太黄了，希望头发再长出来就变黑了。她奶奶过来瞧了下，说这个丫头一点都不俊。我没理她，不俊怎么啦，不管她多丑，都是我的心肝宝贝，我自己的女儿自己疼。

1984年5月13日

胜男今天掉了第一颗乳牙,她的两颗门牙又大又宽,活像小兔子。她奶奶说小孩的门牙要扔到屋顶,这样才会长一口好牙。我舍不得扔,偷偷藏了起来,这可是胜男掉的第一颗牙呀。不过心里还是担心,胜男啊,你长大了要是牙齿长得不整齐,会不会怪妈妈呢?

1985年10月8日

今天太高兴了,宝贝终于知道心疼妈妈了。胜男今天去姑姑家做客,回来的时候攥着小拳头,怎么也不肯打开。看到我的时候,才张开了拳头,里面是一颗大白兔奶糖,听见她奶声奶气地说:"妈妈吃糖糖,糖糖甜。"我差点哭了。这颗糖我要留下来,这是我这辈子收到的最珍贵的礼物,是我的女儿给我的。

1986年9月18日

今天可把我气坏了,去幼儿园接胜男,老师向我告状,说胜男上课不好好听话,还和别的小朋友打架,抢小朋友的大红花。我狠狠地打了胜男的屁股,问她为什么,胜男边哭边说:"威威拿了大红花,威威妈妈很高兴,胜男也要大红花,胜男也要妈妈高兴。"我很后悔,怎么不听听孩子的想法,就打了她呢,孩子的屁股都红了。

....

妈妈的日记像一串珠链,将胜男散成碎片的童年记忆串成了一串。胜男出生在八十年代初,那个年代物质匮乏,没有数码相机，没有进口DV机，更没有手机视频，六岁以前，她甚至没有留下一张照片，她一直为此遗憾。可现在，她一点都不遗憾了，就在这个普普通通的铁盒子里，她看到了自己的童年，谢谢母亲，用这种最平常不过的方式，珍藏了她的童年。

那个晚上，胜男做了一个梦，梦里她还是小小孩童，晃着短短的小胖腿，颤巍巍地迈着步子。梦里的母亲还是年轻少妇，烫着八十年代很时髦的大波浪，拿着一个拨浪鼓，轻轻喊她的名字："胜男，不怕，妈妈在这里，胜男，妈妈的小心肝，妈妈的小宝贝，快到妈妈这里来。"母亲叫她胜男，用那样怜爱的语气，她记不起，多少年以前，曾有人那样叫过她。但是在梦里她清楚地听到自己的名字，被甜蜜地叫喊着。

"胜男，胜男！"不对啊，还是母亲的声音，怎么粗鲁多了？

胜男睡得糊涂了，这时候赵秀芝一脚蹬在她的屁股上，母亲的抱怨同时响起："怎么睡得像猪一样，快点起来，皮皮哼了好久了，快给他喂奶。"

胜男迷迷糊糊地揽过皮皮，将乳头塞进了他的小嘴，心想这梦和现实的距离可真大啊，梦里的母亲柔情似水地叫着她的名字，现实中的母亲却粗暴直接地踢着她的屁股。不过那有什么关系呢，胜男知道，尽管梦里外的母亲性情不一样，但对她的爱却是一样的。就像三十岁的胜男，已经不会像两岁时一样攥着颗大白兔奶糖，只为了让妈妈尝一尝，可是她对妈妈的爱，并不会比两岁那时少。

22. 母亲是怎样炼成的

23．久别未必胜新婚

在娘家住了两个月，胜男身体恢复得差不多了，心情也好多了，虽然产假还有一段时间，可是必须得去广东了。一来湖南冬天太冷，对小宝宝的成长不利；二来家辉催得紧。

结婚数年，家辉和胜男很少吵架，即使吵了，也是床头吵架床尾和，基本上不会过夜的。这次胜男赌气回娘家后，家辉一天一个电话地追过来，两口子很快又和好如初了。

前面说过，家辉是那种居家型男人，已经习惯了像地球围着太阳转那样围着这个小家庭打转。老婆孩子一走，原本热热闹闹的小家庭变得冷冷清清的，他一下子失去了生活的重心。

家辉妈为了照顾儿子留下来了，可是她很快就察觉出儿子的失落。家辉是个孝顺的孩子，以前不管多忙，每天都会抽空往家里打个电话，和她唠唠嗑，芝麻绿豆大的小事母子俩也能在电话里唠上半天。好不容易和儿子住在一起了，以为这下可以亲亲热热地唠唠了，可是儿子就像霜打了的茄子，压根儿提不起兴趣，回到家就往电脑面前钻，惦记着要和胜男母子视频聊天。老太太总算明白了一个事实，对于家辉来说，电脑那头的老婆孩子远远要比身边的老娘更重要，也更有吸引力。

想明白了这一点后，老太太暗自失落了一阵，可是失落过后，还是得为儿子着想，眼看着儿子整日闷闷不乐的，这当娘的心里也跟着不好受。于是她主动催儿子去接媳妇回来。

出乎意料的是，家辉并没有如她想象的那样一蹦三尺高，反倒闷闷地不大作声。

家辉妈纳闷了："你不想儿子吗？我都想我孙子啦！"

家辉唯有苦笑，他当然想儿子了，想得百爪挠心，晚上睡在床上总是惦记着要给儿子换尿布，醒来后一摸，不见那个香香软软的小身体，心里那叫一个失落啊，那叫一个空虚啊。可是提到接儿子回来，他有他的担忧，担心老妈和老婆还是那么斗下去，凡事折腾一次还行，折腾得多了，再牢固的家庭也不安稳了。

看出了儿子的顾虑，家辉妈主动承诺："你放心，以后我不和胜男吵了。"

家辉还是不放心："那胜男要是有什么做得不让您满意的地方呢？"

老太太摆出老人不计小人过的大度来："那我也忍着不说。"

"她要是想吃点樱桃什么的呢？"

老太太牙一咬，心想为了孙子，忍一时风平浪静："那就买！"

"你不嫌贵了？"

"再贵也没有我孙子重要。"

家辉眼睛都亮了，兴冲冲地跑进了卧室去打电话，将刚

23. 久别未必胜新婚

才的会谈向老婆进行了汇报,当然还不忘添油加醋:"我和我妈约法三章了,第一,你想吃什么就买什么,她绝对不干涉;第二,你想说什么就说什么,她绝对不插嘴;第三,皮皮怎么带怎么养,你说了算,她绝对不插手。"

胜男半信半疑:"真的假的?"

家辉在电话这头将胸脯拍得山响:"千真万确,绝无虚言。"

得到了丈夫的承诺,胜男就顺着坡儿下驴,答应了择日出发。

家辉激动得两眼放光,跑出去给了妈妈一个熊抱:"妈妈啊,这下可好了,不出三天,您就能看见您孙子,我就能看见我儿子啦!"

家辉妈表面上也喜笑颜开,心里难免酸溜溜的。

而在六百公里之外,江五一和赵秀芝正在给女儿外孙准备行李,土鸡蛋是不能少的,皮皮再大一点每天就要吃个蛋黄了,山茶籽油也得带上两瓶,自家的特产,皮皮要是有点湿疹红屁股什么的涂涂就能好,腊肉啊土鸡啊自然是越多越好,家里的菜有营养,女儿吃了有奶水。

胜男看着客厅里小山似的一堆,哭笑不得:"妈,你是不是打算把整个家都让我搬过去啊。我一个人坐高铁去,又要抱皮皮,带不了这么多。"

"那就坐卧铺车去。"

"不行,路上时间太久,皮皮受不了。"

平常赵秀芝在女儿面前是寸步不让的,现在事关外孙,就不得不让步了。最后江五一建议,行李全部托运,胜男带上贴身物品抱皮皮轻装南下即可。

到了分别那天，老两口都眼泪汪汪的，赵秀芝抱着皮皮不肯撒手，直到广播里催乘客进站了，才恋恋不舍地放了手。胜男一手拉着行李箱，一手抱着皮皮，裹挟在人潮中往前赶，她不敢回头，生怕一回头就会看见还在引颈遥望的父母。真奇怪，这又不是头一次和父母分别了，这年头亲人们对分离早已司空见惯了，怎么这次特别难舍难分？是不是人一做了母亲，心就会特别的柔软？

到了广州南站，胜男还没有从骨肉分离的情绪中缓过来，出了站口，遥遥就看见家辉站在出站口，等她一过来，马上迫不及待地接过了皮皮，一个劲地说："皮皮，想不想爸爸，还认不认识爸爸？"

皮皮不买他的账，抬起头看了看他的脸，小嘴一瘪就哭了。

"他怎么啦？"家辉不知所措。

"他认生了，快把他给我，你拿行李。"

"我是他爸爸，怎么会认生呢？"

"你看看你，两个月不见，连儿子都不会抱了，这么小的人，你要抱上面一点，不能抱着屁股，还是给我吧。"胜男不由分说，一把将皮皮抱了过来。

家辉心里感叹，两个月不见，儿子变化可真大啊，都会认生了，抱在手里还挺沉的。两个月不见，老婆变化也挺大，那么沉的儿子，她一只手抱得稳稳当当，俨然成了举重高手而不自觉。他拉着行李箱，跟在老婆屁股后面，目不转睛地盯着儿子的小脸，三个多月的皮皮小脸胖乎乎的，眼睛又黑又亮，皮肤白里透红，美中不足的是，脸上长了一些小红点。

"胜男，皮皮脸上怎么长了好多小红疙瘩，一坨一坨的。"

家辉有点儿不满，小皮皮回去时可是个皮肤光洁的小男孩，在老家待了两个月就成这样了。

"哦，车厢里太热，可能是湿疹复发了。"听出了老公声音里的不满，胜男心里更加不满，她一个人在家带了两个月孩子，他倒好，逍遥自在了两个月，一见面连句辛苦了都不说，反倒兴师问罪上了。

打了车回到家里，婆婆笑眯眯地迎了上来："胜男回来啦，我正在给你们做饭哩，哟，皮皮这么胖了啊，让奶奶抱抱。"说着双手在围裙上一擦，就来抱孙子。

胜男暗自嘀咕，这一手的油烟胡乱擦擦能干净吗，幸好处于认生阶段的小皮皮不配合，面对奶奶张开的手置之不理，转身就将头埋在了妈妈的怀里。

家辉怕老妈不高兴，忙解释："小家伙认生呢。"

家辉妈气定神闲："没事，过会儿就好了，小孩子再认生，见了自家人都会亲的。"

胜男把小皮皮放下，打量了一下住处，一打量心里还真不是滋味，客厅的地板湿湿的，一角堆满了杂物，报纸杂志堆得老高，和娘家的整洁相比，真是判若云泥。她从行李箱里拿出一条小毛巾，又叫老公："家辉，皮皮洗脸的盆呢，他坐了这么久的车，得好好洗个脸。"

家辉闻声到处翻找，好不容易才从洗手间找出了一个盆："只找到了这个，先用这个洗洗吧。"

胜男脸色就不那么好看了："我不是早让你把皮皮的东西先消好毒准备好吗，这盆那么大，肯定不是用来洗脸的，说不定是用来接尿的呢。你这当爸爸的就不能为他费点心吗！"

"那我去找个新盆。"

"算了，干脆洗澡得了，浴盆洗了吧？"

家辉妈跑出来给儿子解围："洗了的洗了的，我去给皮皮放水。"

一家人分头忙碌，家辉母子在浴室放水，胜男则将儿子的小衣服从箱子里拿出来，放进衣橱的抽屉里，衣橱里乱糟糟的，家辉夏天的衬衣还挂在那呢。胜男皱了皱眉头，开始动手收拾，还没收拾完呢，就听见家辉在浴室喊："胜男，快过来，皮皮怎么哭了啊。"

胜男跑过去，只见皮皮光着小身子，委屈得哇哇大哭，她伸手一摸水，水温明显要高过平常皮皮洗澡水的温度。

"太烫了！怎么连个洗澡水都不会放。"胜男边呵斥老公边拧开了冷水龙头，调好水后又拿着水温计量了量，这才放心地把皮皮放进去，"喏，以后洗澡都要量量水温，37度刚刚好，不冷也不热。"

家辉妈心想，洗个澡也这么麻烦啊，以前的人谁见过水温计啊，还不是照样把孩子带大了。久别重逢头一天，她没好意思和儿媳较真，只是摸了摸水温后不免质疑："这水会不会太凉了点，毕竟是冬天啊。"

胜男信心十足地往皮皮身上浇水："不会，这是最接近人体体温的温度了，小孩子不怕冷的。"

似乎是为了证明妈妈的话，澡盆里的皮皮咧开嘴笑了，还笑出了声音。宝贝儿的笑声消解了空气中的火药味，家辉妈喜笑颜开："瞧我的小孙孙，笑得真甜，长得真胖，搁在澡盆里都有一澡盆肉了。"家辉则拿来了苹果手机，兴冲冲地给儿子拍出浴的视频。

23. 久别未必胜新婚

洗完澡后又喂了奶,皮皮躺在婴儿床上睡了。家辉帮着妈妈把饭菜摆上桌,讨好地叫老婆:"胜男,看妈给你做了什么好吃的,快来吃饭。"

胜男高兴地应了声"好嘞",坐了一天的车,为照顾皮皮她就啃了块面包,闻见饭菜的香味早就饿了。她兴冲冲地跑到餐桌前坐好,顿时愣了:桌子上放着四个大碗大碟,不管是碗里还是碟里,都是红艳艳的一片,搁了不少辣椒,连那盘空心菜里都有星星点点的红辣椒。

"妈忙活了一下午呢,辣子鸡、香辣排骨、水煮鱼,都是你爱吃的呢。"家辉替老婆夹了块鸡。

"我不能吃!"胜男拿着碗,避开了老公热情的筷子。

"为什么啊?"家辉母子同时问。

"我还在喂奶啊,不能吃太辛辣的。"胜男解释,"尤其是皮皮长湿疹的时候,一吃辣的就容易加重。"

家辉妈其实压根接受不了媳妇的解释,不过嘴里还是说:"哦,吃一点点应该没关系吧,我们是湖南人,不用像广东人那么忌口的。"

"算了,我吃空心菜就行了。"

一顿饭,三个人都吃得没滋没味的。家辉妈为了迎接媳妇的回归,下血本做了一桌子菜,结果没人买账,自然是不高兴的。胜男呢,在娘家每顿都有滋补汤水,回到自己家却只能吃空心菜下饭,也没办法高兴。至于家辉,和老婆儿子久别重逢原本是挺高兴的,可是看看老妈沮丧的脸,再看看老婆委屈的脸,于是也高兴不起来了。

晚上,小夫妻把皮皮哄睡了,胜男拿着本书,准备翻几页。家辉黏黏乎乎地往她身上蹭:"老婆,你身上真香啊!"

胜男侧过身子，避开了他："去去去，你身上才臭呢，多久没洗澡了啊，家里也一塌糊涂，脏死了。"

家辉大呼冤枉："没有啊，刚刚才洗过的，家里的地今天才拖的呢。"说着他又不死心地将手放到了老婆的胸前。

"拖地都不用干拖把再拖一遍啊，还有那些旧杂志报纸，怎么不扔掉？"

"老妈说留着可以卖点钱呢。"家辉的手费了点劲，"老婆啊，你的咪咪变大了，也变软了。"

"你想干什么？"胜男推开了他的手，直视着他。

"你说我想干什么呢，不是有句话说，久别胜新婚嘛！"家辉不怀好意地笑了，"我们都好久没有在一起了，你想想，皮皮都快四个月了。"

"不行，皮皮在旁边睡着呢。"胜男生了个孩子后，私心欲念全无，一下子变得圣洁不可侵犯了。

"老婆，你老公我都渴了四五个月啦。"家辉继续央求。

"不行，我累了。"胜男一把拉过被子，将自己盖得严严实实。

家辉满腔热情无处释放，只有在黑暗中数绵羊，边数边想，这女人一生了孩子怎么就变成圣母了呢，以前只觉得圣母不容易，现在想想，真正不容易的是圣母她老公！

24．豌豆公主落难了

双胞胎出事了。

接到表妹的求助电话时，胜男正在给皮皮喂米糊，小家伙最近食量大长，母乳已经满足不了他的胃口。

金贝贝的哭声从电话中传来："胜男姐，安安哭个不停，我拿她一点办法都没有。"

胜男安慰她："你别急，慢慢说，看看安安是为什么哭，是穿得太多了，还是肚子饿了？"

电话里只有金贝贝的抽泣声："呜呜，我不知道，怎么办啊怎么办啊！"

胜男也急了："贝贝，你身边还有什么人？"

"没有了，我妈出去买菜了还没回来；她身上又没手机，我只好给你打电话了。"

"你老公他们呢？"

"呜呜，他根本不管我们娘仨。"

胜男盼咐表妹："你先别哭，安安哭得这么厉害，不知道是不是什么急病，耽搁不起。你看可不可以让邻居照看一下晴晴，等你妈回来了就交给她。你马上抱安安去省妇幼保健院，我也立即出发，谁先到谁先挂号。"

金贝贝边哭边说好。

放下电话，胜男把勺子往婆婆手里一塞，叫她继续喂皮皮。她换了双鞋，就急急地赶往医院了。

在医院门口碰到了金贝贝母女俩，表妹哭得泪人儿一样，小安安脸都哭紫了，嘴唇边还有吐奶的痕迹。

胜男这才发现安安的情况远比自己想象中的严重，忙问："怎么回事？"

金贝贝哭丧着脸："早上吃的奶全吐了。"

胜男接过了安安："快，跟我来，我介绍一个医生给你认识，他在儿科方面很内行。"皮皮出生一个月内跑了几次医院，她因此结识了一位儿科医生，姓赵，医术不错，态度也很好，这次来医院之前，她提前给赵医生打了个电话，一来了就直接找他。

到了赵医生的诊室，他抬头见了胜男就问："怎么，皮皮湿疹又复发了吗？"

胜男拉了一把表妹："不是皮皮，是我表妹的宝宝，贝贝，这是赵医生。"赵医生这才注意到，胜男身边站着个女孩子，楚楚可怜的俏模样，有一点少女的娇俏，还有一点少妇的风情，就是眼睛肿得像核桃。

金贝贝哭得梨花带雨，上前就拉住了医生的手："赵医生，拜托您了，您一定要帮帮我的宝宝。"

胜男很尴尬："贝贝，赵医生会帮你的，你先放手，不要哭哭啼啼。"

金贝贝红着脸缩了手，赵医生却不以为然，望着她亲切地笑了："别急，把宝宝给我检查一下，你好好想一想，这两天有没有给宝宝吃过什么东西？"

24. 豌豆公主落难了

医生的笑容犹如镇定剂，金贝贝总算停止了哭泣，开始在记忆中搜索："吃了点牛奶，还喂了点果汁，奶粉和果汁都是新西兰进口的，医生，不会是奶粉的问题吧，我没有给她吃国产的牛奶。"三鹿事件后，中国妈妈无不是一谈问题牛奶就色变。

"先别担心，就算是国产的牛奶，也未必一定会有质量问题。"赵医生按了按婴儿的小腹，安安本已微弱的哭声一下子变得剧烈了，"肚子痛。对了，宝宝还有没有其他的症状？"

"早上吐了奶。"

"吐得厉害吗？"

"吐了好多，衣服都吐湿了，赵医生，是不是急性肠胃炎啊。"

"有可能是肠梗阻，马上送孩子去照个B超。"

金贝贝如雷轰顶："肠梗阻？"

赵医生温和地说："别怕，这是婴孩的常见疾病，治疗及时不会有大碍，我待会儿再跟你解释，现在先去照B超。"

金贝贝早吓傻了，还是胜男抱着安安去照了B超，结果表明，小安安并非得了一般的病毒性胃肠炎，而是肠梗阻，是由于肠套叠造成的，需要先空气灌肠整复，如果不行，还要考虑做手术。

金贝贝一听要给安安灌肠，又吓得哭了。胜男皱了皱眉头，心想这个表妹当了母亲后，还是那么娇滴滴的，这可怎么得了。反倒是赵医生很有耐心，既忙着给安安治疗，还要充当金贝贝的安慰天使。

安安在治疗室里灌肠，金贝贝守在外面，双手合十，嘴里小声地祈祷着。

胜男想转移表妹的注意力,故意问她:"贝贝,你是不是受了小姨的影响,也信佛了?"

金贝贝哭笑:"不好意思,我是临时抱佛脚,希望菩萨能听到我的祈祷。"

"放心吧,赵医生说过了,安安不会有事的。"

"我跟菩萨说过了,要是安安平安无事,我就吃一年的长斋。"

胜男不禁对这个表妹刮目相看了,原来再柔弱的人,做了母亲之后也会刚强起来,她劝表妹:"贝贝,只要你有心就好了,不用这样做,小孩子难免会有小病小痛的,又不是你的过错。"

"是我没照顾好,光顾着自己的私事,根本没有尽到一个做母亲的责任。"金贝贝自责不已。

身为母亲,胜男对表妹的自责感同身受,有次她吃了海鲜后皮皮过敏,耳朵肿得像猪八戒,当时她也自责得想一辈子都不吃海鲜了。

幸好,空气灌肠后,安安的症状很快缓解了。赵医生给安安开了些药,又叮嘱说,不要给安安喂过量的奶,不要过早给她添加辅食。婴儿的肠胃太脆弱,一忌过量,二忌过杂。

金贝贝感激不已,拉着赵医生的手千恩万谢。胜男都懒得去提醒她了,以前她以为表妹美则美矣,毫无灵魂,现在才发现,表妹有项特殊的本事,她能恰到好处地展现自己的柔弱,来激发男人的保护欲。或许这才是表妹在男人那里所向披靡的秘诀,这不,赵医生看着贝贝的眼神,怎么就和看

她的眼神不一样呢?

出了医院,胜男不放心,还是坚持送金贝贝母女回家。到了家里,小姨抱着晴晴正在屋里打转,金贝贝放下安安,又接过了晴晴喂奶。

和妹妹相比,晴晴尽管只提前出生了几分钟,却要白胖得多,小嘴有力地含着妈妈的乳头,吃得吧唧吧唧响。金贝贝抱着怀中的安琪儿,眼里洋溢着爱意。

见小姨忙着给安安冲奶粉,胜男迷惑地问:"怎么晴晴吃母乳,安安却是吃牛奶啊?"

金贝贝解释:"我奶水少,不够两姐妹吃,安安又不大爱吃母乳,就给晴晴吃母乳,给安安喂牛奶。"

胜男说:"这可不行,你要一碗水端平啊。安安身体本来就弱,更应该多吃母乳,要知道母乳能增强宝宝的免疫力啊。"

小姨在一边附和:"就是,安安比晴晴都要轻两斤了,还是吃母乳的孩子长得好一点。安安刚才是怎么啦,医生怎么说?"

胜男替表妹回答:"肠梗阻,去得及时,灌过肠后就没什么大碍了。"

"什么,灌肠?"小姨心疼得眼泪都来了,"这么丁点大的孩子,就要去洗肠子,哪里经得起那个罪啊。造孽啊,孩子太遭罪了,都怪她妈妈,不懂事,非要吃什么多仔丸,生下来还没有只猫大,我看全是娘胎里带来的病。"

听到"多仔丸"三个字,胜男吃了一惊,香港很多明星为了求子,喜欢服用多仔丸,像黎姿吃了之后就生了对双胞胎女儿。不过多仔丸据说有一定危险性,生出来的孩子多半体重不足，容易生病，严重的还会有先天性的重疾。

"妈……"金贝贝嗔怪地看了一眼母亲。

小姨愈发不留情面地数落女儿："怎么，你做了还不准我说啊，有你这么当妈的吗，拿自己的孩子来当赌注，人在做，天在看，小心老天爷报应你。"

"我受的报应还不够多吗！"金贝贝眼泪汪汪地说，"老天爷要是要报应，都报应在我身上好了，别让我的孩子受罪。"

"小姨，你就少说两句吧，贝贝已经够难过的了。"屋里的气氛太凝重了，胜男问，"对了，晴晴和安安的爸爸哪去了，孩子生了病，这当爸的不能啥都不管啊。"

金贝贝只是低着头哭，不回答她的问题。

良久，还是小姨说了实话，原来自从金贝贝生下双胞胎女儿后，她那个潮州老公就来得越来越少，后来索性失踪了。打电话电话不接，发短信短信不回，整个人相当于人间蒸发了。

"太没良心了，可怜贝贝生孩子受了那么多苦，为了这么个不负责任的男人，真是白搭了。贝贝，他这是事实上的遗弃，也没什么好犹豫的了，干脆离婚吧，去找个好点的律师，你还在哺乳期，争取离婚时能够多分割点财产，不过你要当心他转移财产。"胜男深深地替表妹感到不值。

"不行。"金贝贝猛地摇了摇头。

"都这个时候了，你还执迷不悟啊？"胜男怒了。

"胜男姐，我有苦衷。"

"你就别瞒胜男了，我来说吧。"关键时刻，又是小姨说了实话，"那个男人根本就没和贝贝结婚。"

"这还得了，不仅负心，还是个骗子啊！"

"他没有骗我。"金贝贝流着泪开口了，"我一开始就知道他有老婆，可是他跟我说，只要我为他生个男孩，他就离了跟我结婚。"

胜男惊愕得瞪大了眼睛，表妹那场风光的婚礼仿佛还在昨天，谁能够想到，不出几个月，她就成了有钱人没有名分的弃妇。受过女权意识洗礼的她无论如何也想象不到，在这个人人都说男女平等的二十一世纪，居然有女人心甘情愿充当传宗接代的机器，只为了能有一个被豪门扶正的机会。

面对表妹的遭遇，她哀其不幸，更恨其不争："贝贝啊，你也是读过大学的人，怎么会这么糊涂呢。"

金贝贝又羞又悔："胜男姐，你骂我吧，是我不争气，我当初是猪油蒙了心。"

胜男心说："什么猪油蒙了心，明明是利欲熏心。"

小姨考虑的问题就实际多了，她打断了女儿无休止的自责："世上没有后悔药，这个时候再后悔也没什么用了，还是多想想将来吧。贝贝现在没有工作，两个孩子要吃喝，要拉撒，将来还要上幼儿园，这都需要钱啊，胜男，你读过书，你懂法律，看看像这种情况，能不能为我们晴晴安安争取一点抚养费呢？"

胜男嗫嚅了半天，只好告诉小姨："就我了解，还没有明确的立法保护非婚生子女，贝贝能不能去找找那个男人，看在你们生了孩子的分上，多少照顾一下晴晴和安安。"

金贝贝绝望地摇头："没有用的，我去找过了，他身边已经有了另外一个女孩子，比我漂亮，也比我年轻，肚子里早有了他的种了。我真是贱啊,拼了命也要为他生孩子,后来才知道,我痛得要死的时候,别的女人早已怀了他的孩子。胜男姐,你说怎么会有我这么贱的人呢,想当别人的生育工具都当不了。"

也许是感染了妈妈的悲观情绪,晴晴和安安也哭了起来,母女仨的哭声交织在一起,令胜男格外心酸。曾几何时,她取笑表妹是身娇肉贵的豌豆公主,如今公主落难了,如何在这风刀霜剑的残酷世界中生存下去呢?其实,在没有当母亲之前,谁不是骄矜的公主呢,被父母护在翼下,被老公捧在手心,一点点委屈能哭上半天。可是做了母亲之后,就没办法继续当公主了,因为有了比自己更需要呵护的小王子或者小公主。

"贝贝,你现在手头还有些什么?"

"住着的这套房子,他写的是我的名字,银行里还有不到五万块,其余的什么都没有了。"金贝贝沮丧极了,早知如今有打入冷宫的一天,当初就该在受宠时多攒些银子傍身。

"不对,贝贝,你还有晴晴和安安,瞧她们,多像小天使啊。"胜男握住了表妹的手,"你还有你自己,不管男人留不留得住,你最后总还能够依靠你自己。贝贝,你还年轻,又聪明又漂亮,你肯定能活得很好。"

"真的吗?我一点信心都没有。"金贝贝睁着一双泪光盈盈的眼睛看着她。

"你必须要有信心,因为你是做了母亲的人了,母亲没有回头路,孩子生了下来,总不可能把她们塞回肚子里去吧,你必须要对她们的人生负责。"

24. 豌豆公主落难了

颂来了

　　金贝贝那双漂亮的大眼睛里,总算有了一点点坚定的神色。胜男知道,要想让表妹振作起来,这需要时间。精神上的问题可以暂且搁置,物质上的问题却迫在眉睫,金贝贝苦恼的是,手头只剩五万块存款了,她们娘仨的日子怎么过,照以往那种消费水平,每个月花一万都算节约了。

　　胜男叹了口气,替表妹盘算,既然告别了豪门,那咱养孩子也不能按照豪门标准了,什么都要向经济适用靠齐。奶粉啊,别再去国外买了,本市的港货店也有正宗进口货,价格比蒙牛伊利的还实惠;衣服嘛,就别穿名牌了,小孩子见风就长,几百块一套不划算,只要是纯棉质料的,穿了就挺好;至于什么婴儿瑜伽馆婴儿游泳馆,能省就省,去一次能买一大包尿不湿,够宝宝用上十来天了。当务之急,最重要的是金贝贝得找份工作,单亲家庭可不能坐吃山空。

　　一听要出去工作,金贝贝就紧张:"我能干什么啊!"生孩子前她做过文员,一个月两三千,还不够她买个包呢。

　　胜男问:"想想看,你最擅长什么?"

　　金贝贝苦恼地承认:"没什么擅长的。"

　　胜男继续引导:"总会有哪方面的擅长吧,像你姐夫,就擅长做菜,像你大姨,就擅长教育人。"

　　金贝贝想了想,眼睛一亮:"我擅长买衣服,大家都说我会挑衣服。"

　　"这……"胜男本来想说,你还不如说你擅长烧钱,转念一想,会挑衣服何尝不是一项优势呢,发挥得好,烧钱也能变挣钱,"挺好的,要不你就开家服装店吧。你觉得怎么样?"

　　金贝贝也觉得不错,可是,开店的本钱从哪来呢?她可就只剩下最后的五万块了。

　　还没讨论出个结果，胜男就不得不中途退场了，她的手机都快被家辉打爆了，家里有个嗷嗷待哺的小儿，当妈的只能火速赶回去救场。

25．失去平衡的跷跷板

家家有本难念的经，别看胜男劝贝贝时苦口婆心，轮到她自己的家务事，也是剪不断理不清。

在没有生小孩之前，胜男和家辉的恩爱在朋友圈子中是小有口碑的，胜男好强、能干、有主见，家辉温和、随和、好说话，两人的性格形成了难得的互补，人生大事方面比如说买房，是胜男在拍板，而生活小事方面，则是家辉在照顾胜男。多年以来，不说配合得天衣无缝，至少也相安无事。

生了孩子后，胜男逐渐发现，原有的平衡被打破了，婆婆的到来更是加重了这种失衡。现在这个家中共有四个人，需知四角关系是最易变动的。胜男认为，婆婆的入侵破坏了原本稳定的三角关系，而在家辉妈看来，她和儿子、孙子才是以血缘结成的三角，对于这个三角来说，说得不好听点媳妇压根就是无关紧要的外人。

正是在这种意识的驱使下，家辉妈对儿子和媳妇的态度有着质的不同，对家辉和皮皮呢，那是掏心掏肺全情付出，而对胜男呢，则是一团和气笼罩着的客气疏离。

都说婆媳是天生的情敌，表现在家辉妈的身上就是她不愿意看到儿子对媳妇太好。有一个词语叫"老婆奴"，用在家辉身上再贴切不过了。他宠胜男宠得无法无天，事事以老婆为先，家务活基本上不让老婆沾边，胜男怀孕那阵，家辉妈无意中发现，儿子连媳妇的小内裤都洗，她都替儿子难堪了，家辉却笑呵呵的毫不在意，好像帮老婆洗内裤是天经地义的。从那个时候她就知道，儿子并没有如她期待那样成为一家之主，在这个小家说了算的，是媳妇。

家辉妈二十七岁就守寡，刚强了一辈子，自然不甘心轻易失去话语权，实践证明，态度强硬是行不通的，反而会招致儿子反感，只好采取怀柔政策。这一点她有天然的优势，谁能比她更会照顾儿子孙子呢？自打她来了之后，就包揽了全部的家务活，家辉的衣服一换下，马上就拿去洗了，家辉一进门，就有热腾腾的饭菜吃。

享受了一阵衣来伸手饭来张口的日子后，家辉由衷地感到，有老妈在，这日子过得真是舒坦啊。比较起来，胜男的感觉就没那么舒坦了，她感觉到了婆婆对她的排斥，尽管这种排斥掩饰得很好，但敏感的她还是能察觉到。

比方说，晚上吃完饭后，家辉妈和家辉一边聊天一边逗着皮皮，可是她一加入，家辉妈立马就不吭声了，搞得她很尴尬，仿佛是她打扰了他们一家三口的天伦之乐。再比方说，自从来了广东，家辉妈几乎整天抱着皮皮不撒手，等到家辉回来后就说："快帮我抱抱，我抱了一天，手都要抱断了。"其实只要她一抱皮皮，家辉妈立马就会找各种借口抱走，久而久之，皮皮对她都没有以前那么亲了。更有甚者，家辉和皮皮的衣服一换下，家辉妈立刻就拿去洗了，而她的衣服呢，放在洗衣筐里三四天都没动。

她向家辉诉苦，一开始家辉还附和着说是他妈妈想得不周到，后来慢慢就沉默了。在家辉看来，老妈做得没有错，不仅没错，还是处处为他人着想。喜欢抱孙子怎么啦，胜男不是老抱怨说没时间读书写字看电影，这不正好给她腾时间吗？不爱和胜男聊天也是有原因的，老人家是农村人，原本就和媳妇没什么共同语言。至于洗衣服嘛，胜男反正在家休假，洗洗自己的衣服也没什么嘛。当然，这些话他都没说，说了怕胜男不高兴。

其实就算他不说，胜男也能听出他沉默透出的意味，后来，有了什么她不再像以前那样事无巨细都和家辉说了，两口子从无话不说渐渐走向了沉默相对。

胜男很失落，没生孩子前，她是这个小家的中心，生了孩子后，家庭地位一落千丈，家辉一回家就直奔皮皮，连句贴心的话都懒得和她说。

家辉也有他的难处，他不是不想哄老婆开心，可是那得有时间啊，他现在实在是太忙了，忙着职称晋级，忙着发表论文，忙着兼职挣钱，他这么忙，还不是为了这个小家吗？每次累得要死的时候，只要想着胜男母子，他就有了向前的动力。

看胜男在家里闷闷不乐的，家辉特意带她去参加一个红酒推介会。上次埃及游的推介会让他打响了头炮，不少公司请他担任大型活动的翻译，加上家辉外形不赖谈吐不凡，很多时候都是翻译主持一肩挑。这次的澳大利亚品牌红酒推介会就是如此。

去之前胜男犹豫了，她已经大半年没有参加过社交活动了，除了渴望之外，更多的是害怕，害怕穿错衣服，害怕仪表太差，害怕融入不了人群。到最后她临阵脱逃，借口没衣服穿不想去了，家辉开解她说没关系，又不是什么隆重场合，就穿平时的衣服就行了，广东这两天正好有点冷，于是胜男就穿着牛仔裤羽绒服去了。

到了酒店一看，好家伙，这还不隆重啊，偌大的厅里聚了百来号人，鲜花美酒，衣香鬓影，出席者无不衣冠楚楚，男的西装革履，女的长裙曳地。在一群穿着正装、身光颈亮的男女之中，胜男一身休闲装扮显得特别格格不入，她懊悔得想找个地缝钻进去，这是广东啊，再冷的天气也有十来度，她至于把自己裹得像只棕熊吗？

家辉那天打扮得也挺齐整，并不高大的身材被浅灰色的范思哲西装衬得很挺拔，头发用定型摩丝打理过，鼻梁上架一副流行的黑框眼镜，将知性和时尚结合得恰到好处。

推介会上，澳大利亚几家品牌的酒庄主亲临现场，对其自身所酿制的品牌红酒逐一向与会者进行了推介，家辉就站在他们旁边，负责同声传译。很显然，他对主持这种活动已经驾轻就熟，人群中不时爆发的笑声就能证明他的妙语连珠。从学校毕业多年，胜男早把英语忘到爪哇国去了，她听得出老公英语说得很溜，但是具体说什么，就只能听出个五六成了。

这是胜男头一次以旁观者的身份，站在台下看老公在主持台上的风采，都说专注工作中的男人最有魅力，此言不虚，站在酒庄主旁的家辉，仪表堂堂，镇定自若，举手投足间自有一股书香气质，果真有种难挡的魅力。岁月会让男人沉淀出特有的光采，有的男人像太阳，走到哪都光芒四射，家辉却像月亮，散发出的光芒虽不夺目，却温润可亲。

看着台上游刃有余的家辉，胜男蓦地有些出神，在他们

的关系中,她一直牢牢占据着优势,从什么时候开始,家辉居然变成了她需要仰望的男人?这台上台下的位置,莫非是他们夫妻位置的隐喻?仔细想来,这种距离是从她怀孕后开始慢慢拉开的,然后越来越大,人家说生个孩子笨三年,是不是因为这种缘故,素来敏感的她才一直无知无觉的呢?

酒商介绍后,推介会进入了品酒这个环节,现场开始觥筹交错。家辉结束了他的翻译工作,也拉着胜男加入到这场觥筹交错中来。他对这种应酬已经得心应手,又有不少熟识的人,走到哪都有人和他打招呼。

家辉免不了要拉出胜男来隆重介绍一番:"这是我太太。"

对方出于礼貌,自然会和胜男寒暄一阵,然后再一起碰杯,共饮美酒。

才介绍了三四个人,胜男就腻烦透了。这是红酒推介会,她不懂红酒,完全无法就这个话题和别人交流。家辉说没关系,那就聊点别的。一群萍水相逢的人能聊些什么呢,无非是最近哪个明星又有什么八卦啦,楼市股市又有什么变动啦,微博上又有哪些热点啦,电影院又有哪些新片啦。换在以前,胜男会兴致勃勃地投入到这些话题中去,她喜欢这种交流,看似零碎肤浅,实际上信息量很大,没准就能捕捉到有用的信息。

可是现在呢,她完全插不上话,人家说董洁潘粤明离婚了在微博上互掐,她惊讶地问是吗,在她的印象中,小董小潘还停留在新婚秀恩爱那个阶段呢。人家说股票亏死了楼房贵死了天河一平米要卖近两万了,她还以为现在楼价仍然跟她买楼那时一样是八千一平呢。人家讨论着李安的新片冯小刚的巨制,她更加摸不着头脑了,什么少年派,听上去跟蛋黄派像近亲,不会是个美食电影吧?

她就像个笨蛋一样,时不时发出"哦,是吗"之类的惊叹,交谈者先是诧异于她的无知,等到家辉解释说她生了孩子后,对方就会露出原来如此的神色,并报以宽容的微笑。这种宽容比诧异更让胜男失落,她本来是个多骄傲的人啊,不就是生了个孩子吗,怎么就落到了让人宽容的地步了?

胜男对这类交谈彻底失去了兴致,索性退在一边,默默地喝掉了一大杯红酒。推介会还没结束,就对家辉说不舒服想先回去了。家辉本来还想多待待,看在老婆的分上,也只好中途退场了。

回去的路上,家辉注意到了老婆的异常:"今晚你怎么啦?是不是我忙着应酬,疏忽了你,所以不高兴了?"

"我没有不高兴。"

"哦,那就好,刚刚看你都不太说话,我还以为你不高兴呢。"

一句话触动了胜男的心事,她连珠炮似的说:"你叫我和别人说什么呢?他们关心的是房价涨了多少哪部新片好看,而我呢,我对这些一窍不通,难道我跟他们说,这半年里我忙着生孩子养孩子去了,你们别笑我!"

胜男的语速又急又快,家辉很诧异老婆怎么会有这么大的反应,他说:"没有人笑你啊!"

"我倒宁愿他们笑我呢,可他们都宽容着呢,是啊,对一个生了孩子的女人还能有什么要求啊,女人生了孩子,就该整天围着尿布奶粉打转,就该什么都不知道,现在节奏多快啊,在家里待了几个月,我都活成山顶洞人了。"

"胡说,哪里有这么美丽的山顶洞人啊。"家辉故意逗她,

25. 失去平衡的跷跷板

为了转移老婆的注意力,他说,"老婆,你猜,今天我挣了多少钱?"

"多少?"

"五千!"家辉双眼放光,"整整五千啊,都超过我半个月工资了。老婆,你老公是不是特牛啊。"

胜男承认家辉很牛,但她还是高兴不起来,不仅不高兴,而且更失落了。这半年来,家辉变了很多,变得越来越好,他做一次翻译就能挣好几千,他的论文发在了国家核心期刊上,他的课拿了教学比武的一等奖,他明年就要晋升职称了。她也变了,却是朝着相反的方向,变得越来越土,变得越来越啰唆,变得快连自己都失去了。如果说婚姻是一个跷跷板,那么,属于家辉的那头已经高高跷起,而她,却成了一路下坠的那一头。

对于她这些微妙的心思,家辉当然察觉不了,他只是纳闷地问:"这么好的消息,你怎么还是不高兴啊?"

"你说我为什么不高兴?皮皮快五个月了,五个月里,我天天围着他打转,没有看过一场电影,没有读过一本书,没有和朋友吃过一次饭。孩子是我们一起生的,凭什么你的生活完全没受影响,我就只能在家里当老妈子,工作干不了,朋友都疏远了,还要看你老妈的脸色。凭什么?"胜男委屈得哭了。

家辉不理解妻子为何这么委屈,他亏待她了吗?没有!她为皮皮付出了那么多心血,他付出的又何尝少呢?皮皮出生后,他也没有和朋友吃过饭,他也不知道少年派是何物,书倒是读了几本,但全是为了评职称读的专业书。他的生活完全没有受影响吗?根本不是!最起码,老婆生了孩子后,碰都不让他碰一下了。要是真有委屈的话,他的委屈不比她少,可是他能说什么呢,他只能轻轻搂着老婆的肩膀,安慰她这些委屈都是值得的有了孩子生活会更美好。

有了孩子生活真的会更美好吗?他本来是坚信不疑的,现在也开始怀疑起来了。

26．林森的秘密

　　一天深夜，胜男刚把皮皮哄睡了，隐约听见了敲门声。他们家的门铃坏了，还没向物业报修。
　　"有人敲门吗？"胜男问。
　　"不会吧，可能是太累了，出现了幻听。"家辉打了个哈欠，哄小孩睡觉真是个累人的工程。
　　这时，门又响了，声音比之前大了些。胜男确定自己没有听错，披了件晨褛起床去开门。
　　门开了，外面站着小恬。
　　胜男大为震惊，因为她从来没有见过小恬如此失态。广东的冬夜也是很凉的，可小恬就穿了套薄薄的棉睡衣，脚上也是一双棉拖鞋，肚子高高隆起，已经很显怀了。到底发生了什么事，让一向端庄温柔的小恬深夜挺着个大肚子穿着睡衣就离家出走了呢？
　　"胜男，打扰你睡觉了，对不起，我实在是没办法。"小恬的声音嘶哑，显然是已经哭过了。
　　"你呀，说这个干什么，快进来！"胜男脱下晨褛，裹在了瑟瑟发抖的小恬身上。
　　家辉也从被窝里爬了起来，看见小恬打了个招呼："小恬啊,好久不见了。"

小恬尴尬地说:"真对不起,这么晚了还来打扰。"

"别这么说,你和胜男这么好的朋友,有什么打扰不打扰的。"家辉知道小恬在胜男心中的分量,主动请缨说,"你和胜男睡吧,我睡沙发。"

小恬忙说:"这怎么行呢,还是我睡沙发吧。"

胜男说:"小恬,到了我家就别这么客气了,你一个孕妇,我让你睡沙发怎么跟你们家林森交代啊。"

一提起林森,小恬的神色就黯然了。

家辉偷偷向妻子递了个眼色,胜男拉着小恬的手去了卧室,姐妹俩并肩躺在大床上,皮皮则睡在旁边的小床上。

胜男碰了碰小恬的手,可真冰,她这才想起一个问题,小恬身上连个钱包都没带:"你怎么过来的啊?"

小恬回答:"走过来的。"

胜男更加震惊了,要知道,从小恬家到她家,就算打车也得半小时,小恬大着个肚子又走得不快,那得走多久啊,她在被窝里攥住了小恬的手,热切地说:"小恬,我知道一定发生了什么事,不然依你的性格,绝对不会深夜出走。你放心,如果你不想说的话,就安心睡一觉,明天我送你回家。可是小恬,你知道吗,我一直很担心你,你什么都藏在心里,这样憋着是很难受的,你如果实在很难受,就把我当成一个树洞,有什么就说出来,我保证,绝对不会让第三个人知道你的心事,包括家辉。"

听了她的话,小恬不由得感动了,她发现胜男变了,变得善解人意,变得为他人着想了,要是以前,按照胜男的脾气,就算人家不想说她也会逼着人家说,现在呢,她知道把

选择权交给对方了。毕竟是做了母亲的人了，就是不一样啊。对这样的好姐妹，还有什么不放心的呢，何况胜男说得对，那些心事藏在心里，都快要把她压垮了。

小恬开始了诉说，为了不影响皮皮睡觉，她把声音压得很低，压抑的声音讲述着一个压抑的故事，听得胜男都要喘不过气来了。

就在今夜，小恬发现了林森的秘密。

在那之前，她像任何一个待产的女人一样，享受着婆婆的殊遇和丈夫的恩宠。唯一让她苦恼的是，丈夫的脾气有些喜怒无常，好的时候可以坐两个小时的船去香港，只为了给她买一盅冰糖血燕，那燕窝真甜啊，甜得能让人忘记在这世上受过的所有的苦，吃着燕窝，小恬觉得她为了这段婚姻受的委屈都得到了补偿。不好的时候呢，他又会在外面喝得烂醉如泥，回到家里对着小恬乱发脾气，当然，第二天清醒后，又会为昨夜的行为道歉。

开始的时候小恬没有在意，她听人说过，女人怀孕时男人也会患上孕期综合征，表现得情绪异常，她想，一定是因为这个孩子来得太不容易，林森过度重视，所以导致了他情绪上的波动。

怀孕之后小恬胃口好了很多，婆婆变着花样给她进补，补品吃多了，血糖也跟着一路高升。最近她常感到气喘胸闷，图书馆本来就事不多，干脆请了年假在家休养。

小恬是个闲不住的人，在家里待着就想干点什么，电脑手机这些早戒了，家务活婆婆又不让干，只好躲在房间里收拾屋子。小恬有收集工艺品的习惯，无论到哪里旅游，都会买回一大堆当地的特色工艺品，眼看过几个月就要生孩子了，她想着把这些宝贝玩意儿归置归置，免得以后被小孩子打坏了。

就是在收拾的过程中，她注意到了林森的那个小保险箱。她知道，保险箱里装了些对于老公来说很重要的东西。以前，她不敢也不愿碰这个保险箱，那时候，生怕里面藏着些什么东西，让他们本来就不甚牢靠的婚姻更加风雨飘摇。可是怀孕后，她的心态就不同了，总觉得夫妻本为一体，应该坦诚相见。

正是基于这种心态，她对保险箱里藏着什么产生了浓厚的兴趣。保险箱设置了密码，她试着按了按林森的阴历生日，没有打开，她抱着试试看的心态再按了按自己的阴历生日，箱子噌地弹开了。

箱子里放着一块帝舵的表，一叠美元，几张存折，这些都没什么出奇，奇怪的是，还放着一张体检报告。

小恬拿起那张纸漫不经心地看了看，结果一看之下，全身的血液都要凝固了，报告上显示，她的老公林森，是一个无精症患者！所有的疑点都串了起来，她求子不成坚持让他去检查，他说什么都不肯去；她告诉他她怀孕了，他脸上的表情很奇怪，当时还以为是惊喜过度，回想起来完全是惊吓过度；她怀孕后他对她的态度时好时坏，全能从这份报告上找到根源。

小恬强迫自己定了定神，再仔细看了一遍报告，日期显示为一年前的某一天，他居然瞒了她一年多！一年多了，她一直蒙在鼓里面，像个傻子一样为了怀上孕四处奔波，他看着她奔波忙碌，看着她心力交瘁，却什么都不说，什么都不做。她又想起了酒吧的那个夜晚，她该怎么办呢？小恬跪在

26. 林森的秘密

地上，绝望地哭了起来。

"你在干什么，小心伤了孩子。"难得早归的林森推门进来，看到正在哭泣的妻子，忙去扶她。

小恬真想把这份报告扔到他脸上，骂他"大骗子"，可是她做不出来，她只能含着泪问："你早就知道了是吗，你为什么不早点告诉我。"

林森看见了打开的保险箱，脸色先是震愕，很快就恢复了不动声色，他看着激动的妻子，平静地说："哦，早就想告诉你了，一直没有找到机会。"

他的平静冲淡了小恬对他仅有的一丝愧疚，他怎么可以这样不动声色！一年多来，他就是这样不动声色地看着她的一举一动，在他眼里，她分明活成了一个笑话。

"为什么不告诉我！"小恬霍地站了起来。

"不知道该怎么开口。"林森说，"小恬你别生气，开始是不知道怎么开口跟你说，后来你不是都怀了孩子吗，我觉得没必要再告诉你了，免得你不高兴。"

他说什么，他居然还在提孩子，是不是想借孩子来提醒她，杜小恬，是你对不起林森，不是我林森对不起你。

"别跟我提孩子！"小恬一只手护住腹部，她已经有六个月的身孕了，"就算你要跟我离婚，我也要把孩子生下来！"

林森睁大了眼睛："小恬你在说什么啊，孩子当然要生下来，那是我们的孩子，我们千辛万苦才得来的孩子。"

等等，"我们的孩子"，林森到底是什么意思啊，如果没有那份化验报告，那么还可以理直气壮地说那是我们的孩子，问题是已经有了那份报告，他怎么还能如此确信这是

"我们的孩子"呢?答案只有一个,他百分百地信任她,毫无保留,绝不动摇。

不不不,她不要这份信任,他宁愿他唾弃她,这样她才不会那么纠结了。小恬哭了:"我知道,你不喜欢这个孩子……"

林森打断了她:"怎么会呢,小恬,你不知道我多喜欢这个孩子,连孩子的名字我都想好了,就叫贝琪好不好,我们的宝贝,我们的安琪儿,她一定会是这个世界上最温柔美丽的宝贝,因为她有一个世界上最温柔美丽的妈妈。"

小恬对自己说,别听他的,这一定是个骗局,他想等她把这个孩子生下来,再看她的笑话呢。可是为什么,他的语气如此诚恳,他的眼神如此柔情。他有必要花这么大力气骗她吗?

"可是,医生说你……"她无力地拿起了那份报告,放在他的面前。

"我知道,我身体有病,但我一直在坚持治疗,医生也说过,有百分之五的治愈几率,现在你看,奇迹不是发生了吗?"林森试图去抱她,"小恬,这个孩子就是来拯救我们的天使,等孩子生下来了,我们一家三口生活在一起,多么幸福啊。"

小恬差点要被他描摹的美好图景迷惑住了,可是心底的害怕终究压过了对幸福的憧憬,她很怀疑,奇迹真的会眷顾她和林森吗?看着林森坦荡温柔的眼神,她害怕了,害怕得要死,不行,不能再在这个家里待下去了,再待下去的话,她就会被失去幸福的恐惧和重如千钧的负疚压倒。

趁林森去上洗手间的时候,她什么也没拿,穿着睡衣拖鞋就跑了出来，就这么跑到了胜男家里。

小恬在说的时候，胜男一直静静地听着，在她们的关系里，她很少扮演倾听者的角色。直到小恬说完了，她才提出疑问："林森说得没错啊，医学上是有奇迹的，为什么你反应会这么激烈呢？"

小恬一咬牙，索性把婚后林森的冷淡以及酒吧那一夜都说了出来。

想不到的是，知道了前因后果后，胜男竟然哭了，小恬在她面前从来都是温柔体贴的，她没想到好友的心里藏着这么多苦水，她伸出自己的手，更紧地攥住了小恬的手，说："你怎么从来不跟我说这些呢，小恬，一定是我太不关心你了，在你身上发生了这么多事，我现在才知道。"

"我也是不知道怎么跟你说好，老实说，怕你瞧不起我，也怕你笑我只知道忍耐。"胜男的态度让小恬很感动，她从来没有一口气说过这么多话，说完之后，心里觉得舒服多了。

"怎么会呢，我只是心疼你，这些年来你太不容易了。"胜男问，"你打算怎么办呢，这个孩子你考虑好了吗？"

小恬的态度很坚定："考虑好了，孩子我一定会生下来，不管孩子的父亲是谁，他都是我小恬的孩子。胜男你知道吗，以前我总是觉得了无生趣，甚至都想过自杀，直到有了这个孩子后，才发现生活中其实还是有很多乐趣的。我和你不同，我是那种总要把情感寄托在别人身上的人，有了孩子后，我突然就不再害怕了，哪怕全世界都抛弃了我，我的孩子也不会。"

"还有我，我也不会抛弃你的。"胜男又问，"那你还打算维持和林森的婚姻吗？"

"我不知道,胜男,你教教我,我该怎么办?"

"小恬,我没法替你决定,不过从你刚才所讲的来看,你还是爱着林森的,林森也是爱着你的。"

"是吗?"

"他如果不爱你,就不会拿你的生日做保险箱的密码了。"胜男分析说,"小恬,我觉得吧,你和林森的婚姻能不能继续,关键不在于孩子的问题。"

小恬纳闷了:"那关键是什么呢?"

胜男说:"大家都说孩子是婚姻的黏合剂,我生了孩子才发现,这话并不全对,有了孩子后,婚姻中的很多问题都会浮出水面,如果这段婚姻本来就有问题的话,只怕问题会更加放大。所以,你们的婚姻能不能继续,关键是看你们两个人相处得怎么样,不要把孩子当成你们婚姻的救星,那样对孩子不公平,你自己也会失望。小恬,问问你自己,你和林森生活在一起是否真的幸福。"

"我不知道,我现在根本没办法面对他。"

"小恬,逃避是没有用的,婚姻里的问题归根到底要你和他两个人去解决。"

两姐妹说了一夜的话,第二天一早,小恬换上胜男的衣服去上班了,她决定听好友的规劝,下班后就和林森好好谈谈。

胜男抱着皮皮到客厅喂奶时,家辉妈坐在沙发上嚷嚷着腰疼。出于礼貌,胜男问了句:"晚上睡得不好吗?"

家辉妈没好气地说:"沙发那么硬,能睡好吗!"

胜男这才知道,原来昨晚是婆婆在沙发上睡了一夜,她说:"妈你年纪大了,当然不能睡沙发,家辉一个大男人,偶尔睡睡沙发没关系的。"

　　家辉妈边捶腰边说："家辉一大早就上班去了，你说让他睡沙发能有精神吗？你不心疼丈夫就算了，还不许我心疼儿子啊。"

　　胜男什么也不说了，只怪自己多嘴。

27．屈辱的一巴掌

胜男越来越烦婆婆了，她索性把自己的QQ签名改成了"婆婆这种生物存在的唯一价值，是让你知道还是自己的妈最亲"。

的确，以前胜男忙起来一个星期也难得打一次电话回家，好不容易打个电话也是三言两语，通话时间从来没有超过五分钟。自从带了皮皮到广东后，她的手机简直成了家里的热线电话，哪怕只有一天没打电话回家，临睡前赵秀芝都会打一个过来，问问外孙的情况：

皮皮今天吃了几次奶？

皮皮添辅食了吗？

皮皮爱不爱笑？

皮皮新换的纸尿裤过敏不？

皮皮皮皮皮皮，皮皮成了外婆的心头肉。有了皮皮之后，赵秀芝脱胎换骨，她不再是胜男记忆中那个强硬、简单、粗暴的母亲，而是小皮皮温柔、细心、无微不至的外婆。胜男注意到，母亲只要一提起皮皮的名字，声音就会温柔许多。

谁能够想到，正是和母亲的一个普普通通的电话，导致她和婆婆之间爆发了一场大战。

那天新闻里放了关于生二胎的探讨,胜男在电话里就这个话题和母亲聊了几句。

赵秀芝问:"要是国家放开了政策,你还打算生二胎不?"

胜男说:"哪有这么好的事啊,要是真的可以,当然生啦,不生白不生。"

赵秀芝紧张了:"那可不行,有了皮皮还不够啊,再说你还生的话,对皮皮可能就没那么好了。"

胜男哈哈大笑:"妈妈你也太宠皮皮了,皮皮是我自己的孩子,我能不对他好吗?"

说到二胎,赵秀芝想起了另一个问题,她提醒女儿:"现在国家还没放开二胎政策呢,你可得注意点,不然如果这么快又怀孕了,就得去做手术,而且你知道吗,女人一怀孕就没奶水了,皮皮就不能再吃母奶了。"

胜男嗔怪地说:"你怎么就知道关心皮皮啊。"

印象中,这还是她成年以来第一次向母亲撒娇,谁知赵秀芝根本不吃她那一套,还是硬邦邦地说:"反正啊,不管是为了皮皮,还是为了你自己,都要注意避孕。对了,你们是用什么避孕方式?"

"妈,你怎么问这个啊?"胜男臊了。

赵秀芝的语音提高了:"我是你妈,怎么就不能问了?"

胜男的声音也跟着提高了:"你就别操这个心了,告诉你吧,家辉都结扎了,还避什么孕啊。"

胜男是在卧室打的电话,门是虚掩着的,没关实,这句话才落音,只听见咣当一声,从客厅传来重物落地的声音。胜男心里说,坏了,刚刚只顾着打电话,没提防隔墙有耳了。

她挂了电话，走到客厅一看，只见婆婆大人沉着脸站在客厅中间，那脸色啊，比包大人还要黑。地上有只碎了的杯子，是婆婆平常用来喝水的，现在已粉身碎骨了。

胜男故作镇定地去拿扫把："杯子碎了啊，我来扫扫。"

"你住手！"家辉妈开口了，声色俱厉，"你刚刚说什么来着，你说家辉结扎了？"

胜男知道瞒不过去了，索性大大方方地承认："妈，你听我解释，居委会规定说要上环才能给皮皮上户口，家辉知道我身体不太好，不忍心让我去上环。"

"所以你就让他去结扎了？"

"我没有……"

胜男的话一出口，就被老太太凄厉的哭声打断了："你这个女人，坏了良心啊！我儿对你那么好，恨不得把你当个祖宗供着，连内裤都给你洗，你就是这么对我儿的啊，居然让他去结扎，你对得起家辉，对得起我们顾家吗？"

胜男深深地吸了口气，提醒自己不要和农村老太太一般见识，解释说："我没有让他去，是他瞒着我去的，去的时候我也不知道。"

她不解释还好，一解释就勾起了老太太的新仇旧恨，家辉妈拍着大腿，边哭边控诉她的桩桩罪行："你还用得着开口吗，我儿见你就像老鼠见了猫一样，他为了讨你欢心不看你脸色，不想去也得去啊。家辉啊，我苦命的儿啊，妈知道，你心里苦啊，娶了这么个老婆，一点都不知道心疼自家的男人，可着劲儿地使唤你，大冷天的让你睡沙发，辛苦了一天回到家里连口热饭菜都吃不上。我的儿啊，你怎么这么命苦啊。"

27. 屈辱的一巴掌

229

胜男心里直冒火，真没想到啊，在婆婆心里自己居然这么十恶不赦，她厌恶地打断了婆婆的哭诉："别嚎了，家辉又不在这，你嚎给谁听呢！麻烦你搞搞清楚情况，是我让家辉去的吗？再说了，你自己在村里就是搞计划生育的，应该知道，男人结扎是可以恢复的。"

家辉妈嚎得更带劲了，真的是嚎，只听雷声响不见雨点下那种，见媳妇还这么理直气壮的，她气得浑身直发抖："江胜男，你太毒了，当初家辉把你领回家的时候我就看出来了，你这种女人，眉毛粗得像扫把，一脸的凶相。要不是家辉相中了你，我才不会让你进我们顾家的门。娶妻得看丈母娘，你看看你，和你妈一个样，一样地毒，不，你比你妈更毒，你妈就是嘴毒点，你呢，老毒妇生出的小毒妇，心肠全是黑的，存心让我们顾家断子绝孙！"

胜男也火了："我告诉你，你可以咒我，别咒我妈和皮皮！皮皮还好着呢，我怎么让顾家断子绝孙了？"

"那要是皮皮有个三长两短怎么办？"

"有你这么说自己孙子的吗？"胜男火大了，说话也不那么注意了，"你还说我毒，我看你才毒呢，我告诉你，皮皮真要是有什么事，那也是你咒的！"

家辉妈双眼圆睁："江胜男，你居然骂我毒！"

胜男毫不示弱："怎么，只许你骂我，就不许我还击啊，我告诉你，我不是你儿子，没有义务受你的气！"

啪，一个巴掌，脆生生地落在了胜男的脸上。这个巴掌是如此戏剧化，以至于胜男愣了好久，反应过来后，只觉得全身的血都往脑门上涌，眼前闪过的，全是儿时被妈妈毒打的场景，从十岁开始，她就咬着牙发誓长大成人后绝对不会再让人动自己一根手指头,可是发誓又有什么用呢,她早已长大成人,可还是被打了!

挨了打的胜男像一头受伤的小兽一样发出绝望的怒吼:"你居然打我!"

打了人的家辉妈毫不羞愧,反而面有得瑟:"我打你又怎么样,不打你,你的尾巴都要翘到天上去了!不打你,你还以为老娘是任你欺负的!我打你,是替你妈教女儿,让你知道怎么尊敬老人,我活了这么大岁数,还没见过你这么没教养的姑娘。"

"我没教养?我再没教养也比你儿子强啊,他可是有娘生没爹教的,你这样的泼妇,能教出什么样的好儿子!"胜男气极了,口齿反倒伶俐起来了。

"你!"家辉妈又想动手。

胜男眼明手快,一把架住了她抡起来的手臂:"怎么着,还想打人,我告诉你,门都没有!还想让我尊敬你呢,别以为一把年纪就能倚老卖老,你看看你,全身上下有哪一点值得人尊敬的地方?书没读过几本,字不认得一筐,生个儿子恨不得拴在裤腰带上,看个球赛还要在那里说,这些人抢什么呢,怎么不一人去买个球啊?你不知道丢脸,我都感到丢脸了!你想想看,你这样的人,能让人尊敬吗?"

"家辉!"老太太看着她身后喊。

"别叫家辉,你以为家辉会护着你啊,生长在你们那样的家庭,也亏了家辉,才能出淤泥而不染……"

"江胜男你够了啊!"

家辉的声音蓦地响起,胜男回头一看,被她称为"出淤泥而不染"的老公不知何时回来了,正脸色铁青地站在她身后。

"家辉，你妈她……"

家辉不容胜男说完，就斩钉截铁地打断了她："我妈怎么啦？我告诉你江胜男，我妈是没读过书，是不认得字，但是那也是我妈，生我养我的妈！你既然嫁给了我，就得尊敬我妈！"

胜男气极了："你就不问问你妈怎么对我的！"

"我妈怎么对你的我不管，我只知道，我一进门，就听见你像个泼妇一样在骂我妈，江胜男，亏你还是个研究生呢，我看你的书都白读了，连老人需要尊敬这样基本的道理都不懂。"

胜男是什么人啊，从来就是被家辉捧在手心的，哪受得了这个啊，马上就回嘴说："那也要看她值不值得尊敬！"

家辉很强硬："你必须尊敬她！"

胜男更强硬："我要是不尊敬她呢？"

"你要是不尊敬她……"家辉脱口而出，"就给我滚！"

"顾家辉，你叫我滚，好样的，你居然叫我滚，你真是你妈的好儿子！"胜男利落地摔门而去。

出了门后，眼泪才控制不住地落了下来。脸颊还在火辣辣地痛，提醒她婆婆那一巴掌带来的屈辱感。她怎么就混成这样了呢，婆婆打了她，老公不但不主持正义，还叫她滚，这就是她自诩为"出淤泥而不染"的老公！

手机响了，是赵秀芝。

胜男按了接听键，才叫了一声"妈"，眼泪就滔滔而下，她说："妈，我要离婚！"

赵秀芝吓了一跳："发什么神经，不许说胡话。告诉妈妈，发生什么事了？"

胜男泣不成声："家辉他妈打了我。"多么荒谬啊，年少时她在妈妈的竹条下颤颤发抖的时候，曾经多么希望能向人哭诉，如何能够想到，长大后她挨了打，妈妈居然成了她哭诉的对象！当那一巴掌落在她脸上时，她仿佛又回到了童年时的无助和凄凉，婆婆真是厉害啊，表面那么硬朗那么厉害的江胜男，就被她火辣辣的一个巴掌打回了脆弱的原形。

赵秀芝立即意识到了事情的严重性："那还得了！我们家姑娘给他们家生儿育女，她倒好，不但不感激，还打上了。家辉呢，家辉也不管管他娘？"

"别提家辉了！"

赵秀芝倒吸了一口凉气："家辉也帮着他妈打你了啊？"

"那倒没有，他叫我滚。"胜男委屈极了，"妈妈，我要离婚，我明天就和他离婚。"

"别哭，胜男，你先冷静下来，听妈说，你现在还在气头上，先不要急着下决定。无论如何，家辉妈打你总是不对的，我这就打电话跟家辉说，家辉那孩子看着挺老实本分的，这里面说不定有什么误会。"

"能有什么误会，他都让我滚了，我还能和他过吗？"

赵秀芝劝女儿："别说气话，他们是不对，可你如果坚持要离婚，皮皮怎么办，你想过皮皮没有？这样吧，你先在外面转转，冷静一下，我给家辉打个电话了解下情况。"

妈妈的话提醒了胜男，是的，皮皮怎么办呢？她刚刚还讽刺家辉妈说家辉有娘生没爹养，难道要让皮皮也重复他爸爸的悲惨遭遇吗？他那么小那么娇弱，就要面临父母分离的命运吗？

233

现在该去哪里，娘家太远，贝贝家不方便打扰，就只能找小恬了，她犹豫着给小恬打了个电话，电话响了几声，没有人接。

胜男走投无路，在离家不远的一个街心花园转悠了一下。天黑了，她的乳房越来越涨，想了想，皮皮还是下午三点吃的奶呢，他该饿了吧？这个小犟家伙，只认母乳不认牛奶，这下子肯定饿慌了，说不定在家里哭呢。一想到皮皮瘪着小嘴，流着眼泪叫"姆妈"的可怜样子，她的心都要碎了。皮皮皮皮，跑出家门的时候，她怎么就不记得带皮皮一起出来呢！

正想着皮皮，家辉打来了电话，她本来不想接的，看着手机屏幕上皮皮咧着嘴笑的样子，心一软还是接了。

"你在哪里，快回来吧！"

听得出来家辉很焦急，他还是在乎她的，他还是紧张她的，他刚刚一定是太生气了才会那么说她。回想一下，好像她说他妈妈的话确实也有点过分。

胜男还没说话呢，就又听见家辉加了一句："我求你快回来吧，你可以生我的气，可是别忘了皮皮要吃奶啊。"

"我知道了。"胜男挂了电话，快快地想，原来是她自作多情，还以为家辉挂念她呢，事实上，人家只是挂念他儿子的奶妈。对于他来说，她也就剩下这么点价值了。

28．是世界亏欠了你，还是你辜负了全世界

胜男委委屈屈地回了家，委委屈屈地喂了奶，也委委屈屈地接受了家辉的道歉。可是，有些什么东西在心里扎了根，离婚的念头像个氢气球，不时从心底冒出来，摁也摁不住。

家辉妈在她回到家中之后，仍旧若无其事地叫她，若无其事地做饭，若无其事地带皮皮。这种若无其事的态度深深地刺痛了胜男，事情已经发生了，婆婆却装做什么都没有发生过一样，难道就当从来没有打过她吗？难道那一巴掌就白挨了吗？

家辉的态度也很让她失望，对于她和婆婆之间的矛盾，从来都是采取不插手、不预防、不干涉的态度，直到矛盾激化了，迫不得已才出来调停一下。事后他向胜男道了歉，代表他，也代表他妈妈，态度还算诚恳，请求胜男看在老人家带皮皮辛苦的分上，多多包容。

胜男很愤怒："凭什么只让我包容她，凭什么她可以打我，而我说她两句都不行呢？"

眼看老婆的熊熊怒火就要烧到自己身上，家辉无力地低下了头。是的，无力，最近他常常感到深深的无力，他说服

不了妈妈，也说服不了老婆，他的耐心已经快被她们之间无休止的战争消磨殆尽。即便如此，他还是要强打着精神去上班，去兼职，去调停战争，没办法，谁叫他是这个家庭中唯一的男人呢，皮皮也是个小男人，可这个小男人还等着他去照顾呢！男人就应该当根顶梁柱，撑起这个家，可是这个顶梁柱当得太辛苦了，最辛苦的是，根本没有人去体会他的辛苦。

老妈也好，胜男也好，都已经习惯了他对她们的百依百顺甚至逆来顺受，如果逆来顺受能够让这个家庭和和美美那也就算了，可如今呢，她们在习惯了享受他的顺从后，又反过来指责他太过于懦弱。老妈怨他娶了媳妇儿就忘了娘，老婆则拿《双面胶》《婆婆来了》这样的电视剧当教材，说婆媳大战的根源都在于他没有摆正自己在家庭中的位置。对这样的指责，家辉唯有苦笑，他想，自己在这个家庭中还有地位可言吗？

在皮皮面前，胜男是个温柔的母亲。她平常逗皮皮说话，给皮皮念诗，声音都会变得特别柔和，样子也温柔极了。她哄皮皮入睡时，嘴里唱着儿歌，眼里满是笑意，那是家辉眼中最美的场景，他又是欣慰又是失落，欣慰的是，皮皮有个温柔的好母亲，失落的是，妻子的温柔只在儿子一个人面前展示，等到和他说话时，又是冷淡且挑剔的口吻。

而胜男呢，对这个家也越来越失望，家辉妈就不用说了，碍于身份，她不好报一巴掌之仇，只有拿婆婆当空气，即便这样，看着家里每天有这么个不顺眼的人，心情也好不到哪里去。家辉呢，以前多明朗温和的一个人啊，现在呢，每天耷拉着个脸，连个笑脸也见不到。有次她切水果时不小心割破了手指，家辉找了张创可贴给她，就不闻也不问了，要是以前，早就心肝宝贝地嚷上了。这女人一生完孩子，是不是就从男人眼中的珍珠沦落为鱼目了呢？

胜男知道，老公是在忙事业忙挣钱，可她心里就是平衡不了。和很多女人不同，她对物质生活没什么追求，但是有着异常强烈的情感需求。生孩子后，从一个广阔的舞台退回家庭的小天地里，家辉几乎成了她情感上的支柱，可照现有的趋势发展下去，不说形同陌路，也离同床异梦不远了。

胜男曾经和两个人透露过想离婚的念头，一是妈妈，一是小恬。

赵秀芝坚决反对，对她这个年龄的人来说，什么情啊爱的都是浮云，孩子才是人生之本，为了皮皮，受再大的委屈也不能离。何况照她看来，女儿的婚姻还好好的呢，都是婆婆来添的乱，她决定，如果家辉妈还是要兴风作浪的话，她就早点办了病退来带外孙。

小恬也反对，坐在甜品店里，她一边吃着焦糖布丁一边头也不抬地说："我觉得你不能离婚。"

胜男搅拌着碗里的红豆沙问："为什么啊？又要说为了孩子吗，为了孩子，我就得和不喜欢的人生活在同一个屋檐下，等着被生活凌迟吗？"

"不是为了皮皮，是为了你自己。"

"为我自己？"胜男不明白了。

"是的，为你自己。"小恬说，"你知道我为什么不离婚吗？我也是为了我自己。上次从你家回去后，我和林森好好谈了一次，谈完之后发现，我们还是相爱的，至少我还是爱着他的。所以我想，先不要离婚，给自己一次机会，也给他

237

一次机会，这和我肚子里的孩子没有关系。不管离不离婚，我都会要这个孩子。胜男，我跟你说这些是想让你知道，你得问问你自己，你还爱家辉吗，你离得开他吗？"

"小恬，我和你的情况不一样，这么说吧，你爱林森是爱他这个人，而我爱家辉呢，是爱他对我的好，现在他都对我不好了，你说我还怎么爱他呢？"

"可是胜男，你有没有想过家辉的感受，在一段感情中，长期毫无保留地付出却得不到相应的回报，那种感觉是很难受的。我能够理解家辉，因为我也有过这样的感受。"小恬揉了揉腰，还过两个月就到预产期了，她的肚子已经大得低头看不到脚趾头了，"胜男，你现在当了妈妈了，能不能说说对于孩子来说，父母能提供的最好的爱是什么呢？"

"最好的爱？"胜男想了想说，"第一，得给孩子提供尽可能好的物质条件吧，奶粉啊最好去香港买，再不济也不能喝三鹿的；第二，得给孩子提供尽可能宽松的成长环境，别对他提太高的要求了，现在压力本来就大，做父母的不能给孩子增压；第三，得给孩子最好的照顾，如果可以的话，不要假手于他人，要自己带孩子，当然，我们要上班，这一点可能很难达到；第四，嘿，第四我暂时想不起来了。"

小恬说："这些都很重要，但是我觉得吧，你忽略了最重要的一点。"

"最重要的一点，是什么呢？"

"我最近在看育儿书，有一个观点我很赞成，父母之间的相互尊重、相互爱护才是做父母的能够为孩子提供的最好的爱。"小恬现身说法，"就拿我来说吧，我父母都很爱我，可是我小时候一点都不快乐，你知道这是为什么吗？"

"为什么？"

"因为我父亲性格十分暴躁，动不动就爱动手打我母亲。小时候我总以为是自己不好，所以他们才会吵架，为此我做了很多讨他们欢心的事，你总是说我性格太软弱了，后来我想，正是这样的家庭才导致了我的性格缺陷。"

胜男很惊讶，小恬在她眼中就像温室里的花朵，她没想到，好友和她一样，有着相似的童年阴影："小恬，原来你也受了这么多的苦。"

"所以我们更要提醒自己，不能再重复我们父母的悲剧，不能再让孩子生活在无爱的家庭里。"小恬握住了她的手，诚恳地说，"胜男，为了你，也为了皮皮，试着去爱家辉，去爱你婆婆，去爱世界上可爱的一切。"

"我做不到。"胜男痛苦地摇了摇头，"让我去爱家辉他妈，这太难了。一想到要面对她那张脸，我就想逃离这个家庭。"

"胜男，逃避是没有用的，问题出来了，就要去面对去解决。你记得吗，这是你劝我的话。"

的确，她是这么劝过小恬，可是问题出在自己的身上，怎么就没有勇气去解决了呢？胜男若有所思地问："小恬，你能够做到爱你婆婆吗？"

小恬坦诚地回答："说实话也很难，但我至少会试着去尊敬她，了解她，体谅她。毕竟她是我老公的妈妈，有句话不是说爱屋及乌嘛。"

胜男有些惭愧，小恬能够做到爱屋及乌，而她呢，反倒恨屋及乌——因为讨厌婆婆，捎带着对家辉也不满起来了。她禁不住问好友："小恬，我是不是特自私啊？"

28. 是世界亏欠了你，还是你辜负了全世界

小恬委婉地说:"你嘛,一向活得比较自我,不像我,太过于关注他人的想法了。"

说白了,自我就是自私的另一种说法,胜男忽然想起,简洁曾经指责过她"不要以为全世界都欠了你的",那么到底是世界亏欠了她还是她辜负了全世界呢?她叹了口气:"唉,小恬,你不用安慰我了,其实人际关系一直困扰着我,生孩子后我更是深受其扰。你不知道我多羡慕那些在人群中活得如鱼得水的人,像你,还有家辉,你们都是这样。我就不行,我总是会把我和周围人的关系搞得特别紧张,除非对方特别包容我。我妈从小教我,有恩报恩,有仇报仇,这简直严重影响了我的人生观,搞得我变得睚眦必报。我这种性格是不是特讨人厌啊?"

"没有啊,胜男,不要过分自责,你有你的优点嘛,你坦率、自然、热情,你想到什么就说什么,你单纯得就像个透明人。"小恬说,"跟你相处久了就会发现,和你相处特别简单。问题就出在,不是每个人都能接受你直来直往的方式,所以有些人可能一时接受不了你,你别泄气,那是他们的损失。"

胜男心里特别感激好友,嘴里却开着玩笑:"小恬,你就是太纵容我了。有你这样的朋友,我想自省一下都没有机会啊。"

"你们家家辉才真正纵容你呢,要不是你一直被他纵容惯了,你在你婆婆面前也不会这样张牙舞爪。你呀,想想我,想想贝贝,就会觉得生活很幸福了。胜男,找到一个真正宠你爱你的人不容易,你要学会珍惜。试试看,对家辉好一点,你会发现,付出其实没有你想象中那么难。"小恬难得这么严肃地和她说话。

　　和小恬分别后，胜男陷入了反思之中，正如好友所说的，她和家辉的关系从一开始就不对等，从始到终都是家辉在付出，而她只要享受他的爱就可以。她怎么可以享受得这么理直气壮呢？简洁说得对，这世界不欠她的，没有人有义务对她好，包括家辉。

　　胜男想着，要对家辉好一点，哪怕就那么主动付出一次，这也不枉了他宠了她这么多年。路过菜市场时，她破天荒地走了进去，想买点家辉爱吃的菜。看着琳琅满目的鱼肉果蔬，她忽然发现，自己根本不知道家辉爱吃什么，这么多年来，都是家辉买了她喜欢吃的菜，做好了摆上餐桌。她实在是太忽视枕边的这个男人了，她何止是不知道他爱吃什么菜呢，她也不知道他爱吃什么水果，爱看什么电影，爱听什么音乐，爱去什么地方旅行。

　　这些年来，家辉都是以她的爱好为爱好，餐桌上的菜，总是排骨鸡块那几样，只因为她无肉不欢，其实他的肠胃不太好，吃太多油荤不易消化；去电影院看电影，总是挑文艺片，虽然他会闷得在电影院里睡过去；去外面旅行，也是挑她喜欢的人文城市像西安北京什么的，其实想起来，他对这些东西好像并不感兴趣。

　　长久以来，她习惯了家辉的好，却没有想过，他也是个有血有肉的男人，他也需要疼爱需要关心。站在菜市场水淋淋的萝卜绿油油的小白菜面前，胜男悄悄地流下了眼泪，这是愧疚的眼泪，更是反省的眼泪。希望这愧疚和反省来得不算太晚。

　　最后，她想了半天，终于想起家辉似乎比较喜欢吃酱牛

肉，于是称了一斤酱牛肉，又胡乱买了几样蔬菜水果。几个塑料袋子拎在手里，真沉呵，她已经太久没买过菜了。

走到所住的小区，天已经黑了，已是万家灯火。远远地看见一个熟悉的背影，灯光将他寂寞的影子拉得很长。是家辉。

胜男想起，刚谈恋爱的时候，他也是这样默默地等待着她下班，那时候，一看见他，年轻的心里就涨满了喜悦。此刻，她居然产生出一种甜蜜的忧伤，生活这样艰难，在无聊琐事上耗费太多心力，弄得她常常忘记了，她所有的，不过是他，他亦如此。

胜男跑过去，叫他："家辉！"

"呀，你怎么买了这么多东西？"家辉忙接过她手中的袋子。

"是不是皮皮急着要吃奶了？"

"不是啊，他吃了米糊已经睡着了。"

"那你干吗到这来啊？"

"看这么晚了你还没回来，所以来看看嘛。"

"家辉，谢谢你啊！"

"都是老夫老妻了，这么客气干什么。"家辉发现老婆今天和以前有点不一样。

"我给你买了酱牛肉，也不知道你爱不爱吃。"胜男走上前去，挽住了老公空着的另一只手臂。

"真的啊，等回家就吃，我特别喜欢吃卤牛肉，难得你还记得。"家辉受宠若惊，为了老婆破天荒地给他买好吃的，更为了老婆亲亲热热地挽住了他的手，印象中有了皮皮后，这还是她头一次主动示好。

242

胜男自责地说:"哎呀,我记错了,原来你爱吃的是卤牛肉,可我买的是酱牛肉啊。"

"没关系,只要是牛肉我都爱吃。"家辉还是笑眯眯的。是啊,那有什么关系,难得的是,他终于可以享受到老婆的似水柔情了。

"那我下次再给你买卤牛肉,你放心吧,下次我肯定不会记错了。"

两人手挽着手高高兴兴地往家里走,回到家皮皮正好醒了,又高高兴兴地逗了他一阵。家辉妈也想来凑热闹,胜男一见她就走开了。她也想不计前嫌,可心里还是迈不过那道坎。爱屋及乌,说起来容易,真正做起来怎么就那样难呢?

29．重返职场

在离产假还有半个月结束的时候，胜男提前回去上班了。她对家辉说的理由是减轻家里的经济负担，还有个理由她没敢说，整天待在家里，她真怕自己会又和婆婆吵起来。

快要重返职场了，一个很现实的问题摆在了面前——她该穿什么衣服去上班呢？

用老妈赵秀芝的话来说，胜男已经不修边幅一年多了。打从怀孕那时开始，她就没有好好修饰过自己。对于胜男来说，怀孕最大的好处就是可以理直气壮地发胖。皮皮生下来后，为了奶水充足，她早把之前设想的产后减肥术丢到了脑后。结果就是，皮皮四个多月了，她的身形依然壮硕，勉强能够将怀孕前的牛仔裤套上去，可是拉链拉到一半就怎么也拉不上了。

无奈之下，胜男只好拉上简洁去陪她买衣服。小恬都快临盆了，不好意思老是打扰她。

在商场逛了一圈，胜男肠子差点悔青了。不管进了哪家店，人家店员见了她都是爱理不理的，对着她身边的简洁，却马上绽放出360度无死角全方位的灿烂笑容，搞得胜男心里郁闷极了，暗想这些店员是不是都去川剧团学过变脸了。

路过商场的玻璃镜才发现,自己邋里邋遢、灰头土脸地站在长风衣小短裙的简洁身边,活脱脱就是左拉笔下的陪衬人。

逛到ONLY时,胜男被模特身上一件短短的皮风衣吸引住了,这件风衣设计简洁流畅,小翻领,略微有点收腰,没有多余的口袋和缀饰,正好是她平素偏爱的中性简约风格。

简洁见她站在橱窗外出神,忙撺掇她进去试试:"试吧试吧,这件衣服是典型的胜男style,你穿一定好看。"

在她的鼓励下,胜男壮起胆子对店员说:"麻烦拿这件衣服给我试下吧。"

年轻店员拿眼睛斜睨了下她,用娇滴滴的港台腔说:"不好意思哦,恐怕没有你穿的码了。"

胜男就想撤退,简洁狠狠瞪了眼店员:"去拿一件中码的过来,胜男我记得你是穿中码的对不?"

中码的拿过来了,胜男往身上一套,太尴尬了,肩膀那里根本套不进。年轻店员换了件大码来,这下总算可以套进去了,可是衣服穿在身上才发现,根本就不是那么回事,穿衣镜里活脱脱一个欧巴桑,被强行塞在了白领丽人的外套里面。

简洁嘀咕了句:"这衣服上身效果不好。"

年轻店员皮笑肉不笑地回敬:"这是我们当季的新款,整个店里走得最好的一件。"

胜男脱下了那件皮衣,她心里知道,衣服是件好衣服,可惜人已经走样了。搁在一年半前,宽肩窄腰的江胜男穿了这件衣服,保准会让人眼前一亮,一年半过去了,怀孕和生产在她身上留下了残酷的痕迹,再昂贵的衣服,也无法唤回那个帅气骨感的江胜男了。

出了店来，简洁还在声讨那个店员："真势利，硬说没有码，这不都穿进去了。明明是她们家的衣服不好看，还非得说没码了。"

胜男苦笑："不怪她，怪只怪生完皮皮后我身材完全毁了，你看看我，腰粗了一圈，连胸也一边大一边小了。以前我们讨论生孩子的代价，你看看，这就是生孩子的代价之一。"

简洁打量着她，可不是吗，以前江胜男的胸脯多曼妙啊，现在一对乳房软塌塌地耷拉在胸前，哪还找得到一点傲人的风采。不仅如此，她还注意到，胜男原本光洁的脸颊上爬出了几颗斑点。她叹了口气："唉，照你这么说，生孩子的代价也忒大了点。"

胜男笑了笑说："身材走样算什么啊，等你生了孩子，还有比这烦恼一百倍的事情呢。"

"比方说？"

"比方说，宝宝时不时生个小病，三更半夜也要去挂急诊。比方说，八竿子打不着的婆婆从此要长住下来了，时刻对着你的女主人位置虎视眈眈。比方说，你不再是老公的心肝宝贝了，因为有了一个比你更需要宝贝的小人儿。"

简洁吐了吐舌头："这么看来我作出了一个英明的选择，我们现在生孩子还不是最好的时机。"

"我不赞成你的观点。"胜男说，"生孩子永远没有所谓最好的时机，只有最合适的时机。对于女人来说，生孩子是一个坎，除非你打算绕过这道坎，不然的话迟早都要面对。没办法，生活就是这样，你想凌空飞翔，先得学会一步一步地承担。再说了，养育孩子的乐趣是其他任何事情都无法带来的。"有些话她没有跟简洁说，养个孩子多有趣啊，皮皮会笑了，皮皮会认生了，皮皮会玩摇铃了，皮皮咿咿呀呀地和爸爸妈妈说话了，这样的乐趣，没生孩子的人是无法体会到的。

简洁半信半疑："是吗？"

胜男神秘地笑了："等你生了孩子就知道了。"

这个笑容像是一簇光，照亮了胜男原本黯淡的容颜。简洁突然发现，和生孩子之前相比，胜男多了一种特殊的味道，和这种味道相比，她脸上的斑点、腰间的赘肉都成了无关紧要的缺点。她想，这就是所谓母性的光辉吧。

现如今的衣服似乎都是为瘦人定制的，在商场逛了几小时，一无所获。最后，胜男只好在金贝贝的淘宝小店上订了几件衣服。

金贝贝一心想开服装店，限于成本，只能先在淘宝上小试身手，开了家卖衣服的网店。只有胜男才知道，网店上面很多漂亮的时装包包都是以前她有钱时囤的，大多数封都没开过。她曾经劝过表妹，这么漂亮的衣服包包，留着自己穿多好。金贝贝回答说不用了，年少时她可以为了一个LV的樱桃包不吃不喝大半年，做了母亲后才明白，那样做多傻啊，有那个钱，都能给宝宝们买上两年的衣服了。

胜男后来去拿衣服时才发现，金贝贝素面朝天，洗尽铅华，一边处理淘宝上的订单，一边熟练地给双胞胎喂奶，小店才刚刚开起来，生意不算太好，勉强能够维持一家人的开支，可是不管怎么说，这已经是个良好的开端了。胜男看着忙碌的表妹心生感慨，生活啊，就是这样把一个爱虚荣的少女磨炼成了一位朴实的母亲，你可以说这是生孩子的代价，

29. 重返职场

她却更愿意理解成一个女人必需的成长。

为母则刚。没有什么方式比做母亲更能够让一个女人快速成长，胜男为表妹的变化备感欣慰，无论如何，成长总是好的，尽管成长的过程中会伴随着痛楚和辛酸。可是等你成熟了才会发现，人生就是一个悲欣交集的过程，总体来说欷歔总是多过欢笑，这是生育的本质，更是生活的本质。

更让她欣慰的是，经过生活的洗礼后，表妹的容颜不仅没有凋零，反而更加动人了。贝贝从来就是个美人，只不过以前的那种美过于轻飘，现在的美则增加了重量，美得更有质感了。

谁说生活不是公平的呢？它拿走你一些东西，也必将给你一些东西。看着美得很有质感的金贝贝，胜男知道，她的故事还没有完，美人的人生是不会这样轻易谢幕的。

无论如何，行头选好了，胜男还算光鲜靓丽地重返职场了！

上班第一天，引来了众同事的围观和热议，有的评价说："胖了！"有的评价说："更漂亮了！"还是David的评价最得体："小江生了宝宝后，变得有女人味了！"

也许这才是本质上的变化吧。生育就是这样神奇，不仅能改变一个女人的生活状态，而且能改变一个女人的工作状态。同事们明显感觉，办公室里那个出了名的急先锋江胜男变了，变得温吞了，变得随和了，不再那么急吼吼的，也不再那么咄咄逼人了。

生孩子能让一个女人的职场资历一夜回到解放前，如果说工作是场长跑，胜男和简洁原本是同一起跑线的，现在她已经落在人家后面好远了。简洁上个月刚晋升为第三编辑组的主任，树立了大好的江湖地位。而胜男呢，却要像任何一个新手编辑那样，需要从头累积，从籍籍无名的作者做起，从一个又一个并不出色的选题做起。

那有什么办法呢？一年前，她豪气干云地想，等生了娃后，老娘就走人不干了。现在看来这想法多幼稚啊。走，走到哪儿去？任我行老前辈说得对，有人的地方就有江湖，哪儿都是江湖，哪儿的江湖都有血雨腥风。既然无法逃避，那就只能咬牙撑着。人生从来没有一劳永逸的事，面对再完美的婚姻也会有一百次离婚的冲动，面对再好的工作也会有一百次辞职的冲动。婚姻也好，工作也好，有时候凭的就是这么股咬牙撑着的孤勇。

工作后有两个人对胜男触动很大。

一个是她的作者，确切来说应该是潜在的作者。就是前文说过的那个写科普童话的单亲妈妈，这个选题曾经被社里否定过，胜男原本也一度放弃了。再度上班后她和这个作者聊了聊，被她打动了。以前胜男基本上不和合作的作者聊私事，可那天她们的聊天纯粹是两个母亲之间的交流。

那个单亲妈妈三十多岁，独自抚养着一个十来岁的男孩，和别的母亲不同的是，她的孩子是个自闭症患儿。孩子两岁多的时候，查出有自闭症，他的父亲在四处求医未果后，毅然决然地离了婚。做妈妈的辞了职，一边在家照顾孩子，一边写点稿子，维持着母子二人极其清贫的生活。

知道了这个作者的故事后，胜男特意去她家里探访了一次。出乎意料的是，小小的两居室房子被收拾得很整洁，儿子也好，妈妈也好，穿得朴朴素素干干净净的，脸上都是明朗的笑容。儿子在妈妈的训练下，可以自己穿衣服，自己吃

饭，甚至还会说一些简单的句子。妈妈笑着说，当初为了让儿子学会叫妈妈，她就花了一年半的时间。

儿子住的房间小小的，墙壁上到处都是涂鸦，金灿灿的向日葵开满了一面墙。妈妈骄傲地介绍说，那是她儿子的手笔。胜男惊讶地发现，小男孩的画很有灵气。在她的提议下，妈妈决定和儿子合作做一套绘本，男孩儿画画，母亲配上有趣的童话故事。

胜男以前所未有的感情投入到这套绘本的编辑工作中，做编辑这么多年，她头一次没有把作者当成简单的合作对象，而是当成可亲可敬的朋友。她发现，一旦把作者当成了朋友，工作似乎也就没那么枯燥难耐了。

另一个人是同事刘姐，确切地说是前同事。

上班后胜男发现刘姐的办公桌空着，一打听才知道，就在这个月，刘姐辞职了。胜男问同事："她跳槽了吗？"简洁告诉她："没有，她回家当全职妈妈了。"

追问之下，简洁说了刘姐身上发生的事。刘姐三十多岁才生了孩子，爱逾性命。由于夫妻双方家的老人年纪都太大了，带不动孩子，这个小孩子一直是交给保姆带的。小孩一岁半了，保姆换了有半打。胜男就曾经常听她在办公室抱怨说，保姆难请。

这次的事情就出在保姆身上，小保姆正是青春年少的时候，谈了个男朋友，每天都要出去幽会。嫌小孩子跟着闹心，索性在牛奶里面掺了安定，小孩喝了能睡一下午，她就利用这个空当去会男友。

刘姐开始还夸这个保姆好，本来爱哭闹的小孩到了她手里就安安静静的。等到察觉的时候，小孩已经出现了拉稀、厌食、精神不振等症状。刘姐一气之下，辞退了保姆，自己的工作也不要了，索性回家带孩子。

"小孩没事吧？"胜男担心地问，她生了孩子涨奶的时候，幸好有刘姐的点拨，皮皮才吃上奶呢。

"幸好发现得早，没什么事。刘姐这会儿辞职太可惜了，这孩子一岁半了，再过半年就能上幼儿园小小班了，其实她只要再撑个半年就行了。"简洁挺替刘姐惋惜的。

搁在一年前，胜男没准也会有类似的惋惜，现在她倒觉得刘姐这样做挺值得的，孩子的事，别说是半年，交到外人手里半天也不放心啊。这女人生了孩子后，考虑问题的角度就完全不一样了。

30．爱是恒久忍耐

胜男将刘姐家的事告诉了家辉，两人都颇有感触。

这段时间，家辉本来也想好了，不能指望老妈和老婆亲如一家，本着让大家都高兴的原则，不如请个保姆算了。在他们这个城市，保姆一个月至少三千多，是笔不小的开支，请保姆吧，伤钱，不请吧，伤感情，两害相权取其轻，还是宁愿伤钱吧。

他也知道，好的保姆不是那么好请的，电视新闻里经常报道，谁家的保姆又用针扎孩子了，谁家的保姆光顾着玩导致孩子从阳台上摔下去了。看的时候心惊肉跳，看过就忘了，新闻嘛，为了追求耸人听闻的效果难免夸张，生活哪有新闻那么狗血呢。

直到听了刘姐的故事，才真正给这对小夫妻敲响了警钟。这可是活生生血淋淋的例子啊，就发生在他们身边，也难保不会发生在皮皮的身上。

家辉征询老婆的意见："要不还是先不请保姆吧，等皮皮两岁的时候，就给他报个小小班。"

胜男沉默了，她是个眼里揉不进沙子的人，一星半点儿的委屈也受不了，婆婆让她受了那么大的委屈，要想轻易把这一页翻过去是不可能的。可是，这事关系着皮皮的成长啊，在她生命中最黯淡的日子里，皮皮就像一轮小太阳，照亮了她的生活。

五个月的皮皮发育得很好，靠在被子上可以坐一小会儿了。此刻，他就端端正正地坐在那儿，当胜男看着他的时候，他仿佛心有灵犀似的，咧开没牙的嘴冲着她笑了。

多么可爱的小天使啊！怎么忍心让他冒被无良保姆虐待的险呢？胜男下了决心，为了皮皮，委屈就委屈吧。她终于答应了家辉的请求。

在怎么带皮皮的问题上，胜男和婆婆有着太多的分歧。婆婆怕冷，即使在南方过冬，也穿着厚厚的棉衣棉裤，棉衣裤里面还穿着套毛衣裤，毛衣裤里面还有套秋衣裤，裹成那个样子还嚷嚷着冷。正因如此，她生怕孙子冻着了，坚持给皮皮穿很多，家里的门窗也关得紧紧的，生怕进了风。胜男呢，冬天也只穿薄薄一条牛仔裤，自然觉得儿子穿多了。在家的时候还好，可以帮皮皮穿好衣服，上班之后，她前脚刚走，婆婆后脚就开始给皮皮加衣服。有时胜男下班回到家，一摸皮皮的后背，满手的汗，又是心疼又是生气。

婆婆的卫生习惯也让胜男很头疼。到广东之后，家辉和胜男都入乡随俗，坚持每天冲凉。婆婆对此意见很大，她觉得大冬天的天天冲凉不仅没必要，而且浪费水，这城里可不比乡下，水要收费，烧水的煤气也要收费，这哪是洗澡嘛，分明就是洗钱。老太太一个星期顶多洗一次澡，那还是在家辉的再三催促之下。

这个倒没什么，关键是她把这一套也用在了皮皮身上，胜男不止一次发现，婆婆刚给皮皮换了尿不湿，手都没洗直

30. 爱是恒久忍耐

接就给他冲奶了。说了无数遍，奶瓶奶嘴还是不会消毒，就在自来水下冲冲就完事了。更有甚者，皮皮爱吃手，婆婆白天在家总是不记得给他洗手，胜男提醒她，她就把皮皮的小手塞进自己嘴里一顿乱啃，还说"这下你放心了吧，我都舔干净了"。胜男傻了眼，那手指上沾满了婆婆的唾液，看着都恶心，皮皮还浑然不觉，放进嘴里吮吸得津津有味。

她向老公抱怨，家辉也很无奈，老人家这样的生活习惯都已经数十年了，哪是说改变就能改变的。他安慰老婆说，脏就脏点吧，不是有句话说，不干不净，吃了没病，不管怎么样，做奶奶的总不会害孙子，这就比请保姆强。

胜男能说什么呢，她只好向母亲求助，赵秀芝在电话里向她许诺说，忙完这个学期，就去办个病退，从此全心全意地来带外孙。

"这个学期还有好几个月呢！"

"几个月怕什么，忍忍就过去了，我都忍了你奶奶几十年了。"

胜男心说，别拿我和你相比，你们那一代的女人都是忍者神龟，具有超强的忍耐力，80后这一代的女人谁忍过啊，工作干得不爽，就辞职，老公表现不好，就离婚。她原本以为，自己的人生就像前三十年一样，爱咋咋的，无拘无束，一生不羁放纵爱自由，可是谁叫她生了皮皮呢，皮皮呀，这个甜蜜的小负担，让她从一个任性妄为的女子变成了一个忍辱负重的母亲，虽然有点心不甘情不愿的，但还是忍吧。

后来发生了一件事，让她觉得自己的忍耐是有价值的。

胜男家所在的小区坐落在城郊一座山的半山腰上，地势较高，因此，小区内的人行道有一定坡度，特别是在一个拐弯口有处斜坡，路窄坡陡，老人孩子行走不小心的话，有时会闪了腰腿。

那是个周末，天气很好，家辉去加班了，婆婆去买菜了，胜男难得起了个大早，给小皮皮洗了个澡，穿上新买的跳跳熊童装，又将一块小方巾系在他头上，打扮得漂漂亮亮的出去散步了。在打扮皮皮方面，她和婆婆常常也达不到统一的意见，婆婆喜欢在地摊上给孙子买衣服，颜色粉嫩，质量低劣，胜男呢，则爱按照小大人的标准给皮皮装扮。

好不容易可以按照自己的心意给皮皮搭配衣服帽子了，胜男当然希望能显摆一下又帅又潮的儿子，她把皮皮放在小推车里面，在小区里面溜达。太阳很好，空气很好，过往的人看见推车里的小皮皮，时不时报以友好的微笑，让她这个当妈的骄傲极了。

那天也真不巧，胜男正好推着小推车来到那道斜坡，准备下坡的时候，一个相熟的邻居跑步归来，热情地跟她打招呼。邻居带着的那只博美犬更热情，一蹦三尺高，还将爪子搭在了胜男的胸前。

这只博美犬平常和人嬉闹惯了，那天却着实把胜男吓坏了。她小时候被狗咬过，落下了心理阴影。本来跟这只小狗玩得很熟了，可是狭路相逢猝不及防，当博美犬张牙舞爪地扑过来时，她下意识地往后一躲，紧抓着小推车的手不由得松开了。

等她反应过来时，小推车出于惯性，正以飞快的速度滑向半坡。天哪，那里面还有她的儿子啊！胜男惊呼一声，来不及多想，身子急忙往前一扑，脚下没稳住，直接从坡上就滚了下来。即便如此，她的速度还是远远不及小推车飞速下

30. 爱是恒久忍耐

滑的速度。

胜男一路连滚带爬,眼看着小推车距离自己越来越远,心里一边自责一边祈祷着奇迹降临。不知道是不是上帝听见了她的祈祷,忽然间,急速下滑的小推车刹住了脚,不再往前飞驰了。

感谢主感谢上帝感谢如来佛祖,胜男默念着各路神圣的名字,飞奔到小推车旁。眼前的一幕令她终生难忘,拦在推车前的不是上帝也不是佛祖,而是她曾经视为冤家对头的婆婆。家辉妈双膝跪在地上,用自己的身体挡住了小推车。

"妈!"结婚这么久,胜男还是第一回情真意切地叫婆婆,她伸手去扶婆婆,"你没事吧?"

"你别管我,先抱皮皮。"家辉妈一手扶着推车,一手撑起了身子,裤腿膝盖处已经磨破了。

胜男忙抱起了皮皮,小家伙完全不知道刚才的经历有多惊险,望着妈妈还甜甜地笑着呢。

"皮皮没事吧?"

"没事,妈,我扶您起来吧。"

"不用,我自己能行。"听说孙子没事后,家辉妈才从地上爬了起来,忙着去捡散落了一地的菜。

胜男走过去说:"妈,我来提吧。"

"算了吧,你管好皮皮就行了。"家辉妈提着菜,一瘸一拐地跟在她身后回了家。

到了家中,婆媳俩仔仔细细地把皮皮检查了一遍,直到确定了小家伙真的毫发无损才罢休。家辉妈抱着孙子心啊肉啊的亲了一顿,回头才来和媳妇秋后算账:"我说胜男啊,你下次可不能再这样了,那个坡多陡啊,怎么能推皮皮去那里散步呢？要不是我正好买菜回来碰上了，我们皮皮就要遭殃了，那么丁点大的孩子，摔着了可怎么办，那可是我们顾家唯一的男孙！"

换了平时，胜男早顶嘴了"那也是我唯一的儿子"，可那天她一点脾气都没有，毕竟，老太太为了救皮皮，膝盖都磨破了，说她两句怎么了，说说就算了呗。

胜男低眉顺眼地接受着婆婆的数落，还主动拿了红药水和棉签来，要给婆婆涂药。她撩起家辉妈的膝盖一看，不禁倒吸了一口凉气，只见两只膝盖都变得青紫了，青紫处还往外渗着血，看起来怪瘆人的。她小心翼翼地往上涂红药水，棉签接触到皮肤破损的地方，家辉妈疼得直吸气。

"妈，很疼吧，要不要去医院看看，不知道有没有伤着骨头呢。"胜男关切地问。

"不用了，我们农村人皮厚肉粗，不像你们城里姑娘那么娇贵。你别弄了，随便涂点药就行了，家辉就快下班了，我还得赶着做饭呢。"家辉妈大声说着，声音还是那么粗鲁，好像一点都不领她的情。

胜男说："都伤成这样了还做啊。"

家辉妈说："不做怎么办，一家人还等着饭吃呢。"

"我来做吧。"

"算了吧，上次你说要做，结果饭都煮成夹生的了，土豆丝粗得像筷子。"家辉妈毫不客气地拒绝了她的好意，"还是我来吧，这腿伤了，又不是手受了伤，不碍事。"

望着婆婆一瘸一拐走向厨房的背影，胜男心里百味杂陈。这个婆婆吧，说话总是那么难听，要说她人嘛，其实倒还过得去。婆婆的菜虽然做得不咋的，但至少每日三餐准点

准时;婆婆虽然没有妈妈那么能干,可也尽自己的能力将家里收拾得还算干净;每次吃饭时,婆婆总是抢着带皮皮,让她和家辉先吃,等到他们吃完了,饭菜早就凉了。

在和家辉妈磨合了这么久之后,胜男总算找到了她和婆婆的共同点:她们都爱皮皮,掏心掏肺、毫无保留。在这个世上,很难再找到像婆婆这么爱皮皮的人了,胜男想,就冲这一点,也得感谢婆婆。

晚上睡觉的时候,胜男装做不在意地对老公说:"你妈今天还挺让我感动的。"

"怎么啦?"

胜男把婆婆勇救皮皮的英勇事迹描述了一番,她以为老公肯定会感激涕零,谁知家辉很淡定地说:"正常啦,我妈就是这样的人,遇到事情肯定会奋不顾身先人后己的。"

"我以前怎么没发现呢?"

"那是你太不了解她了。"

家辉的话让胜男陷入了沉思。她发现自己还真的不了解婆婆,她不知道婆婆是怎么一个人把家辉姐弟俩抚养大的,也不了解婆婆有什么喜好,她甚至连婆婆名字叫什么都不知道。现在想起来,不是婆婆不肯告诉她,而是她从一开始就拒绝了解婆婆,她根本不相信自己能和这个农村出身的婆婆有共同语言,也不相信能够和婆婆之间建立感情,她以为自己只要在物质上有所付出就尽到了做媳妇的责任,却忘了婆婆也是一个有血有肉的人,除了吃饱穿暖外,婆婆也会有自己的情感需求。

胜男和婆婆都属于那种自我保护意识较强的人,表现在情感的付出上,就是人家对你好,你才会回报。基于这种心理，两个人潜意识里都没有把对方当成一家人在相处，都小心翼翼地计较着，唯恐自己的付出得不到回报。

皮皮那么小，对着陌生人都会毫不设防地微笑，身为一个成年人，怎么就如此小心翼翼锱铢必较呢？胜男想，既然总得有人来打破僵局的话，那就让我先迈一步好了。

第二天，家辉妈在做饭时，胜男主动去帮她打下手。老太太很受用，其实她根本用不着媳妇帮忙，只要媳妇能够主动陪陪她，听她说说东家长西家短的，她就很满足了。她不知道的是，听她唠叨了半小时，胜男都后悔了，早知道耳朵这么遭罪，还不如躲在房里上网来得爽。

别以为婆婆媳妇从此以后就相亲相爱地生活在一起了，那是童话故事才有的结局。胜男还是看不惯婆婆的粗鲁、偏心眼、不讲卫生，家辉妈也瞧不上媳妇的懒惰、娇气、任性妄为，婆媳俩就这样不咸不淡地挤在同一个屋檐下，彼此都有些嫌弃。小摩擦小矛盾还是层出不穷，但火候基本上控制得很好，为了她们共同爱着的两个男人，她们都学会了忍耐。

圣经上说，爱是恒久忍耐，又有恩慈。

31．贝琪降临

小恬的预产期过去了两周，仍然没有一点动静。素来淡定的她这次也坐不住了，收拾东西就往医院里赶。

去之前，胜男还跟她开玩笑说："不去医院啥事都没有，一去的话医生想尽办法都会让你生。"

果不其然，医生给小恬检查后说，胎盘二级钙化，胎儿轻度缺氧，建议马上催产。就这样，没有见红也没有破水的小恬挂上了催产针。

这催产针的效果也因人而异，有些产妇一挂上马上就开始宫缩了，可小恬呢，挂了两天没太大反应，偶尔肚子痛痛就过去了，急得林森陪她爬了一夜楼梯，十六层的楼梯爬了几遍，脚都软了，期待中的宫缩还是没有来。

胜男原本是想去产房陪小恬生的，结果在那待了几个小时，耗不住了，家里和单位上还有一堆事要处理呢。走的时候她摸着小恬的肚子说："肯定是个女孩。男孩都提前，女孩都推后，我们这个小公主啊，比她妈妈还要淡定，小恬，我们以后叫她淡定姐好不好？"

小恬笑着赶她走："快走吧，这里有林森守着呢，你别担心，有动静了我就给你打电话。"

胜男只好走了。现在不比以前了，现在她忙完工作，还得回家忙孩子。她今年三十岁了，三十岁本来是工作的黄金时期，精力和脑力都处于巅峰状态，是杀拼事业的好光景，偏偏她在这个节骨眼上生了个孩子，晚上睡眠不足，白天爬起来喂了奶就得往单位赶，小孩感个冒发个烧的还得请假。

以前不觉得工作家庭有多么难兼顾，生了孩子才发现，人的精力始终是有限的，放在孩子身上的精力多些，工作上难免会分神。皮皮感冒那阵，胜男坐在办公室里坐立不安，耳边还出现了幻听，老听见皮皮在那可怜兮兮地哭，稿子也顾不上看，啥事也干不了，找了个借口就往回溜。

幸好她现在的顶头上司是简洁，替她遮掩了几次。但是胜男心里明白，这样下去也不是办法。不说别的，她自己都过不了心里那道坎。江胜男是谁啊，在虎妈赵秀芝的教育下自小好强，到哪都想拔尖，她怎么能够忍受自己停滞不前无所作为呢？

在这种心理驱动下，胜男对皮皮的事不再那么芝麻西瓜一把抓了，而是将很多事情都交给了婆婆来管，当然，大的方向还是由她来掌舵，这是原则问题，不能马虎的。比方说，婆婆看她工作忙，提出不如断奶算了。这点她坚决没同意，孩子在一岁之前，母乳是最好的营养来源。为了继续母乳喂养，她成了背奶一族，上班时奶涨得痛了，就偷偷躲进洗手间里挤出来，然后把装着母乳的奶瓶带回家，为此她的衣服前襟经常被弄得乳迹斑斑，连简洁都开玩笑说："你现在是货真价实的哺乳动物了。"下班回到家，第一件事就是喂奶，当看到儿子大口大口地吸着奶时，她心里别提有多满足了。每天有十来个小时见不到儿子，如果连奶都不喂了，她

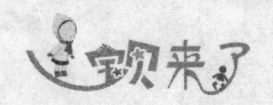

该到哪去寻找一点做母亲的存在感？

腾出了一点时间，胜男开始投入到工作中。她手头的资源大不如前，没有一个知名的作者，内行人都知道，现在的图书市场，名人书至少占去了半壁江山，剩下的那半壁呢，各类实用书也占去了不少份额。

为了开拓新的作者资源，胜男采取了两个办法，一是到各大网站上去发掘有潜力的作者，比如说她常去混的天涯论坛，就称得上藏龙卧虎；二是集中火力，重点培养一两个新手作者。那个带着自闭症儿子的单亲妈妈就在重点对象之中，在胜男的精心策划下，母子俩合作的绘本已经推出了第一本，市场反响还不错，两个月内首印的一万本就脱销了，目前第二批正在重印中。胜男认为宣传不太给力，不然应该会卖得更好，下一步可以和营销编辑商量下拓宽宣传渠道，顺势再推出第二本，最好做成有影响力的系列绘本。

从医院回来后，胜男直接就进了会议室。出版社就是这样，大会小会开个没完，选题要开会，营销要开会，没完没了的会。这次会议正是营销编辑和策划编辑碰头，上午开了下午接着开，整整开了一天。

胜男在会上提出，社里的营销偏重于纸媒，网络尤其是微博这块新兴平台利用得不够充分，这一块利用得好的话，可以事半功倍。尤其是一些微博红人的力量不可忽视，如果适合还可以考虑和一些微博红人合作，可以让他们当作者，也可以让他们配合宣传。

这个建议赢得了David的充分肯定，他赞许地说："江胜男虽然暂离了业务岗位半年，可是并没有荒废业务，反而一直在关注出版行业的动态，所以才能做到厚积薄发。"

领导的赞美让胜男小脸红红的，她心里说，皮皮，你听到了吗，我一定要做个让你自豪的妈妈。正在这时，喜讯来了，小恬给她发来了短信：亲爱的，我生啦，是个女儿，七斤八两！

胜男激动得蹦了起来，屁股离开椅子后才发觉这是在会议室呢，未免太得意忘形了。

"胜男，你是不是有什么建议要补充的？"David问。

胜男喜孜孜地回答："报告领导，刚刚收到了一个特大喜讯，我的干女儿顺利出生了，七斤八两，是个标准的小胖妞！不好意思，这和今天的会议无关，我太高兴了，失态失态，还请领导多多包涵。"

"哟，胜男一生完孩子，嘴也甜了，口才也更好了。"感染了她的快乐情绪，David也笑了，"你坐下干什么？"

"接着开会啊。"

"不用了。"笑眯眯的David看上去慈眉善目的，像个圣诞老人，"干女儿出生了，你还不赶紧去看看。会我们接着开，我批准你先撤吧。"

"哇！那我就先撤了，多谢领导。"胜男欢呼着往外跑，跑到门口，忽然又掉转身来，冲David嫣然一笑，"补充一句，David，你穿西装不系领带的样子帅极了，我以前怎么没发现呢！"这样的话，以前的江胜男是无论如何也说不出口的，以前的江胜男就是一粒蒸不烂煮不熟捶不扁的铜豌豆，铜臂铁骨掷地有声，谁能够想到，有一天百炼钢也会化成绕指柔。

看着她翩然离去的背影，不仅是David，办公室里大部分人都出了会儿神，连简洁都在想，这江胜男婉约起来还挺有杀伤力的，以前怎么就没发现呢？

胜男赶到医院时，天已经黑了，小恬半躺在床上，背后垫了个枕头，林森端着个碗，正在一勺一勺地往她嘴里喂鸡汤。

"哟，果真是母凭女贵啊！"胜男放下手里的婴儿衣物玩具，嘴里打趣着，心里却替好友高兴，小恬熬了这么多年，总算是守得云开见月明了，"小宝贝呢，让我抱抱！"

小婴儿正在母亲旁边的小床上安睡，胜男走过去，轻轻抱了起来："哟，还真沉。"

"你会抱吗？"小恬担心地问。

"你太小瞧我了，皮皮还不是我一手抱大的。"胜男一只手托住婴儿的头，一只手轻轻抱住婴儿的腰，仔细打量了一下小宝贝，老实说，这个宝宝比皮皮出生时好看多了，脸上胖乎乎的，头发黑油油的，皮肤被羊水泡得又白又红，别提多可爱了，"小恬，还真像你，你看，面如满月，白里透红，小小的樱桃嘴，弯弯的柳叶眉，跟你简直是一个模子里刻出来的，一看就是个小美人坯子。"

"是吗，真的像我吗？"听了胜男的话，小恬觉得，心里的一块石头终于落了地，要知道，这块石头在她心里可是悬了整整十个月。

"如假包换，绝无戏言。"胜男说，"想当初皮皮生下来的时候，大家都说像我，家辉别提多失落了，横看竖看愣说孩子像他。我心想，这么个又黑又丑的小老头儿，你说像我我还不乐意呢，有什么好争的。林森，你是不是觉得特失落啊？"

"没有啊，我一直就盼望有个女儿，像小恬一样温柔美丽，要是像我的话，大老粗一个，多不好啊。"林森温柔地看了一眼小恬,眼光中饱含着柔情和感激。

"小宝贝取名字了吗?"

"叫贝琪,宝贝的贝,安琪儿的琪。"林森为妻子掖了掖被子,起身出去了,"你们聊,我去炖汤店买点燕窝。"他知道,生产过后的妻子,一定有很多私房话想跟闺密聊。

门一关上,胜男就感慨上了:"燕窝啊,多美味的燕窝,你知道吗,我生了孩子,连口热汤水都喝不上,这人和人的待遇咋相差这么远呢?真看不出来,林森还挺体贴的,刚刚我进门还看见他给你喂鸡汤呢。"

"他是挺好的,可越这么好,我心里越有点没底。"小恬倚在枕头上,脸上绽开了一个虚弱的微笑。

"别乱想,当心产后忧郁,你看小贝琪多可爱啊,这就是你的孩子,你们的孩子,我相信,林森一定会成为一个好父亲,而你,肯定是个好母亲。"胜男理了理好友额前的头发,轻轻问,"小恬,顺产很痛是不是?"

"是啊,痛极了,痛得恨不得去死。没办法,谁叫我们是女人呢,是女人就得过这一关。"

"小恬,你真了不起,这么小的个子,生了这么重的宝宝。"小恬的话让胜男想起了自己的生产经历,本来以为剖腹产是不痛的,谁知道下床走动时那么痛呢!看来,女人要想成为母亲,阵痛是必须经历的,除了生产带来的痛之外,你还得忍受工作上的阵痛、婆媳磨合的阵痛,凤凰在重生之前,必须忍受火焚之痛,而生育,对于女人来说就是一次涅槃,没有那锥心之痛,又怎么能够从一个女孩蜕变为一位合格的母亲呢?

贝琪哭了,她人小,力气却很足,哭声回荡在单人病房

31. 贝琪降临

里，洪亮、中气十足，穿透力极强。

"胜男，把她给我。"小恬挣扎着坐了起来，撩起了衣襟。

"你行不行啊，听说顺产下面都会侧切，伤口一定还很痛吧。"胜男犹豫着抱起贝琪递给了好友。

"没事，忍一忍就行了。"贝琪一口咬住了妈妈的乳头，用力吮吸起来，她这一吸，小恬的产后宫缩就加重了，疼痛让她皱起了眉头。

"小恬，你太了不起啦！"胜男由衷地说，她一直以为小恬比她柔弱，现在才知道自己错了，看似柔弱的小恬实际上比她勇敢多了，有时候，柔软比坚硬更加具有力量。

小恬抱着贝琪，露出了满足的笑容："没什么了不起的，我们妈妈她们不都是这样过来的么。胜男，我现在感觉特别幸福，以前总想有个小孩子，可以挽救我的婚姻，可宝宝一出生，我立刻不那么想了，我觉得这个孩子是上天派来的天使，是来救赎我的。没生孩子前，我的人生也算圆满，有了孩子才发现，以前的圆满不是真的圆满，有了孩子的人生才是真正的圆满。"

"是啊，与其说婚姻是女人的第二次生命，倒不如说生育赋予了女人第二次生命。"胜男深有共鸣，"你看贝琪多可爱啊，我都后悔没跟你指腹为婚了。"

"呵呵，现在订婚也来得及啊，要不要给你家皮皮订门娃娃亲啊，说不定以后我们贝琪长成了大美人，到时候后悔就来不及了。"

两人说笑着，林森拎着燕窝汤回来了，两口子非得留胜男喝一碗，胜男哪能抢产妇的东西吃啊，找个借口离开了。

小恬喝完燕窝汤，睡着了。

林森坐在床边，盯着贝琪满月般的小脸，怎么看也看不够。从贝琪被抱出产房，清亮的目光扫过他脸庞那一刻，他就确定了，这是他的女儿，他和小恬的女儿，他将永远爱她，守护她。

有个秘密他从来没有告诉过小恬，医生说过，他的无精症没有治愈的可能。可是当小恬把那份报告拿给他的时候，他撒了谎，潜意识中，他不愿意失去妻子，小恬多爱他啊，他自己犯过的错还少吗，为什么要对妻子的一次失足斤斤计较呢？根据他的观察，妻子待他还是一心一意的，那就别追究了，人生难得糊涂。那个时候的他，还在隐隐期待着奇迹的出现。

现在他明白了，贝琪就是他生命中的奇迹。

32．家里的天塌了

赵秀芝没能熬到办理病退来带皮皮的那一天。

她真的病倒了。

是江五一给女儿打的电话，电话一通，他叫了一声"胜男啊"，就号啕大哭起来，"你妈生病了！"

胜男好不容易才问清楚，赵秀芝最近老是没精神，吃不下饭，排不出大便。一开始没放在心上，熬了一个月后，症状不但没有丝毫减轻，反而每况愈下。前两天跑到长沙的湘雅医院一检查，原来患上了肝硬化。回家就住进了县医院。

江五一哭着说："医生说，已经过了保守治疗的最佳时机，胜男，你说怎么办啦？"

说实话，父亲哭得令胜男也心慌慌的，但她还是力图让自己的声音保持镇定："爸，别怕，不能保守治疗，那就手术吧。你先别慌，我马上坐高铁回来。"

"那你的工作怎么办呢？"受赵秀芝的影响，江五一也将儿女的工作视为头等大事。

"没事，我请个假就行。"

说是这么说，胜男心里可没底，这一回去不是三五天就能回来上班的，由她负责的那套母子的绘本书正在进入最后的收尾阶段，还不知道领导会不会批假。

挂了电话，她强迫自己镇定下来。洗了个冷水脸，在网上订了下午四点的高铁车票，然后再打车到办公室去请假。

出乎意料的是，David听了她的请求后，毫不犹豫地批了她半个月假，还拍着她的肩膀说："如果不行再延长些日子也没关系，不管怎样，你母亲的身体最重要。工作的事你放心，我会先安排其他同事跟进，社里始终有个位置等你回来。"

胜男感激涕零，多么有人情味的领导啊。这世界上还是好人多啊。

出了办公室，她才想起要给家辉打个电话。真奇怪，以前一丁点小事自己都会在第一时间向家辉哭诉，真出了事，她反而一个人扛了下来。

家辉了解情况后，提出和她一起回长沙。

胜男没同意："你走了，皮皮怎么办，都交给你妈我也不放心。这样吧，我先去长沙，有什么事你再马上赶过来。"

家辉想想也有道理，只好先答应了。

胜男马不停蹄地往老家赶。在知道妈妈的病之后，她一直都很冷静，直到进了医院。

病床上的赵秀芝面色枯黄，瘦得连眼窝都陷进去了，只有肚子胀得像一个孕妇。胜男不敢相信，她带着皮皮去广东的时候，母亲还好好的，怎么才几个月，就病成了这个样子呢？她的眼泪刷地掉了下来。

赵秀芝见了女儿，第一句话就问："怎么回来了？你不才刚上班不久吗，这样下去工作怎么办？"

"没事的，妈妈，领导批了我的假，让我好好照顾您。"

胜男心说，这就是母亲的心啊，都病成这样了，还惦记着女

儿的工作，在母亲的心中，儿女的事再小也是大事，自己的事再大也是小事，她以前怎么就不能体会一个做母亲的心呢？

"你会照顾什么啊，现在你看到了，我一点事都没有，过两天就回去吧。"为了让女儿放心，赵秀芝抬腿就要往下迈。

胜男急忙阻止了她："妈，您就好好躺着吧，您不好好休息的话，身体怎么能够恢复呢，身体不恢复，怎么有力气帮我带皮皮呢？"

一提到皮皮，赵秀芝就乖乖地躺回床上去了，原本黯淡的眼睛也有了光彩，嘴里还埋怨着女儿："你呀，亏你是个当妈的人，皮皮那么点点大，搁下他就跑回来了。怎么样，皮皮乖不乖，又长高了吗？"

胜男忙掏出手机，翻出皮皮的照片和视频给妈妈看，赵秀芝看着外孙吃米糊的视频，笑得两眼放光："哟，吃得真快，你看，慢一点儿喂他还哭了，真是个急性子，跟你小时候一样急。"

"要不我把皮皮接过来陪陪你吧？"

"千万别，我这还生着病呢，皮皮见了我，会害怕的。"

母女俩正聊着天，江五一提着饭盒进来了，看见胜男来了，老头儿连饭盒也顾不得放下，一把拉住女儿的手，眼泪就盈满了眼眶："胜男啊，你总算来了，这些日子，可把我急坏了，你不知道，你妈病了，家里的日子也过不下去了。"

胜男没想到，生了病的母亲没垮，身体健康的父亲看起来却像是垮了。在她的印象中，父母似乎并不相爱，他们总是在互相指责互相埋怨，当然，更多的时候是母亲在痛斥父亲，父亲很少争辩，但是挨过训后，仍旧小酒喝着，小牌打着，该干吗干吗。没想到，母亲一生病，父亲受到的打击竟如此之大。

她还在愣着，病床上的赵秀芝发话了："老江，你这是干什么啊，我还没死呢！等到我死了，你再哭也不迟，看把孩子吓的。"

比起父亲的眼泪来，母亲的硬气更让胜男心酸。这就是母亲的风格啊，她好强了一辈子，即使是躺在病床上，还是强撑着不让家人担心。

江五一打开饭盒给妻子吃，赵秀芝才吃了两口，就坚决不吃了："这都是什么啊，打死卖盐的了，我说老江，你就不能给我做点正常的饭菜吗，这很难吗？"这人一生病，脾气就有点大。

江五一很尴尬，对于他来说，这个还真难，结婚三十多年了，他几乎没有做过饭，都是吃现成的。

胜男打圆场："妈您别急，这样吧，明天我给您做，您先喝点汤，爸做的这汤还不错。"

"你会做吗？"赵秀芝狐疑地看着她。

"放心吧。"胜男答应得很爽快，其实心里一点底也没有。

回到家里，胜男很吃惊，家里那才叫一个乱啊，沙发上堆满了脏衣服，地板上还有水迹，水槽里的碗堆积得老高，大冬天的都招来了苍蝇。八十多岁的老奶奶靠在沙发上看电视，见了胜男就诉苦："男男啊，你可回来了，快点想办法把你妈治好，她一病，连口热饭菜都不能准时吃上了。"

胜男这才明白父亲为何刚刚在医院里老泪纵横，对于这个家庭来说，母亲就是一家人的天，现在母亲病了，家里的天就塌了。她没病的时候，把家里收拾得干干净净，把一家

32. 家里的天塌了

人照顾得妥妥帖帖，谁都没有料到，铁娘子一样刚强的赵秀芝，有一天也会被病魔打倒。

大树倒下了，受它荫蔽的小草只得坚强起来。胜男二话没说，挽起袖子就干，将脏衣服扔进洗衣机里，把洗碗池里的碗先用热水泡上，拖把用水冲了拧拧干，灶台上的灰也要抹一抹。她干了小半夜，家里才稍微像个样子，要是母亲还健康的话，肯定会挑剔地说，内衣要手洗，洗碗少用点洗洁精，地要拖三遍以上，母亲啊母亲，这么些年来，你到底是依靠什么样的力量，才能数十年如一日一丝不苟地打理好这个家呢？

胜男累得腰酸背痛，心想，干家务怎么这么累呢，妈妈肯定是累病的，但愿她早点好起来。她一定会早早好起来的。

情况没有预期的那样乐观。

医生告诉他们，赵秀芝的肝硬化已经进入中晚期，唯一的办法是肝移植。得知这个结果后，在北京工作的弟弟江胜天也赶了回来。可惜的是，经过检查，江五一因长期饮酒，肝功能不是很好，不适合作为移植供体。胜天的血型和母亲不合，也不适合捐肝。

唯一的希望落在了胜男身上，她和母亲血型一样，都是O型，她的身体状况也还不错，得知检查结果后，她高兴地跟医生说："尽快安排手术吧，我可以给妈妈捐肝。"

谁知高兴得太早了，医生告诉她，根据CT扫描的肝体积计算结果来看，她能捐献的肝脏大小不能满足赵秀芝的需求，赵秀芝的肝已基本坏死，而她能捐出的肝无法维持病人身体的正常运转。

胜男急了："那就多捐点啊，我还年轻，捐四分之三个肝也没问题。"

这下子,不仅医生持保留意见,家人也强烈反对,赵秀芝不知从哪听到这个消息,反对得尤其激烈,她表示,如果胜男坚持要捐出四分之三的肝脏,她就直接出院,绝对不动手术。

治疗陷入了僵局,医生建议说,不如采取双供体的治疗方案,即两个供体各自提供一部分肝脏,移植给同一个受体,通俗来说,叫做"拼肝"。这项手术当地医院是没法做的,只有去湘雅这种大医院。

问题是,另一个供体到哪去找呢?

全家人都为这个犯难,赵秀芝又闹着要出院。就快过农历年了,她不想在医院过年。

大家都劝她:"我们都到医院来陪你,一家人在哪过年都一样啊,等到身体好了,明年就能在家过年了。"

赵秀芝幽幽地说:"明年这个时候,我不知道还在不在世上呢。"

母亲的话像是一记重拳,打在了胜男的心上。自从生病以后,赵秀芝一直都力图在家人面前保持乐观、硬朗的形象,这还是她第一次说出如此沮丧的话来。

"好吧,那就回去吧。"胜男不忍心再违背母亲的心愿。

过年前两天,家辉带着皮皮来了。

半岁多的皮皮已经有二十斤重了,长得十分可爱,一点都不认生,见了赵秀芝就冲她伸出了小手,要外婆抱。

"皮皮啊,让外婆抱抱,我的好皮皮,我的乖孙孙,想死外婆了。外婆的乖外孙长这么大了啊,楼下有个小孩快一岁了,还没有我们皮皮高呢。"赵秀芝抱着皮皮,乐得满脸

32. 家里的天塌了

273

的皱纹都舒展开来了。

"妈,皮皮太重,我来抱。"胜男怕妈妈累着,忙向皮皮张开了双臂。

神奇的事情发生了,小皮皮头一偏,将小脸藏进了外婆的怀里。

"哟,我们皮皮真是个小人精啊,知道外婆带了他四个月,和外婆就是亲啊。"赵秀芝在皮皮脸上响亮地亲了一口,"皮皮啊,你来了真好,和你一起过个年,外婆就是死也甘愿了。"

"呸呸呸!大过年的,不许说这个字啊。"看到母亲那么开心,胜男由衷地感激家辉。母亲抱着皮皮不停亲吻的场景让她两眼湿润,以前她以为,人们生育小孩就是为了传宗接代,为此她对生小孩还挺抵触的。现在才知道,这个想法太幼稚了,小孩不仅仅是大人生命的延续,还代表着希望,代表着新生,看着母亲和儿子紧紧相偎的身影,她忽然体会到了什么叫做生生不息,旧的生命已经老去,新的生命正在成长,生生不息,这是个多么有生命力的词语啊。

赵秀芝和外孙亲热够了,也想起了问女婿:"家辉啊,你和皮皮都到我家了,那你妈怎么办啊,留在广东一个人过年吗?怎么不叫她也一起来?"

"我让她去我妹那儿了,帮她带带小孩,省得我妹老说她偏心。"怕丈母娘多心,家辉故意开玩笑说,"妈,您不知道,现在都流行到丈母娘家过年,我也是赶赶潮流。"

"是吗?那我等会儿得给她打个电话,亲家母人真好,大过年的舍得让儿子孙子来陪我这个老太婆。"赵秀芝逗皮皮,"那我们的小皮皮长大了,会不会也到丈母娘家去过年啊，那你爸妈可就太孤单了。"

皮皮被她亲得咯咯直笑。

这是江家过得最隆重的一个年。一家人忙得团团转，尽量让这个年过得有年的样子。大家心里都隐隐担心，过了这个年，赵秀芝的身体情况还不知道会怎么样呢。

门口贴上了大红的春联，"天增岁月人增寿，春满乾坤福满门"，是江五一的手笔，墨汁淋漓，字体遒劲，不比买的春联差。家辉和胜天两个男人把家里打扫得干干净净亮亮堂堂，糖果干货之类的年货小山似的往家里搬，胜男又跑去花市买了一盆金橘、两盆水仙，年的味道就浓郁起来了。

还有小皮皮，穿上了一身红，头上还戴着个瓜皮帽，打扮得活像旧社会的地主崽子，整天在家里咿咿呀呀地说个不停，见了谁都又说又笑的，成了一家人欢乐的源泉。赵秀芝老说："有了一个孩子，家里热闹了十倍。"

因为高兴，赵秀芝特别精神，三十晚上还坚持亲自下厨，给大家做了她的拿手菜——香芋扣肉。一家人团团地围坐一桌，吃了顿热热闹闹的年夜饭，胜男夹了一筷子扣肉，眼睛有点酸，这道菜是母亲最拿手的，做的过程比较繁琐，通常只有过年才能吃到。扣肉很香，母亲的手艺还是那么棒，只是不知道，明年还能吃到这样香的扣肉吗？

吃完年夜饭后，胜男抢着去洗碗，家辉和胜天抱着皮皮去阳台上放爆竹。

不一会儿，客厅里传来了江五一凄厉的呼喊："胜男，胜天，你们快来啊，你们妈晕倒了。"

胜男正洗着碗，听到呼喊手一抖，一只大菜碗啪的掉到了地上，摔四分五裂。

33．同肝共苦

长沙湘雅医院。

病房里，赵秀芝又经历了一回昏迷，此刻正在病床上昏睡着；病房外，胜男和家辉正在进行一次严肃的交谈。

胜男问："你真的决定了吗？"

家辉说："还要我说多少遍，真的。"

"不会后悔吗？"

"那是以后的事了，但现在我知道该做的事必须得做。"

"你妈一定不会同意的。"

"这是我的事，不需要经过她的同意。"

"家辉，如果你不这样做的话，没有人会怪你的。"

"可我自己会怪自己。"

"家辉，我知道，你这都是为了我。"

"一家人这么见外干什么，我相信，如果是我妈出了问题，你也会毫不犹豫地救她的。"

胜男问自己，你会吗？如果现在躺在病房里的是家辉妈，你会像家辉一样义无反顾地救她吗？老实说，连她自己也不敢深想。家辉如此笃定，是因为他把她的家人当做了自己的家人，正如他所说的，"我们是一家人"，可是她呢，她可曾把婆婆当成自己的家人？大难临头时，是抛开对方的手，还是坚持一起往下走，其实关键就在于这一点：你有没有把对方的家人当成你的家人。

和任何一个年轻人一样，胜男在婚前坚持认为，结婚就是两个人的事，和其他人没什么关系。经历了这么多风风雨雨，她才发现，婚姻不仅仅是两个人的事，而是三个家庭的事，娘家、婆家，还有她和家辉的小家，这三个家庭之间的亲密度，往往能够折射出婚姻关系中两个人的相爱程度。胜男一直以为，婚姻中的最高境界是"我愿意为你牺牲"，现在她知道了，还有比这更高的境界，那就是"我愿意为你的家人牺牲"。胜男自信可以为家辉牺牲，但是还达不到为家辉家人牺牲的境界，她为自己的自私深深汗颜。

胜男回想起，当医生宣布赵秀芝病危，需要马上进行移植手术时，她哭闹着说"让我捐肝吧，我不能没有妈妈"，是家辉挺身而出，对医生说："我老婆生完孩子没多久，身子还没完全恢复过来，还是我来捐吧，我和她血型一样，身体也很强壮，既然她符合捐肝的条件，我肯定也符合。"那一刻，她很感动，因为丈夫愿意为她牺牲。

医生解释说，赵秀芝的情况特殊，需要两个供体捐出肝脏，才能维持生命机能。家辉毫不犹豫地说："医生您看这样行不行，我捐多一点，我老婆捐少一点，合起来拼成一个完整的肝脏，这样对我妈的身体恢复也就没有什么影响。"

幸运的是，经过检查，家辉的血型和身体条件果然符合供体的要求。拿到检查报告后，一家人都很高兴，胜男反而有点犹豫。她知道，家辉的身体并非像他所说的那样强壮，据家辉妈说，他生下来只有三斤多，是娘胎里带来的不足，

所以长大后一直很瘦弱，一年总会病上几场，患个小感冒也会缠绵不愈。这样的身体状况，捐了肝之后，会不会有很大的影响？关于手术风险的事，她咨询过医生，医生回答说，再小的手术都有风险，何况是这么大的手术。这令她更犹豫了。

做了多年的夫妻，即使她没有把这些顾虑说出口，家辉也敏感地发觉了她的担心，故意跟她开玩笑说："老婆啊，以后啊，咱们两个人的肝拼在了一起，那才是货真价实的同肝共苦啊。"

胜男被他逗得一乐，眼眶却不听话地热了。

夫妻俩在病房外说着体己话，病房内有了动静，赵秀芝醒了。

谁也没想到，得知女儿女婿准备"拼肝"救她时，赵秀芝坚决不同意手术，无论谁劝她，她都坚持说："我活了五十多岁，黄土都埋了半截了，怎么能够让孩子们为我牺牲呢？手术风险太大了，换了也不一定会好，还得花上不少钱，何必冒这个险。"一家人轮番上前苦劝，再怎么劝，赵秀芝就是一句话："我死了没关系，皮皮不能没有爸爸妈妈。"

胜男心急如焚。在赵秀芝昏迷的时候，医生已经下过几次病危通知书了，再不手术的话，后果不堪设想。她不停地劝说着母亲，最后还控制不住发了火，可母亲就是不松口，老太太犟了一辈子，越是病重越是倔强，下定了决心的事九头牛也拉不回来。

胜男急得上了火，一夜之间，目赤喉干，嘴巴上面的燎泡一嘟噜一嘟噜的。

看老婆这么着急，家辉急中生智，提议说："不如让皮皮去劝劝外婆吧。"

胜男怀疑地看着他:"怎么劝啊,皮皮才半岁,外婆都不会叫!"

"有时候不一定只有语言有用,人类在没有发明语言之前,不也照样交流吗?先试试看吧。"

抱着死马且当活马医的心态,家辉连夜把皮皮接到了外婆的病床前。赵秀芝原本躺在床上奄奄一息的,见了皮皮,立马有了精神,在胜男的搀扶下坐了起来,还挣扎着想要抱皮皮。怕累着母亲,胜男说什么也不让她抱。

皮皮对外婆还是一如既往的亲热,一见外婆就笑,由于笑得太欢快,嘴都快咧到耳根子上了。

"这小家伙,外婆都病成这个样子了,别人见了都怕,只有我们皮皮一点都不怕,还是和外婆那么亲啊。"赵秀芝伸出枯瘦的手,轻轻握住了皮皮的小手,婴儿的手绵软温暖,握着这样的手,她的心也柔软起来了。

"小孩比大人有灵性多了,大人容易被表面的亲热所迷惑,小孩儿可精呢,谁对他真正的好,他就跟谁亲。"家辉趁机说,"妈,您老是说,皮皮不能没有爸爸妈妈,可是您忘了,皮皮也不能没有外婆啊,他可是您一手带大的啊。要是您不肯手术,等皮皮大了来问我,为什么别的小朋友都有外婆,怎么就我没有?我该怎么回答呢?"

赵秀芝怔住了,她原本以为这辈子也算圆满,儿女都成家立业了,可以做到安心地离开。在看到皮皮之后,她突然发现,自己对这个世界还是充满眷恋的。她贪婪地看着皮皮苹果般光洁的小脸,多么希望能够再抱一抱他,亲一亲他。一股对生命的深刻眷恋油然而生,她多么希望自己能够活得

33. 同肝共苦

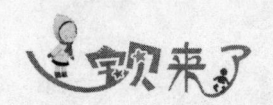

久一点，再久一点，只为了能够看到皮皮的成长。

"妈，你看皮皮都长了颗牙了，小孩子就是这样，一天一个样，还过些日子，他就会爬了，再过些日子，他就会走了。"胜男也劝母亲，"妈，你这么疼皮皮，难道不想看着他一天天长大，看着他上幼儿园，上小学，上大学。"

赵秀芝喃喃地说："我怎么不想，可是，老天不给我时间了。看见他上大学是不可能了，哪怕能够见到他上幼儿园那一天，我也感谢上苍啊。"

家辉知道丈母娘的心思松动了，趁热打铁地说："那您就得做手术啊，做了手术，别说是上幼儿园了，我觉得您能够健健康康地活到看着皮皮结婚呢。"

"要是这样就好啰！"赵秀芝眼里闪起了泪花，"可是手术总是有风险的，我不能那么自私。"

家辉安慰她："没事，肝脏是具有再生功能的，割了一部分肝脏后，很快会重新长出来，长出来的比以前的还要好呢。您想想，我和胜男的肝脏本来都用了三十年了，现在有了次新生的机会，多难得啊。妈，您就同意吧，早点康复，就早点可以带皮皮了。"

看着咿咿呀呀对着她说话的皮皮，赵秀芝总算勉强点了点头。

一家人松了一口气。

手术之前，赵秀芝需要做全身消毒。江五一本来想承担这项工作的，胜男怕他粗手粗脚弄伤了母亲，抢着说："我来吧。"

病房里其他人都出去了，只剩下她和母亲。胜男将热水和药水兑好，试了试水温，才去给母亲脱衣服。脱掉衣服的赵秀芝瘦得只剩下了一把骨头，特别是乳房那里，只有薄薄的一层皮，皮下的肋骨根根都数得清楚。胜男愣住了，记忆中母亲的身体不是这样的，小时候她随母亲去职工澡堂洗澡，那时的母亲丰盈、饱满，活像西洋画中的圣母，有一种丰实之美。真没想到，有一天，母亲会变得瘦骨伶仃，轻得像片羽毛，以至于她毫不费力就能把母亲抱进澡盆。

胜男小心翼翼地用毛巾擦拭着母亲的身体，她看得出来，母亲有点儿羞涩，还有点儿难为情。病房里只有水花撩过的声音，胜男也觉得尴尬，只好找话说："妈妈，我小时候都是你给我洗的澡吧？"

"可不是吗，你是冬天出生的，可我还是坚持给你一天洗一次澡，为了这你奶奶没少说我。"回忆让赵秀芝抽离了赤身对着女儿的尴尬，她很开心地说，"你和皮皮一样，最喜欢的就是洗澡，每次把你从澡盆里抱出来，你都会哇哇大哭。"

在洗到母亲的前胸时，胜男无意中触碰到了母亲干瘪的乳房，她忍不住问："妈妈，我小时候有奶吃吗？"

赵秀芝说："当然有啦，我奶水可充足了，像个喷雾器一样，你刚出生那时力气小，吃不动。胜天就不同了，五分钟就可以把奶吃得光光的。"

"那现在怎么这个样子啊？"

"还不是喂奶喂的，你吃奶吃到了两岁，胜天吃到了三岁，吃得都只剩一层皮了，里面的肉都化成了奶水。"

"那你怎么不早点断奶啊，你不是挺注意保养身材的吗，前一阵带皮皮在家里住，你还说要减肥，每晚就只吃几根青菜。"

33. 同肝共苦

"说什么呢，身材哪有孩子重要，我倒是想断，可是听见你和你弟一哭，就不忍心断了。"

胜男的眼泪珠子一样掉了下来，坠进洗澡水里，很快就消失不见了。她听见自己说："妈妈，你一定要好起来。皮皮不能没有外婆，胜男也不能没有妈妈。"

"你说什么？"赵秀芝没听清。

"胜男不能没有妈妈，胜男不能没有妈妈……"胜男泣不成声地重复着这句话。她正在给母亲擦拭着后背，所以看不到，母亲的脸上，也已经爬满了泪水。

为了确保手术的成功，赵秀芝、家辉、胜男三人被同时推进了手术室。这样的话，供体的肝脏一取下来，就能够马上用到受体身上。术前医生告诉他们，赵秀芝需要800克的肝脏，届时将会从家辉身上取约500克，从胜男身上取约300克。

在被推进手术室之前，家辉对胜男做了个V的手势，这个男人，明明并不强壮，却用行动一次次证明了什么是真正的勇敢。胜男为曾经想过要和他分开而感到万分歉疚。

躺在手术台上，她看着医生作术前准备，心里一点都不害怕，只是担心老公和妈妈。她想起，在和家辉刚认识不久时，两人曾经就什么是"爱"这个问题进行过探讨。她说过什么不记得了，只记得家辉坚定地说："当你真正爱一个人的时候，你就会忘了自己。"

她当时觉得这个定义完全不准确，她不相信对他人的爱能够让她忘了自己。直到很多年以后，她躺在手术台上，才忽然领悟到那句话的真谛。平生第一次，她彻底忘记了自己的安危，想到的只是那些她爱着的人。

也许手术不一定成功，也许这一去将永不能醒来，也许明天就是世界末日，可是那又有什么关系呢，只要在此之前，她曾经活过，爱过，那她的生命就不会再有遗憾。

皮皮，我爱你；家辉，我爱你；妈妈，我爱你；爸爸，我爱你；世界，我前所未有地热爱你！

这是在麻药发挥作用前，胜男最后的意识，然后她就睡过去了，像陷入了一场甜美的梦中。

手术室外，江五一和胜天在焦急地等待着，一个小时过去了，两个小时过去了，三个小时过去了……

十六个小时之后，手术室的门终于打开了。